죽음을 걷는 여자

Death and
Mary Dazill

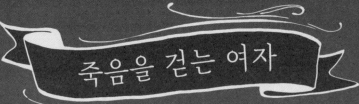

죽음을 걷는 여자

Death and Mary Dazill

Mary Fitt

메리 피트 지음 | 최호정 옮김

프롤로그

세 남자가 무덤을 뒤로 하고 돌아섰다. 말렛 경정, 의사인 피츠브라운과 존스가 그들이었다. 일꾼들이 돌을 섞은 진득한 황토를 삽으로 퍼서 무덤 속으로 던지기 시작했던 것이다. 부슬부슬 비가 흩뿌리는 11월의 오후였다. 그들은 그 동네 경찰관의 장례에 참석차 초드에서 넘어온 것인데, 축축한 돌 냄새를 풍기는 회색 작은 교회 묘지에서 안개 빗속에 열린 장례식에 기분이 상당히 가라앉아 있었다. 이번에는, 장례가 끝나고 제공되는 햄과 위스키조차 없었고 고인이 된 순경은 일가친척도 없는 것 같았다.

그들은 잔디를 가로질러 무덤들 사이를 이리저리 휘돌아서 자갈길을 향해 걸어갔다. 말렛과 존스는 나란히 걸으며 계속 땅바닥에 시선을 두고 있었지만, 피츠브라운은 간간이 멈춰 서서 묘비에 새겨진 이름을 읽곤 했다. 두 사람이 그보다 먼저 길로 나왔다. 롱 마를리의 배럿 목사가 거기서 그들을 기다리고 있었다.

"을씨년스러운 오후로군요." 그가 쾌활하게 목청을 높였다. "우리 집에 와서 차 한잔하셔야죠." 그러더니, 그들이 사양하자 "아이고, 오세요, 어서요! 우리 집사람이 여러분을 기다리고 있어요"라고 말하는 것이었다. 그가 묘지 정문을 향해 길을 내려가자 말렛과 존스는 하는 수 없이 그를 따라갔다.

목사가 정문에 다다랐을 때 키 큰 노부인 두 사람이 들어왔다. 그는 그들을 향해 얼른 모자를 벗고는 잠깐 멈춰 서서 말을 건넸다. 말렛과 존스는 그들의 조우에 끼어들지 않으려고 발걸음을 늦추고는 피츠브라운을 기다리는 것처럼 걸음을 멈췄다. 두 여인은 잠시 품위 있게 대화를 나눈 후 목사에게 묵례했다. 아니, 묵례라기보다는 여왕처럼 살짝 고개를 기울였다고나 할까. 그러고는 가던 길을 갔다. 자주색 제복을 입은 운전기사 한 사람이 상당한 거리를 두고 그들의 뒤를 따르고 있었다. 그는 그들이 걸음을 멈추면 멈춰 서고 그들이 움직이면 다시 움직이는 식으로, 마치 투명한 끈이 이어져 있기라도 한 듯이 그들과의 거리를 정확히 유지했다. 그의 손에는 온실에서 자란 흰 백합과 붉은 아마릴리스, 치자나무를 둥글게 엮어 만든 무척이나 큰 화환이 들려 있었다.

그 작은 행렬은 11월의 하늘 위로 짙은 화환 향기를 피워 올리며 말렛과 존스를 스쳐 지나갔다. 이제 두 남자는 살짝 호기심이 생겨서 그들이 옆길로 방향을 틀어 올라가다가 거대한 조각상 앞에 멈춰 서는 것을 유심히 지켜봤다. 그 조각상은 교회 묘지를 통틀어 제일 두드러지게 눈에 띄는 물체였다. 받침대 위에 세워진 그 흰색 대리석 기둥은 일부분이 부러져 있고 그 앞에는 파쇄한 흰 돌덩이들로 둘러싼 '정원'이 있었다. 그 대리석 기둥처럼 꼿꼿하고, 검은 옷을 입어 또 그만큼 눈에 띄는 두 노부인이 나지막한 돌 더미 울타리의 양편에 각각 서자 운전기사는 둘 중 한 사람의 손짓을 받아 화환을 받침대 발치에 내려놓았다. 세 사람은 모두 마치 차렷 자세를 취하는 것처럼 잠시 그대로 서 있었다. 그런 다음 그 행렬은 왔던 길로 되돌아왔다. 말렛과 존스는 그들이 지나가도록 옆으로 비켜섰다.

피츠브라운이 이제 길에 모습을 드러냈다. 길을 건너오는 그를 지켜보고 있던 다른 두 사람은 그가 새 꽃들로 치장된 거대한 대리석 무덤을 보려고 그쪽으로 넘어가자 깜짝 놀랐다. 그는 무릎에 손을 얹고 몸을 숙여 비명을 쳐다보더니 몇 분 뒤에 그들에게 합류했다.

"난 자네가 시체라면 물릴 정도로 봐서 땅속에 있는 사람들까지 보고 싶지는 않을 줄 알았는데." 존스가 투덜거렸다. "사람은 한 번 죽으면 그걸로 끝이잖아."

피츠브라운은 발을 탁탁 내리쳐서 부츠에 묻은 진흙과 풀들을 털어냈다.

"하지만 사람의 영혼은 계속 살아가는걸." 그가 말했다. "아니, 사람의 기억이라고 해두지. 이게 더 자네 마음에 든다면 말이야. 때때로 그건 ─. 음, 방금 저기서 진행된 그 작은 예식 봤지? 흥미롭지 않았어?"

"흥," 존스가 말했다. "자넨 진짜 사람이 ─ 아니면 자네 표현으로는 사람의 '기억'일지라도 ─ 가족들이 그 무덤에 놓아주는 화환의 크기와 가격에 따라 존재를 계속 이어간다고 말하려는 건 아니겠지?"

"꼭 그런 건 아니야." 피츠브라운이 말했다. "아무도 거들떠보지 않고, 이름도 없거나, 있다 해도 딱 이름만 있는 묘비가 세워진 이 무덤 중 하나에 어떤 불멸의 정신이나 생각이 흙에 덮인 채 담겨 있을지 누가 알겠나. 그런데 말이지, 무덤 위에 커다란 화환이 놓여 있는 걸 보게 되면, 최근에 사망한 사람이라는 생각이 들지 않겠어? 한데, 내가 저 무덤의 비명을 보러 갔잖아. 내 말을 들으면 놀랄 거야. 내가 본 저 마지막 사람은 묻힌 지 **어언 50년**

이 지났지 뭔가.”

“흠,” 말렛이 말했다. “느낌 있는데. 이름이 뭔지 눈여겨봤나?”

“드 볼터.” 피츠브라운이 말했다. “무덤 속에는 두 사람이, 아버지와 아들이 있었어. 아들이 스무 살에 먼저 죽었더군. 아버지는 그 뒤 6개월 만에, 마흔여섯 살에 죽었고. 난 언제나 이런 일들에 마음이 동한단 말이지. 어떤 사연의 냄새를 풍기거든. 이름도 특이하고. 하지만 이 교회 묘지에는 특이한 이름이 넘쳐나기는 하더군.”

그들은 정문에 다다랐다. 목사가 그들을 기다리고 있었다. 기다란 검정 세단형 자동차가 부드럽게 떠나가는 것으로 보아 그는 두 노부인에게 작별 인사를 하고 나서 모자를 막 다시 쓴 것 같았다. 목사는 그들이 사라져가는 것이 아쉽기라도 한 마냥 그들의 뒤로 눈길을 보내며 잠시 서 있었다. 그러나 그는 다시금 열의를 되찾으며 세 사람을 향해 돌아섰다.

“이쪽입니다, 이쪽요.” 그가 말했다. “길만 건너면 돼요. 사모바르와 집사람이 기다리고 있을 겁니다.”

목사관의 응접실에서는 오래 묵은 책 내음과 담배 냄새, 그리고 적잖은 먼지 냄새가 났다. 그러나 아늑한 곳이었다. 불길이 일렁이는 벽난로가 있고 모두가 앉을 수 있는 안락의자들이 있었다. 목사의 아내는 환한 미소를 지으며 남편의 이야기에 흥을 돋우었다. 세 사람의 손님은 점점 몸이 녹으면서 다리를 뻗고 편한 자세를 취했다. 담배 파이프들에 불이 붙고 침묵이 내려앉았다. 차와 토스트를 내놓고는 막 나가려던 배럿 목사의 부인은 피츠브라운이 던진 갑작스러운 질문에 움직임을 멈췄다. 사실 그건 목사에게 물은 것이지 그녀에게 한 질문은 아니었다고 그가 말을 했음에도 그랬다.

"백합 화환을 들고 왔던 그 두 노부인은 **누구인가요?**"

목사는 급하게 몇 차례 눈을 깜박거렸다. 피츠브라운의 느닷없는 질문은 그가 목사의 이야기를 듣고 있었던 게 아니라 교회 묘지에서 본 장면을 곱씹고 있었음을 보여줬기 때문이었다. 그러나 목사는 그런 일들에 익숙해져 있었다. 그는 빠르게 본래의 상태를 회복했다. 오히려 더 오래 이어갈 수 있는 이야깃거리의 냄새를 맡았던 것이다. 그는 무릎에 두 손을 얹으며 앞으로 옮겨 앉았다.

"그 두 사람은 저의 제일 어려운… 환자였습니다. 제가 당신 같은 의사라면 그렇게 말할 거라는 말입니다, 선생." 그는 양 무릎을 문지르더니, 이어서 하나씩 탁탁 두드렸다. "그래요, 그분들은 여기서 800미터쯤 떨어진 체트워드 롯지의 드 볼터 집안의 딸들입니다. 자기들끼리, 그리고 친한 사람들끼리 부르는 이름은 린디와 에어리인데, 세례명은 린디스파른과 애런입니다."

"린디스파른과 애런이라고요?" 피츠브라운이 되받아 물었다. "섬 이름들이네요?"

"맞습니다." 목사는 그토록 흥미를 불러일으키는 그 특이한 이름이 마치 자기 책임이기라도 한 듯이 겸연쩍게 웃으며 말했다. "그분들의 아버지는 대단한 사람이었던 걸로 압니다. 우리 교회 묘지에 대리석 기둥이 있는 그 묘에 묻혀 있는 이가 바로 그 사람이랍니다. 그는 그 두 분이 십 대를 겨우 벗어날 무렵에 돌아가셨죠. 그게 반세기 전이네요. 그런데도 여름이고 겨울이고 매주, 매주 말이에요, 그분들은 선생이 봤던 것 같은 화환을 가져와서 무덤 위에 놓아둔답니다."

"그럼, 거기 묻혀 있는 젊은이는 그들의 오빠나 남동생이겠군요?"

"그렇습니다."

목사는 여전히 거기 서서 이야기에 귀를 기울이고 있던 자기 아내를 향해 이상한 곁눈질을 했다. 마치 그녀에게 "이렇게 오랜 세월이 흐른 후에 그 기억을 소환하는 게, 그러니까 그 영혼들을 불러오는 게 현명한 일일까?"라고 묻는 듯했다. 그러나 그가 눈길을 다시 피츠브라운에게 돌리고는 그를 이야기에 초대하듯이 "얘기가 길답니다"라고 말한 것으로 볼 때 그녀의 답하는 얼굴에는 하지 말라는 표정 같은 것은 전혀 보이지 않았던 모양이었다. 그는 말렛의 호기심 어린 시선을 포착하고는 그에게도 시선을 고정하며 덧붙여 말했다. "그 일이 지금 일어났다면 딱 당신이 맡아야 할 일이었을 겁니다, 경정. 하지만 그때 상황에서는, 미제 사건으로 남았죠. 지금도 그 상태로 남아 있고요."

말렛의 붉은 콧수염이 뻣뻣해졌다. "미제 사건이라고요?" 그가 따라 말했다. 그에게 그 단어는 전투마에게 박차가 가해지는 소리 같은 것이었다.

"네, 미제죠. 하나의 미스터리예요. 50년 전에 일어난 일이죠. 하지만 사람들의 기억은 짧습니다. 매우, 매우 짧아요. 요즘은 놀라운 일들이 너무 많다 보니 옛날 일들은 잊힌 채 사라지죠. 하지만 여전히 기억하는 사람들이 있답니다. … 메리 데이질이라는 이름을 들어본 적이 있나요?"

잠깐 침묵이 흘렀다. "메리 데이질이라고요?" 이윽고 피츠브라운이 날카롭게 말했다. "이런, 그 이름을 알아요! 딱 오늘, 그러니까 오늘 오후에요, 제가 본걸요. 풀밭에 푹 꺼져 있는 작은 묘비 위에 있던 이름이에요. 제가 그걸 눈여겨본 건 거기에는 달랑 이름과 날짜만 있었기 때문이랍니다. 그 날짜!" 그가 흥분해서 말했다. "그 무덤 위에 있던 날짜와 같은 날이었어요!"

목사 부인의 부드러운 목소리가 그의 말을 바로잡았다. "1년 뒤예요." 그녀가 말했다.

"네, 네, 아마도요." 피츠브라운이 조급하게 말했다. "그러니까, 대충 90년경이었다는 겁니다." 그는 갑자기 공격적인 태도로 그녀에게 말했다. "그 죽음들이 서로 연관돼 있다는 말씀은 아니겠죠? 제가 본 그 작은 묘비는 교회 묘지 반대편에, 드 볼터 가족의 무덤에서 제일 멀리 떨어진 곳에 있었어요."

목사 부인이 고개를 끄덕였다. "당연히 그래요. 제 말을 믿으세요. 그래야만 할 이유가 충분했으니까요."

이제 시선이 전부 그녀에게 모였다. 그들은 그녀를 끼워주려고 넓게 둘러앉았다. 그러나 그녀는 금방이라도 나갈 듯이 여전히 그 자리에 서 있었다.

"그 사연은 뭐가 진실인지 아무도 모릅니다." 목사가 열을 내며 끼어들었다. "그러나 집사람이 그 누구보다 더 많은 걸 알고 있을 겁니다. 그 일이 일어난 건 집사람이 태어나기도 전이었지만 드 볼터 자매를 잘 알고 지냈던 장모님에게서 그 얘기를 들었으니까요. 희한한 일이지만, 집사람의 외할아버지가 당시에 여기 재임 중이셨답니다."

"맞아요." 목사 부인이 말했다. "전 목회자와는 절대로 결혼하지 않을 거라고 항상 말했어요." 그녀는 가볍게 웃음을 터트렸다.

"여보, 옛날 앨범을 가져와 봐요." 목사는 즉흥적으로 이렇게 말하고는 피츠브라운을 향했다. "드 볼터 가족의 사진들이 있답니다. 아버지와 아들, 딸들이 말을 타고 있는 사진, 보트를 타고 있는 사진, 그리고 잔디밭에 모두 함께 앉아 있는 사진들…. 심지어," 그는 목소리를 낮췄다. "메리 데이질의 사진도 있어요."

그 이름이 나오자 다시 한번 침묵이 흘렀다. 불길한 느낌이 들었던 것인데 이유는 아무도 몰랐다. 부러지긴 했지만 높이 솟은, 당당한 대리석 기둥이 있는 드 볼터 일가의 무덤에서 제일 멀리 떨어진 무덤 하나, 이름과 날짜만 달랑 새겨진 비석과 함께 남은, 묘지 반대편 그 외로운 무덤이 피츠브라운이 그려준 그림이 되어 떠오르지만 않았다면 말이다.

"그래요." 목사 부인이 말했다. "메리 데이질의 사진이 한 장 있어요. 과거나 현재의 어떤 기준으로 보더라도 그녀는 매우 아름다운 여성이었어요." 하지만 그녀는 여전히 앨범을 가져오려는 움직임을 보이지는 않았다.

"그 이야기를 들려주지 않으시겠어요? 우리 모두 궁금해하고 있어요. 그리고 여기, 제 친구인 피츠브라운은 완전히 사로잡힌 상태고요." 마침내 이렇게 말을 한 사람은 말렛이었다. 그는 피츠브라운을 향해 말했다. "유령과 사랑에 빠져서는 안 된다는 건 알겠지. 그런 일들이 있다고 들었거든."

존스가 코웃음을 쳤다.

목사 부인이 재빨리 그를 향해 말했다. "죽은 사람의 힘을 믿지 않으시나요, 선생님? 그 가엾은 영혼들에 어떤 일이 있었든지, 그들의 영향력이 — 그들의 사랑, 그들의 증오가 — 과거로부터 계속 존재해 와서 산 사람들을 건드린다는 걸 믿지 않으시나요?"

존스는 깜짝 놀라서 무엇인가 그 생각을 거부하는 말을 중얼 거렸다. 그러나 목사 부인은 알아채지 못했다. 혈색 좋고 소박한 그녀의 얼굴은 벽난로 불빛에 환하게 빛이 났고 그녀의 갈색 눈 빛은 이글거리고 있었다. 그녀의 따뜻한 목소리에는 자기 인생을 만들어 가는 것보다 다른 사람들의 인생을 사는 게 더 쉽다고 생 각하는 사람의 사심 없는 관심이 깃들어 있었다.

"선생님이 방금 보셨던 그 두 여자," 그녀가 말했다. "린디 드 볼터와 애런 드 볼터, 그들은 메리 데이질의 힘을 보여주는 살아 있는 기념비들이에요. 서로 다투는 과정에서 그들이 그녀를 죽 인 거 —."

"아이고, 그런 말 하지 말아요, 여보!" 고뇌에 찬 듯 손을 들어 올리며 목사가 끼어들었다.

"그들이 그녀를 죽여버린 거예요" 그녀가 반복해서 말했다. "어떤 식으로든지 말이에요. 말 그대로 진짜 그런 것이든 아니 든, 그게 무슨 상관이겠어요? 그들은 자기들을 지키기 위해서 그렇게 해야 했던 거예요. 하지만 그렇게 함으로써 그들은 그녀 에게 사슬로 영원히 묶여버렸죠."

"하지만," 피츠브라운이 말했다. "그 다른 무덤에는 꽃이라고 는 없던걸요."

"그렇죠." 목사 부인이 동조했다. "그리고 그들의 무덤 위에 놓 이는 화환은 점점 더 커지고 있어요. 안 그래요, 여보? 제 남편

죽음을 걷는 여자

은 그런 게 사악한 거나 다름없다고 느끼고 있어요." 그녀가 웃으며 말했다. "날이 가고 달이 가도 그런 이국적인 꽃들을 계속해서 본다는 건 꼴사나운 거죠. 아니면 속물적인 거고요. 어쨌든 우리의 소박하고 작은 마을 묘지에 어울리는 건 아니라는 말이에요. 하지만 넌지시 알려줘도 아무 소용이 없어요. 제 생각에, 그들이 백합 한 송이, 아니 제비꽃 한 다발이라도 메리 데이질의 무덤 위에 놓아주기만 한다면 남편은 그들을 용서할걸요. 안 그래요, 여보?"

목사는 약점이라도 잡힌 듯이 고개를 숙였다.

"어쩌면 그들이 언젠가는 그럴지도 모르죠." 피츠브라운이 그를 위로하는 말을 건넸다.

목사는 고개를 저었다. "절대 아니에요. 그렇지만, 여보, 당신 얘기를 해줘요. 이 신사분들이 흥미로워한다는 걸 알 수 있잖소. 내가 말했듯이, 그 일의 전말은 당사자들을 제외하고는 아무도 알지 못합니다. 하지만 집사람은 알려진 모든 걸 말해줄 거예요. 그건 그렇고, 무덤에 새겨진 비명은 읽었나요?"

"읽었습니다." 피츠브라운이 말했다. "감동적이더군요. 하지만 아주 예사롭지 않은 것이, 반기독교적이라고까지 할 수 있을 정도던데요. 제 말을 용서해 주신다면, 목사님, 저 모든 흐느적거리는 시들과 경건한 문구들 가운데서 그 짧막한 글이 가장 가혹하고 냉정하고도 명징했습니다."

"기독교적이지 않죠." 목사가 말했다. "그건 이교도의 글입니다. 기원전 300년에 살았던 고대 그리스 작가의 글이에요. 집사람의 외할아버지는 그들이 그런 글을 선택하는 것에 완강하게 반대하셨다고 들었습니다. 하지만 결국은 그들의 결심을 알았고, 비록 기독교적인 희망의 메시지가 담기지는 않았지만, 어쨌거나 완벽히 도덕적인 정서를 담고 있는 그 문구를 사용하지 못하게 막을 실질적인 힘이 없었으니까요.”

“비명이 어땠는데요?” 존스가 호기심을 보이며 말했다.

“이런 겁니다.” 목사는 편안히 앉더니 손가락 끝을 함께 모으고는 기억을 떠올리며 인용했다.

“‘인간인 자, 절대로 슬픔이 없는 삶을 하늘에 청하지 말라. 대신 견뎌낼 용기를 청하라.’ 그리스의 시인, 메난데르의 시에 나온 구절입니다. 집사람의 외할아버지는, 제가 말한 것처럼, 그들이 그 글귀를 쓰지 못하게 막으려고 최선을 다하셨어요. 하지만 결국은 작가의 이름을 넣지 않는다는 조건으로 양보하셨죠. 그래서 거기 그 글이 남아 있는 겁니다. 누군가는 부정하고 싶을 수 있지만, 그 글귀의 적합성은 부인할 수가 없습니다. 그래도 여보, 되는 데까지 당신이 아는 이야기를 해줘요. 총체적 진실이야 영원히 알지 못할 테지만요.”

제1부

1

"어머니가 하신 말씀을 기억하는데요." 목사 부인이 말을 시작했다. "그녀가 도착하던 날은 아름다운 봄날이었어요. 체트워드 롯지는 그 무렵에는 동화 속 세상 같았죠. 정문은 북쪽을 향해 있고 남쪽으로는 잔디밭이 비탈을 따라 내려가서 개울 위 작은 다리까지 이어져 있었어요. 그 너머 저 멀리에는 까마귀들이 날아다니는 바다가 있고요. 이 모든 건, 물론, 지금도 그래요. 그렇지만 사는 게 더 바빠진 요즘은 예전만큼 정원이 중요하지가 않죠. 그래도 체트워드 롯지의 정원들은 여전히 아름답습니다. 정원은 그곳에 사는 사람들의 삶의 일부분이기 때문에 정원을 가꾸는 게 전통처럼 돼 있어서 더욱 그런 거예요. 어머니가 묘사하신 걸로 보면 그 정원들의 특징이, 아름다움 말이에요, 지금은 사라지고 없는 것 같은 막연한 느낌이 들더군요."

"지나간 날이라서 아름다운 거죠." 존스가 끼어들었다.

"어느 정도는 그렇겠죠." 목사 부인이 말했다. "하지만 어머니가 묘사하신 걸 들으면 좀 더 많은 느낌이 드니까…" 그녀는 앨범의 두꺼운 판지를 넘기고는 빛바랜 갈색 사진 한 장을 가리켰다. "저건 그 정원의 삼나무 아래에서 찍은 거예요. 소녀들이 프릴과 주름 장식이 가득한 하얀색 긴 여름 원피스를 입고 있잖아요. 의자에 앉아 있는 이가 린디일 거예요." 그녀는 가까이 들여다봤다. "그리고 그 발치에 앉아 있는 이가 애런이고요. 뒷머리에 큰 리본을 달고 있는 애 말이에요. 린디가 한 살 위인데 항상 대장이었고, 지금도 그래요. 그녀는 대담하고 자신감이 넘치는 아이였죠. 검은 머리, 검은 눈, 사람을 경멸하는 태도였고요. 부드러운 갈색 머리와 푸른 눈의 애런은 좀 더 얌전했지만 유순하지 않기는 마찬가지였어요. 아마도 그녀가, 결국에는, 둘 중에서 더 물러서지 않는 쪽이었을 거예요."

"나무에 몸을 기대고 있는, 재킷을 입은 저 잘생긴 젊은이는 누구죠?" 피츠브라운이 말했다. "레너드라는 사람이겠군요. 그들의 오빠?" 그는 "스무 살에 사망"이라고 적힌 묘비가 있던 대리석 무덤을 기억하며 좀 더 경건한 태도로 물었다.

"아뇨." 목사 부인이 말했다. "저 사람은 존 데스펜서예요. 이웃에 살았는데 오래전에 이곳을 떠났어요. 그는 저들의 유일한 남자 형제인 레너드 드 볼터의 옥스퍼드 대학 동창이었어요. 레너드가 일 년 후배였던 걸로 알아요. 당시에 존 데스펜서는 그 집에서 환영받는 손님이었죠. 린디와 사귀는 사이였는데 모든 사람이 다 인정하는 분위기였고 가족들끼리 곧 약혼을 발표할 일만 남아 있었어요."

"그럼 당시에," 피츠브라운이 말했다. "린디는 몇 살이었나요?" 그는 다시 사진을 들여다봤으나 정원의 등나무 의자에 앉아 있는 소녀의 모습으로는 나이를 알 수가 없었다.

"열여덟 살 정도였어요." 목사 부인이 말했다. "저 두 소녀는 부모가 미얀마에 있는 동안 대부분의 시간을 기숙 학교에서 지냈죠. 드 볼터 씨 부인이 그곳에서 사망하고 7~8년쯤 뒤에 그 남편은 고향 집으로 돌아왔어요. 소녀들은 학교를 그만두고 돌아왔고 옛 저택의 모든 것이 다시 생명을 되찾았죠. 하지만 드 볼터 씨는 당시에 생각이 좀 별난 편이었어요. 그는 딸들이 자기를 돌보리라고는 생각하지 않았어요. 그는 아주 오랫동안 동방에서 살았기에 백인 여성이 손에 물을 묻히는 건 적절하지 않다고 여겼죠. 또 그는, 자기 딸들이 좀 화려하고 개성이 강하다는 걸 알기는 했지만, 그들이 받은 교육을 심히 불만스러워했답니다. 어머니 말씀을 기억하자면, 그는 자기 딸들이 남부 해안의 비싼 기숙 학교에서 집으로 처음 왔을 때 그들의 지적 수준은 교양 없는 한 쌍의 미개인들이라고 할 정도였다고 말하곤 했어요. 그들은 숙녀의 예법은 알았지만, 지식의 차원에서는 자기들이 사는 세계에 대한 이해력이 석기 시대 수준이었던 거죠. 그는 또 자기 딸들이 계급 관계와 의례, 즉 사회적 의례에 관해 부족 국가 수준의 미신으로 무장하고 있다고 말했어요. 세계 곳곳을 두루 다녀봤고 다른 인종들을 관찰했던 그에게는 우리 영국의 어떤 관습들이 인도나 미얀마와 다를 바 없는 '부족 국가' 수준으로 보였던 거예요. … 어쨌건, 그는 당시에는 딸들을 아들처럼 대학에 보내지는 못했어요. 게다가 가족이 다시 함께 살게 된 직후인 만큼 학업을 마치도록 그들을 보내서 가족의 유대를 잃고 싶지는 않았던 거예요. 그래서 그는 집에서 그들의 교육을 이어가야겠다고 마음먹었죠.

그 첫 단계는 가정교사를 구하는 것이었어요. 남자인 그는 집안에 또 다른 남자가 있는 것에 본능적인 거부감이 있었죠. 여성을 들이는 게 편리한 이유를 찾는 건 쉬운 일이었고요.

그 여성이 메리 데이질이었답니다."

2

"근데, 너희 아버지는 그녀를 어디서 찾은 거야?" 삼나무에 느긋하게 몸을 기대앉은 채 존이 말했다. 삼나무의 짙푸른 나뭇가지들이 둥근 테이블 위로 보호막이라도 되는 듯 부채처럼 길게 드리워져 있었다.

"몰라요." 린디가 말했다. "우리는 전혀 모르는걸요. 그녀는 아버지와 절친한 레이디 밀본이라는 분이 추천한 사람이에요. 아버지와 그분은 젊은 시절부터 오랜 세월 서신을 주고받던 사이였어요. 그리고 아버지는 매사에 그분의 조언을 따르곤 했고요."

"레이디 밀본?" 존이 말했다. "아는 이름 같은데."

"아, 그럼요, 대단한 사회 명사인걸요. 법원에서 좋아하는 사람은 아니겠지만 말이에요. 예순다섯 정도 되신 분인데 아버지는 그분이 여전히 매력적이라고 생각하시는 게 분명해요." 린디가 웃음을 터트렸다. "아버지보다 스무 살 연상이지만 내 느낌으로는 그분이 아빠의 첫사랑이었을 게 확실해요."

존은 아름다운 정원을 빙 둘러보며 어깨 너머로 집을 바라봤다. 빨간 벽돌 벽들이 오후의 햇살을 받아 타오르고 있었다. "궁금한데 말이야." 그가 말했다. "너희 아버지는 이제 집에 오셨으니까 재혼하시게 될까?"

린디는 검은 눈썹을 치뜨며 그를 쏘아봤다.

"황당한 소리 하지 말아요, 존! 아버지 나이에? 게다가 레이디 밀본은 —."

"난 레이디 밀본을 생각한 게 아니야." 존이 말했다. 그는 다가와서 그녀 옆의 다른 등나무 의자에 앉았다. "너는 아버지가 여전히 젊은 남자라는 걸 깨닫지 못하는 것 같군그래. 여러 시각으로 볼 때, 예를 들어 결혼이라는 시각으로 볼 때 말이야." 그는 자기 나이와는 어울리지 않게 엄숙한 투로 말했다.

린디의 검은 눈에 발끈한 기색이 보이더니 비웃는 투로 그녀가 말했다.

"남자의 결혼 적령기가 마흔다섯 살이라고 **당신이** 생각하는 건 아니면 좋겠네요!"

존은 웃음을 터뜨렸는데, 당황한 기색이 감지되는 웃음이었다. "당연히 아니지, 린디! 하지만 그럴 수 있는 나이이기도 하다는 —."

"우리 아버지는 이미 결혼한 사람이에요!" 린디가 열을 내며 말했다.

"그건 알지. 린디, 알다시피, 너희 아버지 인생의 한 국면, 그러니까 너희 어머니와 함께했던 시간, 인생의 초창기, 젊은 시절은 끝이 났어. 살던 곳 역시 바꾸었으니 이제 그렇다는 느낌이 두 배로 선명하게 느껴지실 거야. 미얀마를 떠나신 게 그분께 어떤 의미인지… 그건 우리가 아는 것보다 훨씬 더 많은 의미가 있을 거야."

린디의 눈빛은 여전히 화난 기색이었지만 그는 알아차리지 못했다.

"그리고 여기, 영국에 계시잖아. 말과 개, 하인들, 그리고 딸들에 둘러싸여 신사의 생활을 영위하는 것 말고는 할 게 전혀 없는 나라에 말이야."

"존, 정말 못 들어주겠어요!" 린디가 소리쳤다. 두 사람 다 애런의 존재를 알아채지 못했다. 그녀는 잔디밭을 가로질러 조용히 다가와서 특이한 흰색 털 뭉치를 뺨에 대고서 지금 그들 뒤에 서 있었다. "아버지는 우리를 그저 장식품으로만 여기는 분이 아니에요! 우리는 아버지에게 아주 소중한 존재라고요. 우리 둘에게 그렇게 말씀하셨어요. 아버지는 우리를 딸 이상으로, 그러니까 친구로 생각한다고 말씀하셨죠. 아버지는 절대로 —."

존은 냉철하게 말을 계속했다. "남자는 딸들만으로는 부족해. 당연히 친구만으로도 부족하지. 아버지를 진짜로 쳐다본 적이 있어? 물론, 네게 마흔이 넘은 나이는 늙은 거겠지. 어쩌면 내게도 그래. 하지만 난 그분을 다른 시각으로, 그분 자신의 시각으로 볼 수가 있어. 장담하는데, 그런 관점에서 보면 그분은 우리만큼 젊어. 우리만큼 인생을 궁금해하고, 새로운 경험에 목말라 있단 말이지. 아마 더 그럴지도 모르지. 그분은 우리와는 달리 두려움이 없을 테니까. 우리는 —." 그의 잘생긴 얼굴에 먹구름이 드리웠다.

"두려움이라!" 린디가 경멸하는 투로 따라 했다. "두려울 게 뭐가 있다는 거죠?" 그녀는 그를 쳐다보려고 앞으로 몸을 기울였다. "당신이 뭔가 두렵다는 말은 아니겠죠, 존? 그럴 리가 없잖아요."

존은 어깨를 으쓱했다. "아, 난 어떤 실제적인 걸 말하는 게 아니야. 예컨대, 영국이 행여 전쟁이라도 하고 있다면 남자들 대부분이 그렇듯 나도 훌륭한 군인이 될 거야. 하지만 내가 두려운 건 정신적인 경험 ─ 사람이 저지르게 될 수 있는 실수, 피할 수 없고 지독한 실수 ─ 이야. 그런데 인생은 너무 짧으니 ─.”

그의 목소리에 갑작스러운 고통이 느껴져서 린디는 몸을 돌려 그를 더 가까이 보려고 했다. 애런의 조용한 목소리가 들리는 바람에 그들은 둘 다 깜짝 놀랐다.

“방해해서 미안해요. 기차가 들어왔다는 말을 해주려고 온 거예요. 내 방 창문에서 연기가 보였거든요.” 그녀는 뒤돌아 집 쪽을 봤다. 남서쪽 부속 건물에 붉은 타일 지붕이 있는 탑이 하나 있는데, 애런의 방은 그곳에 있었다. “그러니까 얼마 안 있으면 도착할 거예요.”

“백스터가 그녀를 마중 나갔어?” 린디가 말했다. “아버지가 그에게 말했대? 내게는 아무 말 안 하셨어.”

“아니,” 털이 복슬복슬한 하얀 동물을 내려다보며 쓰다듬으면서 애런이 말했다. “아버지가 직접 가셨어. 10분 전에 이륜마차를 몰고 가시는 걸 내가 봤어.”

린디는 잠시 밀이 없었다. 그녀는 의문스럽다는 듯 이마를 찡그리며 곰곰이 생각했다. 존이 일어나서 의자 뒤 애런 가까이 섰다. “거기 데리고 온 건 뭐지?” 그가 머뭇머뭇 손을 내밀었다가 도로 뒤로 빼며 말했다. “작은 흰색 원숭이 같은데. 굉장히 똑똑해 보이는걸! 분명 그럴 거야! 파란 눈이 멋져! 네 눈보다 살짝 더 파랗네, 에어리! 그게 뭐야? 새끼 고양이?”

“맞아요, 새끼 고양이.” 애런이 말했다. 존은 손을 내려 그녀의 가슴에 안긴 고양이를 쓰다듬었다. “샴 고양이에요. 아버지가 미얀마에서 돌아오실 때 두 마리를 데리고 왔어요. 아버지는 고양이들을 곧장 데리고 들어오지는 못했어요. 질병이 있을 경우를 대비해서 세관에 맡겨두게 됐거든요. 고양이들은 어제 도착했어요. 새끼 네 마리와 함께 말이에요! 아주 귀한 동물이죠. 귀엽지 않아요?" 그녀는 자기 얼굴 쪽으로 고양이를 들어 얼굴을 틀었는데 그러다가 존의 손에 손이 맞닿았다. 존은 그녀의 목과 얼굴이 빨갛게 물드는 것을 봤다. 그는 자기 손을 움직이지 않고 그대로 뒀다. 린디는 어쨌든 그 장면을 보지 못했다.

"이 고양이가 자라면," 애런이 숨도 제대로 쉬지 못하고 말했다. "더는 하얗지 않고 옅은 황갈색이 될 건데, 꼬리와 발, 그리고 귀와 얼굴은 초콜릿 같은 갈색으로 변해요. 아버지는 얼굴이 아니라 마스크라고 불러야 한대요. 하지만 눈은 여름철의 바다같이 항상 파랄 거예요."

"눈을 굉장히 지독하게 찡그리고 있네." 존은 고양이를 더 가까이서 보려는 것처럼 몸을 숙였다. 고개를 숙인 애런의 가느다란 머리카락이 거미줄처럼 그의 이마에 닿았다. "눈에 아무 이상이 없는 게 확실해?"

"네, 그럼요, 본래 성격이 그래요!" 애런이 말했다. "봐요, 꼬리 끝이 말려 있잖아요. 아버지 말로는, 그게 혈통이 좋다는 표시래요."

존은 고양이의 꼬리를 손으로 만졌다. 그러나 이번에는 애런이 자기 손을 뒤로 뺐다. 그녀는 거기 서 있는 존을 놔두고 린디 앞을 가로질러 가서 그가 앉아 있었던 등나무 의자에 앉았다.

"어떤 사람일 것 같아?" 린디가 말했다. "아버지가 직접 마중을 나가다니 진짜 웃기네! 아버지는 보통 좀처럼 움직이지 않으시는데 말이야."

"백스터가 정원에서 할 일이 있었나 보지." 애런은 새끼 고양이의 등을 손가락으로 훑으면서 아무 생각 없이 말했다.

"186cm의 근위대 병사 스타일로," 존이 짐짓 쾌활한 척하며 끼어들었다. "검은 옷을 입고 안경을 썼네요. 우산을 들고 장화를 신고 있고요. 산술을 특히 좋아하고…."

린디가 일어섰다. "잠깐만요, 가서 그녀의 방이 준비돼 있는지 봐야겠어요." 그녀는 재빨리 잔디밭을 가로질러 멀어져 갔다.

존은 그녀가 앉았던 의자로 가서 애런 옆에 앉았다. 그는 고양이를 다시 쓰다듬으려는 듯한 자세를 취했지만 애런은 뒤로 물러났다. 존 역시 마음이 상했거나 기분이 나빠진 듯 물러났다.

"왜 나한테 그렇게 차갑게 대하는 거야, 에어리?" 그가 낮은 목소리로 황급히 물었다. "내가 너와 단둘이 있는 일이 자주 있는 것도 아닌데."

애런은 입술을 깨물었다. "모든 걸 망쳐야만 하겠어요?" 그녀가 말했다. "난 당신이 이해가 안 돼요. 언니를 배신해서 나를 완전히 당황스럽게 만들려고 하는 거예요?"

존은 기다란 의자에 누워서 그녀에게 느긋하게 미소를 지었다. "넌 정말 너무 진지하구나!" 그가 말했다. "달콤한 열일곱이라더니, 전혀 —." 그는 재빨리 앞으로 몸을 기울였다. "에어리, 내가 어느 날 너를 장미 정원에서, 아니면 주목 나무들 사이에서 붙잡으면 우린 그 모든 걸 바꿔놓게 될 거야."

그는 그녀가 일어서서 하얀 프릴과 주름 장식을 휙 돌리며 그를 두고 가버릴 것으로 예상했다. 그러나 그녀는 고개를 반쯤 돌린 채 미동도 없이 거기 앉아 있었다. 그녀는 고양이를 꼭 껴안는 것조차 잊고 있었기에 그는 자신이 무시당했다고 느끼며 등을 젖혀 그녀에게 몸을 밀착했다가 결국은 의자에서 펄쩍 뛰어내렸다.

"왜 대답하지 않는 거야, 에어리?" 존은 그녀를 괴롭히며 다그쳤다. "요조숙녀답게 왜 저항하지 않는 거지? 아님, 이런 상황에서 어떻게 행동해야 하는지 기숙 학교에서 배우지 않았던 거야? 아마도, 남선생이든 여선생이든, 새 가정교사가 말해주겠지!"

애런은 날카롭게 그에게 대들었다. "나도 내가 경멸스러운데 당신은 내가 나를 더욱 경멸하게 만들면서 상처받는 걸 즐기는군요. 도대체 왜 그러는지 모르겠어요." 그녀의 목소리는 낮았고 입술은 거의 움직이지 않았다. 그러나 눈에 가득한 분노로 인해 그녀의 눈은 짙은 청색으로 보였다.

"왜 그러지 말아야 하지?" 그가 열을 내며 말했다. "상처받은 건 **나**야. 고통스러운 건 **나**라고. 너는 왜 그렇게 않아야 하지? 내가 왜… 모든 사람을 보호해야 하냐고? 아, 그래, 숙녀를 조금이라도 불편하게 하니 호랑이나 악마에게 산 채로 잡아 먹혀야 하는 게 관습이라는 건 알고 있어! 하지만, 이봐, 난 그런 관점을 지지하지 않아. 너 자신은 네가 더 잘 돌봐야 한다고 나는 생각해. 내가 나의 고통은 물론이고 너의 고통까지도 견뎌야 한다니, 난 뭐 강철이나 화강암으로 만들어지기라도 한 거야?"

"그런 건 아니죠." 애런의 목소리는 그가 거의 들을 수도 없을 정도로 낮게 깔려 있었다. 그러나 그의 귀는 애런의 목소리에 묻어나는 미묘한 느낌마저 다 들을 수 있을 만큼 예민했다. 그는 앞으로 몸을 기울이더니 그녀의 머리카락에 입술을 대다시피 하며 말했다.

"나를 용서해 줘, 자기야. 난 어쩔 수가 없어. 너를 사랑해."

"존," 애런은 속삭이듯 말했다. "린디 언니에게 당신이 **말해야 해요.**"

"린디에게 말하라고? 난 못 해, 애런. 알잖아. 난 그녀와 약혼한 사이야. 발표한 건 아니지만 너희 아버지에게 내가 이미 말씀드렸어. **그녀에게** 말을 했고. 우리 가족들이 알고 있어. 그래서 내가 괴로운 거야." 그는 자기의 이마를 두드렸고 애런은 그를 지켜보고 있었다. 회의에 빠진 불행한 그녀의 표정이 굳어져 갔다. "아아, 난 왜 그토록 눈이 멀었을까요? 당신은 거기 있었는데… 그런데도 무슨 영문인지 난 너무 늦어서야 알게 된 거예요."

애런은 냉정을 되찾았다. "다른 사람들이 곧 여기 올 거예요." 그녀가 말했다. "이륜마차 소리가 들린 것 같아요. 당신이 말한 것처럼, 어쩌면 미스 데이질이 우리 문제를 해결해 줄지도 모르죠. 우리가 자기 눈에서 벗어나는 일이 절대로 없게 한다면 말이에요. 린디 언니가 당신을 만나는 건 당연히 내버려 두겠죠. 당신들은 약혼한 사이니까요. 하지만 나에 대해선 ―." 그녀는 웃음을 터트렸다. 그녀의 경멸 어린 철없는 표현에 그는 얼굴을 세게 얻어맞은 것 같았다.

그는 화가 나서 일어섰다. "난 갈 거야, 에어리. 린디에게는, 낚싯대 문제로 프랫과 만나기로 약속한 게 기억났다고 해줘. 작별 인사를 하려고 아침에 내가 여기 올 거라고 말해주고."

"작별 인사라고요?" 애런이 되풀이해 말했다.

"그래, 작별 인사. 화요일까지 있어도 되지만, 그게 무슨 소용이 겠어? 내가 빨리 갈수록 우리 둘 다 더 편해질 거야."

애런은 그를 올려다봤다. 자기를 구슬려 보려는 그의 시도를 훤히 꿰뚫어 봤지만, 그녀는 그걸 물리칠 만큼 강하지 않았다. "가지 말아요, 존." 그녀가 말했다. 그가 계속 있기를 원한다기보다는 그의 기분을 좋게 해주려는 것이었다. "나를 위해 가지 말아 달라는 거예요. 이 일은 지나갈 거예요. 난 견뎌낼 수 있어요. 난 마음을 줄 다른 뭔가를 찾을 거예요. 열심히 공부할 거고 ─."

"내가 계속 머무르면," 존은 의자 팔걸이에 무릎을 대고 말했다. "내일 장미 정원에서 만나주겠어? 그냥 작별 인사를 하려는 거야. 잠시면 돼, 에어리. 이건 거절하면 안 돼. 약속할게, 이번에는 작별 인사가 **될 거야** ─ 영원히. 난 마음이 정리되면 돌아올 거고, 그렇지 않으면 다시는 오지 않을 거야."

애런은 그의 말을 눈곱만큼도 믿지 않았다. 그러나 그가 채근하자 그녀의 의지력은 마비돼 버린 것만 같았다.

"내일, 장미 정원에서, 3시야. 어쩌다 보니 알게 된 건데, 린디는 우리 어머니와 함께 재봉사를 만나러 갈 거야. 넌 여기 혼자 있게 되는 거지. 그 두 사람이 거기로 확실히 출발하는 걸 보면 내가 여기로 올게. 그들은 적어도 한 시간은 지나야 돌아올 거야. 알겠지?"

"그런데 미스 데이질은요?" 애런이 머뭇거렸다. "그 새 가정교사는요? **그녀가** 어떤 결정을 **내릴지** 내가 어떻게 알겠어요? 그녀는 내일 나를 데리고 산책하려고 할지도 모르고, 아니면 공부하도록 시간을 맞춰 놨을 수도 있는걸요. 아, 이 나이에 우리를 가정교사에게 맡기다니, 아버지는 진짜 황당해요!"

"그녀를 따돌리면 되잖아." 존이 애원했다. "그녀는 쉬고 싶을 거야. 그녀 나이라면 오후에 낮잠을 자고 싶을 거라고. 올 거지? 약속해!"

애런은 집 쪽으로 급히 시선을 보냈다. "그래요, 알았어요. 이제 제발 가요, 존. 그들이 오는 게 보여요."

존도 역시 그쪽을 쳐다봤고 테라스에서 움직이는 모습들을 볼 수 있었다. 그러나 삼나무 가지가 그를 가려주는 역할을 여전히 톡톡히 해주고 있었다. 그는 그녀의 입술에 재빨리, 그리고 가볍게 키스하고는 잔디밭을 가로질러 나갔다.

그렇게 해서 그는 그 첫날 메리 데이질을 보지 못했지만, 그녀는 그를 봤고 그가 누구인지, 왜 서둘러 가버린 것인지 의아해했다.

3

높다란 느릅나무들이 아치를 이루고 있는 평평한 시골길을 이륜마차가 활기찬 속도로 굴러갔다. 마차는 이제 멋진 자태를 완전히 드러내고 있었다. 조랑말의 밤색 털이 자르르 빛났다. 말은 갈기가 짤막한 목을 뒤로 젖히더니 발을 높이 들어 쭉 내렸다. 새로 칠한 이륜마차 차체도 반지르르 윤기가 흘렀다. 양손에 노란 장갑을 끼고 고삐를 쥔 남자가 마차와 일체가 된 듯 움직이고 있었다. 몸을 꼿꼿하게 세우고 어깨를 쫙 펴고 팔꿈치를 양옆으로 젖힌 그는 자기가 예전에 딸들과 가정교사에게 사준 작은 장난감 같은 것이 아니라 마치 웅장한 마차라도 모는 것처럼 앉아 있었다. 그 무렵 그는 인생에 대한 자부심과 열의에 충만해 있었기에 뭐든 그렇게 멋지게 하지 않고는 배기지 못했다.

랠프 드 볼터는 인생의 이 시기를 즐기고 있었다. 예전에 그는 뭔가를 즐긴 적이 없었다. 이런 것은 그로서는 예상치 못했던 일이었다. 그는 영국의 전원생활이 지루할 것이고 동방을 향한 향수에 젖을 것으로 예상했었다. 그러나 그가 느낀 향수는 그의 즐거움을 배가시키는 요소일 뿐이었다. 그 향수는 미얀마에서 지내던 시절의 성가시고 불편했던 모든 요소가 사라지고 그 시절의 색감과 매력만이 떠오르는 낭만적인 그 무엇이었던 것이다. 사실, 그는 그곳에, 양곤에 있는 영국 공동묘지에 아내를 남겨두고 왔다. 그러나 사실, 그가 속으로도 솔직히 말한 적은 없지만, 그것은 그에게는 아주 괜찮은 일이었다. 그녀가 살아 있을 때 그는 그녀를 좋아하고 자랑스러워했었다. 그러나 그에게는 죽음에 대한 공포가, 아니 그보다는 죽음과 관련된 의식에 대한 공포가 있었다. 그래서 그는 그런 생각을 하지 않아도 된다는 것에, 심지어 무덤조차 더는 생각하지 않아도 된다는 것에 안도했다. 묘소는 지구 반대편에 있었고, 그는 비용을 내고 묘를 영구 관리해 주는 서비스에 가입했다. 만일 아내의 무덤이 그의 지역 묘지에 있었다면 그는 교회에 갈 때마다 그 무덤을 찾아야 했을 것이고 그랬으면 마치 무거운 짐에 짓눌린 것 같았을 터였다. 때때로 그는 꿈에서 그런 상황을 보고 괴로워하며 잠이 깨곤 했다. 그러나 낮에는 그런 생각이 거의 들지 않았다. 그는 이미 교회 벽에 추모 판을 붙였고, 그것으로 그 문제는 종결된 셈이었다. 마음의 짐을 털어버릴 수 있었던 것이다. 햇살이 눈부시게 쏟아지고 새들이 노래하고 과수원에는 체리꽃과 배꽃이 하얗게 핀 이런 날 죽음을 생각한다는 것은 어리석다 못해 은총을 모르는 일일 것이었다.

그리고 지금, 그는 메리 데이질을 만나러 가는 길이었다.

그는 자기가 무슨 일을 하고 있는지 살짝 의식하면서 혼자 웃음 지었다. 한 집의 가장이 딸들의 가정교사를 맞이하러 직접 가는 것은 그리 흔한 일이 아니었다. 그는 린디가 알았다면 자기에게 날카로운 눈길을 주었으리라 상상할 수 있었다. 그는 자신이 폭군과는 전혀 다른 의미에서 가장 노릇을 정말 잘하고 있다는 자부심이 있었다. 그러나 그가 성격이 조금만 물렀다면 눈매가 날카롭고 언변 좋은 린디를 벌써 약간은 두려워했을 것이었다. 그는 잠시 두 딸을 생각했다. 린디는 성격이 너무 대차고 애런은 정말 온순했다. 그는 존 데스펜서가 린디에게 최고의 남편이 될지 의문스러웠다. 하지만 그건 그 친구가 알아서 할 문제였다. 그는 아들인 레너드를 생각했다. 현재 그에게 아들은, 비록 엄청난 매력의 소유자라는 걸 느낄 수 있기는 하지만, 완전한 미스터리였다. 레너드에게 생각이 미치자 그는, 언제나 그랬듯이, 멈칫했다. 지금의 새 인생에서 그 자신이 다른 세상 사람이라는, 구닥다리 중년이라는 느낌을 들게 만드는 유일한 사람이 레너드였다.

그는 울타리가 높게 쳐진 정원을 통과했다. 달콤한 수선화 향기가 났다. 다른 쪽으로는, 맑은 시냇물이 돌멩이들 위로 물결을 일으키며 길을 따라 흐르고 있었다. 길 위에서 박자를 맞추듯 선명하게 울리는 조랑말 발굽 소리와 부드럽게 윙윙거리는 고무바퀴 소리에도 그를 따라오는 시냇물의 재잘거리는 소리는 묻히지 않았다. 그는 왜 메리 데이질을 만나러 가고 있는 것일까? 딸들의 교육에 관한 관심이라는 측면 말고 — 물론 그는 지대한 관심을 지니고 있었지만 — 그녀가 그에게 어떤 관심의 대상일 수 있는 것일까?

그는 레이디 밀본을 생각하면서 콧수염을 꿈틀거렸다. 그녀는 자기가 그보다 한 수 위라고 믿고 있었다. 그가 또다시 그녀에게 조언을 구하러 갔을 때, 그녀는 그를 보고서 한 번에 두 마리 토끼를 잡으라고 했다. "입주 가정교사 시대는 끝났어." 그녀는 그를 설득했다. "당신에게 필요한 건 여자야. 물론, 나이 들고 좀 더 성숙하고 안정된, 하지만 무섭거나 못생기지는 않은 그런 여자지! 사회적으로는 실패한 어떤 사람과 어린 딸들이 계속 함께 있으면 좋을 게 없어. 그 애들이 눈앞에 있는 사람을 경고의 대상으로 보고 있을 때 뭘 가르칠 수가 있겠어?" 레이디 밀본은 웃음을 터뜨렸다. "친애하는 랠프, 난 당신이 당신 딸에게 바라는 게 뭔지 정확히 알고 있어. 당신은 그 애들이 멍청하지 않으면서도 여성적인 매력을 잃지 않기를 원하는 거야. 그 애들이 여자들에게 적합한 것으로 여겨지는 수많은 편견과 미신이 아니라 그들 자신에 관해, 그리고 자기들이 사는 세상에 관해 합리적인 지식을 갖기를, 하지만 균형 감각은 유지하기를 바라지." 그녀는 또다시 웃었다. "난 당신에게 공감해. 내가 바로 그렇게 되고 싶었거든. 알다시피, 난 영리한 사람이야. 하지만 내가 어렸던 시절에는 그걸 인정하는 건 사회적으로 배척당한다는 의미였기에 난 내가 가진 모든 기술을 동원해서 그걸 숨겼지. 그래서 머리가 텅 빈 사람과 결혼했고 내 딸들이 멍청한 거야! 하지만 당신 딸들은 분명 그렇지 않아. 그리고 그 애들이 그런 척해야 할 이유도 전혀 없지. 시대가 바뀌고 있어. 아직 갈 길이 멀지만, 그런 시대가 분명 도래할 거라는 걸 난 알 수 있어."

그렇게 그녀는 그가 막연히 품고 있던 이상적인 생각들을 분명하게 밝혀주면서 말을 계속했다. 하지만 레이디 밀본이 그런 이상을 아무리 진지하게 여겼다고 해도 그런 것을 논하는 것이 복적은 아니었다. 그녀는 요점에 도달했다. "이제, 난 당신 딸들의 말벗으로 안성맞춤인 사람을 알고 있어. 교양 있고, 견문이 넓고, 매력적이고… 불운한 사람이지. 이름은 메리 데이질이라고 해."

"데이질?" 랠프가 따라 했다. "어디서 들어본 이름 아닌가요?"

"분명 들어봤을 거야." 레이디 밀본이 말했다. "지난 5년간 잠들어 있었던 게 아니라면 말이지. 아, 하지만 물론, 당신은 그때 계속 외국에 나가 있었지. 아마도 영국 신문들을 보지는 않았겠구나!"

"신문은 봤습니다." 랠프가 말했다. "한두 달 늦게, 혹은 우리가 오지에 있을 때는 더 늦을 때도 있었지만요. 그건 왜요?"

레이디 밀본은 목소리를 낮췄다. "그녀의 어머니가 관련된 충격적인 사건이 있었거든. 유명한 사건이었어. 비록 요즘은 언제나 뉴스가 너무 많아서 이런 사건들이 그때만큼 그렇지는 않지만 말이야. 그녀의 어머니는 배우였어. 오페라 가수였지. 내가 알기로는 꽤 좋은 집안 출신이야. 그런데, 음, 그녀는 루퍼트 데이질이라고, 워스데일 후작의 조카인 형편없는 건달과 결혼했어. 그는 메리가 태어난 직후에 그녀를 버리고 말았어. 그에 대해 좋게 말하자면, 그는 그들에게 돈은 후하게 줬고, 그래서 메리가 최고의 교육을 받았다는 거야. 그러나 그 모든 정황에도 아랑곳없이 루퍼트에게 빠져 있던 그 어머니는 그를 되찾으려는 시도를 결코 그만두지 않았어. 그녀가 하도 성가시게 구니까 그는 몇 년이고 계속 자취를 감춰버릴 정도였어. 그러다가 그녀가 포기하고 체념한 상태가 되었기를 희망하면서 돌아왔는데 전혀 그렇지 않았던 거야! 그녀는 그가 있는 곳을 들어서 알게 되자마자 그를 쫓아다녔어. 그녀가 그에 대한 집착을 절대로 포기하지 않는 바람에 그는 이혼 소송을 위한 동거권 회복 명령을 받기도 하는 등 여러 가지를 했어. 실제로, 그녀는 그의 클럽이나 하우스 파티 장소에 나타나서 그를 웃음거리로 만들거나 그 비슷한 짓들을 했던 거야. 메리는 그 모든 걸 알지 못했어. 기숙 학교에 있다가 외국으로 유학 갔거든. 그러나 그 어머니로 말하자면, 악명이 높아져 갔어. 사람들은 이쪽저쪽 나뉘어 편을 들었지. 그 불쌍한 여자가 어쨌든 그의 아내라는 것을 떠올리며 그녀를 추종하는 사람들이 생겼어. 그리고 그런 것 때문에 루퍼트는 때때로 불쾌한 일을 당하곤 했어. 사람들은 그녀의 악명이 부당하다고 여기기도 했고 그가 겪는 불편과 당황스러움에 대해 항변하기도 했어. 아무도 깨닫지 못한 게 있다면 그건, 뒤틀린 애정으로 인해 그녀의 머리가 이상해졌다는 거였어.

어느 날 루퍼트가 런던에 있을 때 그의 아내는 언제나 그랬던 것처럼 그의 숙소를 알아냈어. 그녀는 그 호텔로 갔지. 어떤 여자가 그와 함께 있었어. 그녀는 방한용 토시 속에서 권총을 꺼내서 두 사람을 다 쏴 죽였어.

그녀는, 당연히, 재판을 받았지. 검찰은 그녀가 몇 년간 그를 해치려고 계획을 세웠다는 걸 증명하려고 최선을 다했어. 그러나 많은 사람이 그녀를 불쌍하게 여겼어. 배심원은 그녀가 유죄지만 정신이 온전치 못한 것으로 판결했고. 그녀는 1년 뒤에 죽고 말았지. 그런데 메리가 있었던 거야.

그녀는 집으로 와야 했어. 생계를 위해 돈을 벌기 시작해야 했지. 하지만 어떤 자리든지, 그녀를 고용하려는 사람은 거의 없었어. 그리고 고용했던 사람들은 그녀 어머니의 불운한 사건을 빌미로 그녀를 괴롭혔고. 그녀의 어머니를 알고 지냈던 우리 몇몇이 그녀를 도우려고 노력해 와서 그녀는 최악의 시기를 겨우 넘기게 됐어. 하지만, 랠프, 그녀에게는 집이 필요해. 어디든 정착해서 잊고 살 수 있는…. 그녀는 재능이 뛰어난, 출중한 음악가이고 승마도 잘해. 프랑스어와 독일어, 이탈리아어를 원어민처럼 구사할 줄 알지. 게다가, 비록 그 가족은 그녀를 나 몰라라 하지만, 워스데일의 종손녀이기도 하고. 그녀는 당신 딸들보다 그렇게 나이가 많지는 않아. 내가 알기로는 스물다섯인가 그래. 그렇지만, 참, 그녀의 인생은 지난 5년간 순탄치 않았어. 그녀는 세상이 어떤 곳인지를 알고 있어. 그래도 여전히 그 애들의 말벗이 될 정도로 젊기는 해.”

랠프는 귀 기울여 듣고 나서 곧바로 답을 하지는 않았다. 레이디 밀본의 목소리에 시급함이 묻어나는 것으로 볼 때, 그는 그녀가 메리를 위해 계획한 모든 것을 아직 자기에게 다 말하지는 않았으리라 짐작했다. 워스데일 후작의 종손녀이자 출중하고 아름답다고? 메리가 아름답다고 그녀가 말을 했던가? 아니면 단지 그녀가 전달한 인상이 그랬던 것일까? 그런데 이쪽에는, 세상을 아는 남자가 있다. 무고한 사람이 피해자가 된 충격적인 사건에 대해 몸을 사리지 않을 것이며 필요하다면 런던 사교계 앞에서도 경멸을 표할 수 있는, 홀아비이고 부자이며 여전히 젊은 남자가 있는 것이다. 어떤 여성이라도 충분히 돌볼 수 있는 능력이 있는…. 랠프는 그녀의 모든 생각을 읽었다. 그는 그녀를 한동안 내버려 두며 기다리게 했다. 이윽고 그가 말했다.

“친애하는 오거스타, 그녀의 후원자가 **당신이라면** 그걸로 이미 충분합니다.”

“그녀를 받아줄 거야?” 레이디 밀본은 기쁨에 겨워 그의 두 손을 꽉 움켜잡았다.

“아, 전 **그렇게까지** 말하지는 않겠습니다.” 랠프가 미소를 지으며 말했다. 그러더니, 그녀가 고개를 떨구는 것을 보고는 덧붙였다. "제 말은, 마지막 결정은 제 딸들에게 달려 있다는 뜻이에요."

"당신 딸들에게!" 레이디 밀본은 놀란 기색이었다.

"네. 그 애들에게 제가 **말벗**을 강요할 수는 없죠." 그는 그 단어를 살짝 강조했다. "그 애들이 그녀를 좋아하지 않는다면 제가 어쩌겠어요? 그녀가 나이 든 무서운 여자라고 해도 그런 건 문제가 안 될 겁니다. 그러나 젊은 여성이라면, 그 애들과 기질이 상충할 경우 문제가 생길 거예요."

"메리는 재치가 넘치는 사람이야." 레이디 밀본이 열성적으로 끼어들었다.

"아마 그렇겠죠. 하지만 린디는 그렇지 않습니다. 그 문제는 제게 맡겨주세요, 오거스타. 데이질 양을 다음 주에 한번 체트워드로 내려보내 주세요. 그동안 제가 아이들에게 얘기를 꺼내겠습니다. 그들이 원만하게 잘 지내면 주선을 아주 멋지게 한 셈이 되겠지요. 어찌 되나 한번 두고 보죠."

그러나 그는 그 소식을 딸들에게 전하지 않았다. 그들은 자기들에게 닥칠 일을 전혀 알지 못했다. 소심해서 그랬던 것일까? 그럴지도 모른다. 하지만 여자들이란 다루기 힘든 존재인 것이다.

이륜마차가 역 구내로 미끄러져 들어갔다. 랠프는 거기 서 있는 사람 중 한 명에게 고삐를 건네고는 승강장으로 걸어갔다. 정지 신호가 들어와 있었다. 그리고 거기, 저 멀리 철로가 합쳐지는 곳에 검은 점 하나가 있었다. 그는 기관차가 오르막으로 접근해 오는 것을 볼 수 있었다. 기관차 굴뚝에서 흰색 증기구름들이 피어오르자 그의 심장 박동도 그와 동시에 빨라지는 것 같았다.

4

연못 위에 둥근 돌멩이를 놓으면 아무런 반향도 일으키지 않고 물속으로 가라앉아 자취를 감추는 것처럼 메리 데이질은 그들 사이에 아주 빠르게 자리를 잡았다. 그녀는 그들이 자신의 존재를 거의 알아채지 못하게 하려고 작정을 한 것 같았다. 그녀는 귀족 출신으로서 두 소녀에게 가정교사라기보다는 말벗인 것으로 되어 있었기에 매끼 식사를 그 가족과 함께해야 했다. 그녀는 그렇게 했다. 그러나 그 후에는, 눈에 띄지 않게 자리를 뜨거나 물러가겠다고 허락을 구하곤 했다. 그러면 남겨진 그 가족은 그녀의 빈자리를 느끼면서 어떻게 하면 그녀를 붙들어 둘 수 있을까 하고 생각하곤 했다. 그녀가 그들을 피하면 피할수록 그들의 머릿속에는 그녀의 자리가 더 커지는 것이었다. 일주일도 채 지나지 않아, 비록 그녀가 그들 누구와도 개인적으로 얘기를 나눈 적이 없었음에도, 그들 각각은 그녀가 와서 생긴 변화를 깊이 의식하고 있었다.

그들이 그녀를 봤을 때 받은 충격에서 벗어나는 데는 조금 시간이 걸렸다. 랠프의 경우, 승강장에서 그녀를 기다리면서 그는 자기가 심사할 여성이 다가오고 있다고 생각하며 남자의 자부심에 충만해 있었다. 그는 그녀의 생김새에 관해 꽤 선명한 그림을 그려놓고 있었다. 눈치 빠른 그는 레이디 밀본을 통해 그 모습을 알게 됐다고 믿었다. 레이디 밀본이 그에게 아내 될 사람을 소개

한다면 그의 취향을 고려했을 것이다. 그녀가 보내줄 여자는 키가 크고 비율이 좋고 뚱뚱하지 않으며 수려한 미모의 여인일 것이었다. 말처럼 튼튼하거나 남성적인 여자가 아니라 어디 내놓아도 자랑스러울 여인일 것이었다. 사실, 랠프 드 볼터의 첫 부인은 키가 보통일 뿐이었고 다소 마른 편이었다. 그러나 랠프는 소년 같은 환상을 가지고서 항상 그리스 신화의 여신 헤라를 마음속으로 그려왔었다. 레이디 밀본이 이런 점을 알 리 만무하다는 것을 그는 잊고 있었다.

그런 까닭에, 기차에서 내린 유일한 승객인 메리 데이질이 승강장으로 발을 내디뎠을 때 그는 깜짝 놀라고 말았다. 그녀는 곧바로 그의 앞으로 와서 장갑을 낀 손을 내밀었다. 그러나 그녀의 인사를 들으려고 몸을 숙여도 모자챙 아래서 나지막하게 중얼거리는 소리를 들을 수 있었을 뿐 얼굴은 전혀 보이지 않았다. 그녀는 손에 아무것도 들고 있지 않았다. 뒤돌아봤더니 짐꾼과 경비가 큼지막한 검정 짐가방을 옮기느라 낑낑대고 있었다. 외국어 수하물 표로 도배를 한 듯한 그 가방이 짐의 주인보다 훨씬 더 컸다.

기차는 삑 소리를 울리고는 태평스럽게 가던 길을 갔다. 랠프는 미스 데이질을 이륜마차로 인도했다. 그는 그야말로 바보가 된 것 같은 느낌이었다. 그는 자신의 홀아비 생활이 위협받을 일이 없어서 안심이라고, 자신은 계속해서 독신 생활과 자유, 평온한 전원의 삶을 즐길 수 있다고 속으로 생각하려고 애썼다. 그러나 사실 그는 실망했고, 거의 속은 느낌이었다. 아울러, 그가 무슨 생각을 하고 있었는지 누구도 전혀 알지 못했다는 것에 감사한 느낌이 들었다. '왜 나를 오도한 거지?' 오랜 친구인 레이디 밀본에 대한 천부당만부당한 원망이 들며 마음속이 부글거렸다.

그는 미스 데이질이 이륜마차를 타는 것을 도왔다. 그리고 몇 분 동안 그들은 말없이 마차를 타고 갔다. 메리 데이질은 양손을 포개고 앉아 있었다. 상대방의 기분을 맞춰주려는 의향 따위는 전혀 없는 것 같았다. 그녀가 바로 옆에 있어서 불편해진 — 작은 이륜마차 안에서 그녀의 무릎이 그의 무릎에 스쳤다 — 랠프는 자신의 실수에 짜증이 났고, 어찌할 바를 몰랐다. 그는 앞에 펼쳐진 시골길을 바라보며 여정이 끝나기를 학수고대했다. 마침내, 그녀가 앞을 보지도 풍광을 감상하지도 않고 그의 어깨 너머를 똑바로 보고 있다는 것을 알게 된 그는 처음으로 그녀를 보려고 고개를 돌렸다. 그러자 그는 또 한 번 깜짝 놀라고 말았는데 온몸에 전율이 흐를 정도였다. 얼굴이 다 가려지는 모자챙 아래로 진주같이 아름다운 얼굴이 보였기 때문이었다. 또렷하고 작은 윤곽의, 도자기처럼 여리여리한 얼굴이었다. 검은 속눈썹 아래 눈은 짙은 청색이었다. 단아하고 자그마한 코에 입은 작고 보드라워 보였다. 책에서 자주 읽었지만 한 번도 본 적이 없는 '장미꽃 봉오리 같다'는 말이 마음속에 떠올랐다. 그리고 뺨에 보일 듯 말 듯 어린 홍조를 제외하면 얼굴빛 전체가 창백했다. 이마는 얼굴에 비해 넓고 짙은 눈썹은 아주 가느다랗고 길었다. 머리카락은 볼 수가 없었다.

랠프는 하나하나 세세한 것까지 다 파악할 수 있을 정도로 오래도록 그녀를 바라보고 있었다. 가면을 응시하고 있는 건지도 모르겠다는 느낌이었다. 그리고 그녀는, 탐색하는 그의 눈길을 분명 의식하고 있었을 텐데도, 그 시선을 모른 척하고 있었다. 그녀의 얼굴은 그를 향해 있었지만 시선은 그를 비켜 가고 있었다.

어쩌면 그녀는 그의 뒤쪽으로 지나가는 시골 풍경을 보고 있었을지도 몰랐다. 어쩌면 아무것도 보지 않고 있었던 것인지도 몰랐다. 그는 너무 몰입한 나머지 그녀가 드디어 움직이자 놀라서 황급하게 시선을 돌리고 말았다. 그는 자기 목과 얼굴이 빨갛게 물든 것을 의식했다. 홍조라니, 그의 나이에 가능하다고 생각해 본 적이 없는 것이었다! 그런데도 메리 데이질은 한쪽 손에서 장갑을 벗고는 장갑을 벗은 그 손을 무릎에 다시 올려놓는 동작을 한 것이 전부였다. 랠프 드 볼터는 뭔가에 미혹된 듯 그 손에 시선을 보냈다. 아주 작고, 아주 하얀 손이었다. 보석도 없고 움직임도 없었다. 도자기로 빚은 손 같았다.

그들의 뒤쪽 길가 풀숲에서 말발굽 소리가 쿵쿵 울렸다. 멋진 암갈색 말을 탄 기수가 전속력으로 그들을 추월하며 옆으로 다가왔다. 랠프가 이륜마차를 세웠다.

"미스 데이질," 그가 말했다. "제 아들 레너드를 소개하죠."

큰 키의 레너드는 몸을 숙이며 메리에게 미소를 짓고 손을 내밀었다. 그녀는 장갑을 끼지 않은 손을 그에게 내밀었다. 그리고 그녀 역시 처음으로 미소를 지었다.

"나중에 뵐게요." 레너드가 말했다. "제가 말을 타고 먼저 가서 여러분이 오고 있다는 소식을 전하죠."

그가 타고 있던 말을 채찍으로 살짝 건드리자 말은 날아가듯 길을 따라 출발하더니 굽이진 곳을 돌아 시야에서 사라졌다.

랠프는 계속 마차를 몰고 갔는데, 갑자기 중년이 된 기분이 들었다.

5

"레너드 드 볼터는," 목사 부인이 앨범 위로 몸을 숙이며 말했다. "모든 사람이 매력적이라고 인정하는 사람이었어요. 너무 흔한 말이긴 하지만 달리 무슨 말이 있을까요? 저는 그가 지닌 매력을 어머니가 표현해 보려 하시는 걸 들었죠. 어떤 때는 그가 햇살 같은 사람이었다고 하셨고, 또 다른 때는 봄날 같았다고 하셨어요. 전 항상," 그녀가 덧붙여 말했다. "어머니와 그가 살짝 사랑하던 사이가 아니었을까 하고 생각하곤 했답니다. 하지만," 그녀는 재빨리 남편 쪽으로 시선을 던졌다. "그건 물론 아버지와 결혼하시기 전의 일이었죠." 그녀는 말을 잠깐 멈추고는 앨범을 한 장 넘겼다. "어머니는 항상 레너드가 햇살처럼 붙잡을 수 없는 사람이었다고 하셨어요. 그는 마뜩잖은 사람은 아니었지만 마음대로 왔다가 마음대로 가는 사람이었던 것 같아요. 그가 있을 거라고, 혹은 있지 **않을** 거라고 예상하지 못한다는 말이죠. 여러분께 보여줄 수 있는 레너드의 사진이 없는 게 어쩌면 다행이에요. 하지만 린디의 사진은 아주 많아요."

린디는 몸소 손님을 맞을 준비를 하고 계단을 내려왔다. 그녀는 말벗이자 가정교사라는 이런 구상은 아버지들이 자연스럽게 가지는 황당한 개념 중 하나라고 생각했다. 그러나 그녀는 아버지에 대한 애정이 깊었기에 아버지가 진심에서 하는 일은 모두다 기꺼이 받아들이려고 했다. 그녀는 그가 자신과 여동생, 그리고 오빠의 행복한 생활에 보탬이 될 일들을 그 무엇보다 신경 쓰고 있다고 정말로 믿었다. 그래서 이상한 방식으로 자신들을 행복하게 해주려고 한다 해도 그것은 그가 너무 오랫동안 외국에 나가 살아서 자신들에 대해 아는 게 거의 없었기 때문이라고 믿었다. 그녀는 자기와 애런에게 가정교사가 필요하다고는 생각하지 않았다. 게다가 말벗 같은 건 전혀 필요하지 않다고 생각했다. 그러나 그게 쓸데없는 일이라는 게 명백해질 때까지는 어쩔 수 없이 6개월, 혹은 그 이상이라도, 그런 실험이 그냥 진행되도록 할 마음이었다. 교사들에 둘러싸인 기숙 학교에도 있었는데 교사가 한 명 더 생긴다고 해서 뭐가 문제가 되겠는가? 게다가 존이 있었다. 그들은 곧 약혼을 발표할 것이고, 그러고서 피아노 수업 몇 번, 그리고 기초적인 부기 수업 몇 번을 받고 나면 아무도 그녀에게 뭔가를 더 배우라고 하지 않을 것이었다. 약혼녀, 신부, 그리고 유부녀로서 인생을 어떻게 살아갈지 가르쳐 줄 사람 같은 건 그녀에게 필요하지 않았다. 그녀는, 사실상, 자기 자신과 지신의 자산, 그리고 운명까지도 이미 완벽하게 구상해 놓은 터였다.

응접실에 차가 제공되었다. 아무도 도착하지 않은 시간에 린디는 은으로 만든 묵직한 찻주전자 앞 테이블에 자리를 잡고 있었다. 그녀는 열린 프랑스식 창문 밖으로 시선을 보냈다. 좀 전에 그들이 모여 있던 삼나무 아래에 텅 빈 의자들이 보였다. 존은 아마 기다리고 있지는 않을 것이었다. 하지만 애런은 어디 간 거지? 문이 열리더니 레너드가 들어왔다.

"도착했어?" 린디가 급하게 말했다.

레너드는 잠깐 가만히 있다가 말했다. "아, 그럼, 도착했어."

"그녀를 본 거야?"

"아, 그럼, 봤어."

린디는 입술을 깨물었다. 어쩔 수 없이 호기심이 생기는 걸 내보이지 않으려다 보니 곤혹스러웠던 것이다. 그녀는 항상 자기 기준에서 품위를 유지하고 싶었다. 그녀가 일부러 진입로와 현관 입구가 보이지 않는, 집의 다른 부분에 있었던 것은 그런 이유에서였다. 그녀는 위층 창문에서 살그머니 훔쳐보는 짓은 하지 않을 것이었다. 레너드는 사람을 제일 짜증 나게 하는 짓을 하고 있었다. 그는 사람들이 그에게 기대하는 게 무엇인지 전혀 인지하지 못하고 있는 듯했다. 그는 실내를 돌아다니면서 작은 장식품들을 집어 들어 쳐다봤다가 다시 내려놓곤 했는데 그러면서 원래 진열되어 있던 상태를 엉망으로 만드는 것이었다.

린디는 조바심으로 바짝 달아올라 있었다. 그러나 그녀는 내공이 높았기 때문에 의당 해야 할 질문은 하지 않았다. 조금 있다가 레너드가 아무렇지도 않게 말했다.

"넌 깜짝 놀랄 거야."

"왜?" 린디가 마침내 긴장을 풀며 숨을 내쉬었다. "그 여자가 그렇게 무서워? 아, 오빠, 우리가 이제 어른이 다 됐다는 걸 아버지가 아셔야 하는데!"

레너드는 실내를 계속 돌아다녔다.

"모두 깜짝 놀랄걸. 놀라움의 연속일 거야." 그는 머리를 뒤로 젖히고는 크게 웃었다. "아버지가 그녀를 만나러 직접 가셨단 말이지. 심지어 아버지는 그녀 앞에서 한마디도 못 하셨어."

린디는 이미 안경을 쓴, 덩치 크고 무섭게 생긴 여자의 모습을 그리고 있었다. "그 여자가 그렇게 끔찍하다면 아버지는 그녀를 보내버려야 할 거야." 그녀가 분개하며 말했다.

"끔찍하다고?" 레너드가 그녀를 휙 쳐다봤다. 그의 푸른 눈이 반짝거렸다. "에이, 그녀를 끔찍하다고 생각하지는 않을걸. **절대로** 안 그럴 거야." 그가 자상하게 덧붙여 말했다. 그는 벽난로 선반에서 드레스덴 도자기 인형을 집어 들고는 그게 진품인지 알아내기라도 하겠다는 듯 인형을 뒤집어 보고 있었다.

린디가 그에게 그게 무슨 뜻인지 물으려고 할 때 문이 다시 열리더니 애런이 들어왔다. 심각한 표정에 위축된 모습이었다. 린디가 말을 붙이자 그녀는 죄지은 듯 깜짝 놀랐다.

"아, 드디어 왔네, 애런. 어디 있었던 거야? 존은 어디 있어?"

애런이 뭐라고 중얼중얼 설명했지만, 다행히도 린디는 별로 귀담아듣지 않았다. "**넌** 그 여자를 봤어?" 애런이 말을 끝내기도 전에 그녀가 소리쳤다. "레너드 오빠는 봤어! 그녀는 끔찍하대."

"이봐, 린디!" 레너드가 드레스덴 도자기 인형에게 말했다.

애런은 그에게 시선을 던졌으나 아무 말도 하지 않았다. 그녀는 벽난로 근처의 의자로 갔다. 그곳에서는 다른 사람에게 보이지 않게 앉아서 관찰하는 것이 가능했던 것이다. 잠시 뒤 문이 뒤쪽 벽장에 쾅 하고 부딪칠 정도로 랠프가 강하게 문을 열었고, 이어서 드디어 메리 데이질이 들어왔을 때 누구도 몸을 들썩거리거나 관습대로라도 그녀를 맞이하려고 움직이지 않았다. 애런은 꼼짝하지 않고 뒤편에 그대로 있었다. 린디는 테이블 앞에 자세를 잡고 거만하게 침입자를 응시했다. 마치 어떤 착오가 있어서 그녀가 집을 잘못 찾아 들어오기라도 했다는 듯한 태도였다. 검은 머리를 허리까지 양 갈래로 부자연스럽게 넘긴 모습을 예상했던 레너드는 도자기같이 아름다운 얼굴과 풍성한 금발 머리의 조합을 보고는 깜짝 놀라서 벽난로 발판에 한쪽 발을 얹은 채 두 손은 여전히 드레스덴 도자기 인형을 쥔 상태 그대로 움직이지 않았다. 예상치 않게 거친 아버지의 목소리가 그들의 정신을 번쩍 들게 했다.

"린디! 이분은 미스 데이질이야. 미스 데이질, 큰딸 린디예요. 그리고 여기는 둘째 딸 애런입니다." 그는 레너드는 잊어버리고 문 쪽으로 갔다. "딸들과 함께 있도록 나는 나가 보겠습니다. 이 애들이 당신을 잘 대접하고 안내할 거예요."

그는 인사를 하고 나갔다. 린디는 고개를 차갑게 기울였다. 그녀는 자기를 이용하는 속임수를 쓴 것에 분개해서 속이 부글거렸다. 애런은 새로 온 사람의 시선이 언니를 지나 자기를 찾아낸 것을 의식하며 얼굴이 상기되었다. 레너드는 그의 차례가 왔을 때 당황하지 않았다. 그는 벽난로 발판에서 내려왔다. 메리 데이질이 앉을 의자를 내주면서 그의 눈빛은 즐겁게 춤추고 있었다.

그녀는 웃음기 없이 "고마워요"라고 말하고는 자리에 앉아서 작고 하얀, 쓸모없어 보이는 두 손을 무릎 위에 포갰다. 나머지 시간 동안 그들은 차를 마시며 계속 화제를 찾으려고 분주히 애썼다. 그러나 모든 화제는 시작되자마자 죽어버리는 것 같았고 메리 데이질은 이 사람에게서 저 사람에게로 정중하고 진지하게 시선을 옮기며 때때로 '네', 혹은 '아니오'라고 나지막하게 말하곤 했다. 다과회를 항상 주도하던 린디조차도 실패를 인정해야만 했다. 레너드가 제일 먼저 양해를 구하고 빠져나갔다. 그다음에는 애런이 정원에 물을 주러 가야 한다는 걸 알게 됐다. 마지막으로, 린디는 갑자기 히스테리가 폭발 직전에 있다는 걸 깨닫고는 급하게 구실을 만들어 자리를 떴다. 그녀는 심지어 벨을 눌러 상을 치우라고 하인을 부르는 것도 잊어버렸다.

메리 데이질은 몇 분간 거기 앉아 있었다. 그러고는, 조심스럽게 직접 일어나서 벨을 눌렀다. 들어온 하녀는 아무도 테이블 앞에 앉아 있지 않자 그곳이 비어 있을 거로 생각했다가 주위를 둘러보고는 놀랐다. 메리 데이질이 고개를 돌리지도 않고 그녀에게 말을 하자 그녀는 더 놀라고 말았다.

"린디 양이 이곳을 치워달라고 하네."

놀란 하녀는 "네"라고 중얼거렸지만 작고 조용한 낯선 사람이 있는 것에 신경이 쓰여서 동작이 어설퍼지는 것이었다. 그녀는 세 번 이상 물건들을 바닥에 떨어뜨렸다. 마지막에 떨어뜨린 케이크는 카펫 너머 메리 데이질의 발치까지 굴러갔다. 그러나 메리 데이질은 그것을 보지 못한 것처럼 가만히 앉아 있었고, 무릎에서 손을 움직이지도 않았다.

벳시라는 그 하녀는 그 후 평생토록, 어쩌다 한 번씩, 그때 자기를 엄습해온 그 낯선 느낌을 설명하려고 애쓰곤 했다. 메리 데이질이 미동도 없이 앉아 있던 쪽으로 그 응접실을 가로질러 가서 그녀의 치맛자락에 닿을 듯이 놓인 스콘을 집어 올릴 생각을 하자 '이상한 기분'이 들었다는 것이었다. 그녀가 아는 어휘에 공황,

그리고 극심한 공포라는 단어가 있었다면 그녀는 그렇게 말했을 것이다. 그녀는 어찌어찌 그 스콘을 집을 수는 있었다. 하지만 그녀의 말을 들은 사람들은 그 작은 인물에게는, 적막한 그녀에게는 뭔가가 있었다는 걸 알게 되는 것이었다. 그녀가 지켜보고 있다는 느낌을 받으면 그녀에게 다가가는 게 사자 우리에 손을 집어넣는 것보다 더 어려웠을 것이라는 점을 말이다.

6

다음 날 아침, 햇살이 빛나고 새들이 노래하고, 어제와는 상관없을 것 같은 새로운 날이 시작되자 모두들 자기들이 왜 전날 저녁에 그런 — 뭐였을까? 감정적이고 신경질적인? — 상태였었는지 의아했다. 메리 데이질이 식당 방으로 들어왔을 때 그녀의 모든 것은 숙녀들의 말벗이 으레 갖추어야 할 모습 그 자체였다. 단정하고 신중하며 호들갑 떨지 않으면서 변덕스러운 느낌 없는, 또는 보장된 미래와 돈이 있어 자기를 중요한 사람으로 여기는 느낌 없는, 완벽한 숙녀의 모습 그 자체였다. 그녀가 들어왔을 때 랠프 드 볼터는 승마복을 입고서 막 아침 식사를 끝마친 참이었다. 그는 자리에서 일어났다. 예의를 갖춘다기보다는 대화가 시작되기 전에 자리를 뜰 기회를 놓치지 않기 위해서였다. 그런데 이 아침 시간에 보니 그의 남성적인 힘, 큰 키와 체격, 건강함이 넘쳐나는 멋진 모습으로 인해 그녀는 너무나 왜소해 보였다. 그는 어제 자신이 왜 그렇게 온갖 이상한 생각을 했던지, 혹은 친구인 레이디 밀본을 왜 터무니없이 의심했던지, 이유를 기억할 수가 없었다. 자상한 오거스타는 분명 그가 지금 보고 있는 그대로 메리 데이질을 정확히 본 것이었다. 그는 그녀에게 짧게 아침 인사를 건네고는 방에서 나갔다.

레너드는 잠시 들어와서 그들 모두에게 환한 미소를 보내고 커피 한 잔을 마시고는 다시 나갔다. 그가 어디로 가는지는 아무도 몰랐다. 젊은 여자 셋이 함께 있도록 남겨지자 정중한 대화가 시작됐다. 이날 아침 미스 데이질은 피곤해서 할 말을 잃은 상태는 아닌 것 같았다. 그녀는 딱 적당한 관심을 보이며 그들이 일상적으로 하는 일과 취향, 그리고 취미와 사회 활동에 관해 물었다. 그녀는 집과 정원, 전원 풍경, 날씨까지 칭찬했지만, 자기 견해가 그리 중요하지는 않다는 것을 자신은 알고 있음을 보여주는 식이었다. 그녀가 모습을 드러냈을 때 전날 저녁의 패착을 떠올리며 가늘고 검은 눈썹을 찡그렸던 린디는 말문을 트기 시작했다. 그녀는 어젯밤에 자신이 착각한 것 같다고 느꼈다. 나이 많은 도우미 급의 여성을 기대하고 있었는데 젊고 예쁜 여성을 보자 혼란스러웠던 것이고, 그래서 그렇게 기분이 나빴던 것이 틀림없었다. 자기가 있을 자리를 그토록 정확히 아는 이 겸손하고 예의 바른 낯선 이는 그녀의 좋은 상대가 될 게 분명해 보였다. 그리고 지식이라는 측면이 아니더라도 침착하고 여유로운 태도로 볼 때 메리 데이질에게는 배울 점이 분명 많았다.

"그러니까 결혼을 약속한 거네." 메리가 말했다. 그리고 곰곰이 생각하면서 "열여덟 살에"라고 덧붙여 말했다. 그녀는 그렇게 말을 하고는 잠시 그대로 있었다. 부러움의 표현인지, 아니면 어떤 의문 같은 건지 린디가 궁금해하기 충분한 시간이었다. 잠시 뒤 그녀는 말을 이었다. "그럼 약혼자는… 나이가 한참 더 많겠구나?"

"아, 아니에요!" 린디는 나이 많은 존을 생각하자 웃음이 났다. "그렇지 않아요. 겨우 두 살 더 많은걸요. 아직 옥스퍼드 대학에 다니는 중이죠. 우리는 그가 결혼할 나이가 되면 결혼할 거예요."

"그럼 아직 소녀 시절이 18개월은 남아 있는 거고," 메리는 아까와 똑같이 생각하는 말투로 말했다. "약혼 기간이 상당히 긴 걸. 흠, 네 약혼자는 젊고 참을성이 없어서… 네가 자기 여자라는 걸 온 세상에 알리고 싶어 안달이 난 거네."

"아, 네, 물론 그렇죠." 린디는 말을 하며 다소 혼란스러웠다. 그녀는 그 약혼이 사실 자기 아들이 드 볼터 집안의 재산에 일정한 지분을 확보했으면 하고 안달이 난 그의 부모가 밀어붙인 것임을 떠올리지 않을 수가 없었다. 그녀의 아버지는 그 생각을 못마땅해했다. 그는 존 데스펜서가 큰 열정이 없는 사람이라고 생각했기에 린디가 선택을 하기 전에 시간을 두고 주위를 둘러보기를 원했다. 그러나 린디는 첫사랑에 눈이 먼 탓에 아버지의 모든 반대를 무시했다. 그녀는 자기가 그렇게 강하게 나가지 않았다면 존이 그런 선택을 했을지 계속 자문해 보곤 했었다. 그녀는 아버지를 설득하는 것은 자기가 할 일이라고 생각했었다. 존은 사실상 그 모든 것에 너무나 무심했다는 것이 이렇게 마지막 순간에야 그녀에게 명료하게 보이는 것이었다.

그녀는 불안한 마음이 생기면서 고개를 돌려 메리 데이질을 봤다. 이 작은 생명체에게는 도대체 얼마나 무서운 재능이 있기에 사람의 자신감을 이렇게 떨어뜨린다는 말인가! 일부러 그랬던 것일까? 그러나 그럴 리는 없었다. 그녀는 아무 말도, 아예 아무 말도 하지 않았으니까. 그녀는 이제 애런에게 말을 걸기 위해 고개를 돌린 상태였다.

"그럼 애런 양은… 사귀는 사람이 아직 없어?"

애런은 머리까지 빨갛게 상기됐다. 그녀는 피부가 하얘서 얼굴이 쉽게 붉어졌다. 그러나 홍조로 얼굴 전체가 빨개진 지금 모습은 보는 사람조차 당황스러울 지경이었다.

"아, 네." 그녀는 말을 더듬었다. "저, 저는 —."

린디가 그녀를 구해주러 나섰다. "애런은 겨우 열일곱 살인걸요." 그녀가 차갑게 말했다. "저 애는 누굴 만날 시간이 거의 없었어요. 우리는 바로 얼마 전에 학교를 그만뒀거든요. 존은 우리 오빠의 친구죠." 그녀는 그 말을 덧붙였다. 마치 애런은 누군가를 '만날' 기회가 없었는데 린디 자신은 어째서 운이 더 좋았는지 설명하려는 듯했다.

"열일곱 살." 메리 데이질이 나지막이 말했다.

"제 개인적인 생각으로는," 린디는 독단적으로 계속 말했다. "애런은 어린 나이에 결혼하지는 않을 것 같아요. 적어도 스물다섯 살은 넘어서 결혼할걸요. 저 애는 저에 비하면 자기 나이보다 많이 어리거든요. 그러니까 어른이 되려면 한참 걸리겠죠."

메리 데이질은 아무 말도 하지 않았다. 그녀는 그냥 애런을 쳐다보기만 했다. 애런은 여전히 더는 빨개질 수 없을 정도의 얼굴을 한 채 극도로 불편한 표정으로 자리에 앉아 손가락을 내려다보며 작은 손수건을 배배 꼬고 있었다.

"그렇군." 마침내 메리 데이질이 말했다. "아침을 다 먹고 나면 우리는 수업을 시작해야 할 거야. 아침에는 서재를 공부방으로 쓰면 된다고 아버님이 말씀하셨어. 어젯밤에 아버님과 말씀을 나눴거든…."

그 후 두 시간 동안 린디와 애런은, 문명사회의 기준으로 볼 때,

자신들이 얼마나 교양이 없는지를 알게 되는 고통스러운 경험을 했다. 그보다 더한 점은 — 그들은 한 번도 그렇다고 생각해 본 적이 없었기 때문에 — 이게 문제가 있다는 것이었다. 남부 해안에 있는 그들의 여학교는 학비가 정말 비싼 곳이었다. 그들은 승마와 댄스, 피아노와 노래를 배웠고 온갖 종류의 자수를 배웠으나 밑단 처리, 주름 잡기와 장식하기가 아닌 실용적인 바느질 같은 것은 당연히도 전혀 배우지 않았다. 프랑스어와 독일어 역시 수업 과목이었다. 그러나 그들은 곧 자신들이 이 언어들을 안다고 생각한 것은 완전히 오산이었음을 깨달았다. 메리 데이질은 두 시간 동안 <외제니 그랑데>에 나오는 구절들을 그들이 차례로 읽도록 했다. 그리고 그들이 읽을 때 줄 하나하나, 단어 하나하나를 재빨리 교정해 주곤 했는데 끝날 무렵 그들은 거의 쓰러질 지경이 될 정도였다. 린디는 애런보다는 그 시련을 잘 견뎌냈다. 놀랍게도 그녀는 꼬리를 문 연속적인 실수를 메리 데이질이 교정해 주는 동안 짜증을 내지 않았다. 그녀는 고문관이 자기의 수고가 성공을 거두는 걸 보고 만족하도록 할 수는 없다고 결심한 것처럼 정신없이 매진했다. 하지만 눈이 타는 듯하고 머리가 아팠다. 그리고 그녀는 존의 어머니와 함께 가기로 한 오후 쇼핑은 이미 물 건너간 일이라는 걸 알았다. 애런은 좀처럼 보이지 않던 짜증을 한두 번 내고 나서는 갑자기 눈가에 눈물을 보이더니 실례한다며 양해를 구했다.

"아, 아니야, 아니야." 가슴에 꽂아둔 작은 에나멜 시계를 보며 메리 데이질이 말했다. "내가 생각이 짧았어. 날 용서해 줘." 그녀는 책을 옆으로 치우고는 애런에게 가서 그녀의 어깨에 손을 얹었다. "이렇게… 예민한 줄 전혀 몰랐어!"

애런은, 당연히, 바로 눈물을 쏟았고, 그래서 방에서 나가지 않을 수 없었다.

"이런!" 눈으로 그녀를 좇으며 메리 데이질이 상심한 듯 말했다. "난 정말 형편없는 선생이야! 나를 **제발** 용서해 줘. 내가 경험이 너무 없다 보니 이런 게 얼마나 피곤할 수 있을지 전혀 생각을 못 했어." 그러나 그녀의 표정은 '아주 괜찮은 소녀가 이렇게 무식하다니 정말 이상해'라는 생각을 드러내고 있었다.

린디는 그녀를 차갑게 바라봤다.

"우리를 용서해 주셔야 해요." 그녀가 말했다. "우리도 경험이 별로 없어요. 너무 보호받는 생활을 해왔죠. 선생님처럼 여행을 다닌 것도 전혀 아니고요."

두 여자는 처음으로 서로를 똑바로 마주 봤다. 마치 결투를 하기 전에 칼을 겨누는 것 같았다.

애런은 침대에 누워 흐느꼈다. 그녀가 그렇게 운 것은 자신의 무식이 드러나서도 아니고, 계속해서 지적을 당해서도 아니었다. 그녀의 심장을 다 삼켜버린 존을 향한 열정이 아니었다면 거기 아래층에서 그런 우스운 꼴을 보이는 일은 결코 없었을 것이다.

레너드가 그를 처음 집에 데려왔을 때 그랬던 것처럼 그가 그녀를 계속 못 본 체하기만 했더라면 얼마나 좋았을까! 처음에 그는, 비록 항상 예의 바르기는 했지만, 개나 말에게 눈길을 주는 만큼도 그녀에게 눈길을 주지 않았다. 그래서 그녀 역시 그에 대해 별로 진지하게 생각하지 않았다. 처음에는 그냥 레너드의 친구였던 것뿐이었다. 그러다가 시간이 흐르면서 그가 린디에게 관심이 있는 게 분명해지자 그녀, 애런은 그를 예비 형부로 차분하게 받아들였다. 그녀는 언젠가는 얼굴과 형체, 이름이 있는 어떤 실제 인물에게 그런 이름표가 붙게 되리라는 것을 알고 있었는데, 그 비어 있던 자리에 존이 아주 쉽게 들어왔던 것이다. 그런 식으로 그를 받아들이는 것이 너무나 쉬웠기 때문에 바로 그런 이유로 그녀는 경계심을 허물었다. 거의 매일같이 그를 보게 되었고 그가 걷는 모습, 서 있는 모습, 말을 타고 린디에게 손을 내미는 모습을 보게 됐다. 그의 웃음소리를 들었고 그의 미소를 지켜보게 됐는데, 그 미소가 점점 더 **그녀에게** 내려앉기 시작했던 것이다. 그랬다, 존은 그녀의 — 린디와 다른 이들에 뒤이어 — 존재를 알아차렸고 결국은 그녀를 만나기를 열망하기 시작했다.

이 모든 것이 알지도 못하는 사이에 이루어지고 말았다! 그는 그들이 나란히 서 있을 때, 그리고 그들 뒤로 다가왔을 때, 린디는 물론 그녀의 어깨에도 손을 얹었다. 그는 애런과 말을 나누고 싶은 마음에 그녀의 팔을, 혹은 손까지도 잡곤 했는데 린디가 보는 앞에서도 오빠가 그러듯이 그렇게 했다. 그녀, 애런은 이런 일이 너무나 자연스럽고 공개적으로 일어났기 때문에 이 모든 것을 받아들였다. 그렇게 잘 웃는 사람을 어떻게 두려워할 수가 있겠는가? 그렇지만, 되돌아보면 과연 그녀가 정말로 몰랐던 것인지, 아니면 안다는 것은 끝이 난다는 것을 의미했고 그녀는 그것을 견딜 수가 없었기에 알려고 하지 않았던 것인지 의아했다. 존이 더는 거기서 그녀를 기다리며, 그녀를 바라보며 누워 있지 않은 날이 올 것이라고 생각하면 그녀는 견딜 수가 없었다. 아니, 그녀는 그가 없어도 견딜 수 있을 것이었다. 그가 **그녀를** 생각해 준다면, 그 어떤 것, 그 어떤 사람보다 더 자신을 생각해 준다면 말이다! 그러나 이 달콤하고 위험한, 무대 뒤의 연극이 끝나고 나면 — 그 것은 이제 곧 끝나야 하기에 — 그가 있다는 사실 때문에 그녀는 앞으로 다가올 날들을 견딜 수 없을 것이었다.

이 상황이 끝나야만 하는 데는 린디에 대한 신의라는 명확한 이유 말고도 또 다른 이유가 있으니, 그것은 메리 데이질이었다.

새로 온 사람을 생각하자 차가운 두려움이 애런을 휘감았다. 왜 그런지는 알지 못했다. 그러나 어떤 내면의 통찰력이 그녀에게 메리 데이질이 온 것으로 그들 세 사람 모두의 행복이 위협받고 있다고 말하는 것이었다. 그녀, 애런이 재빨리 물러나서 린디에게, 그리고 관습적인 해법에 자리를 내어주지 않는 한 그럴 것같았다. 지금은 꾸물거리거나 교묘하게 처신하거나, 아니면 금지된 낙원의 열매를 조금 더 — 심지어 머릿속에서라도 — 맛볼 때가 아니었다. 메리 데이질은 생각보다 더 빨랐다. 그 작은 생명체가 이미 자신을 제대로 꿰뚫어 봤다고 애런은 확신했다. 그리고 그녀는, 바보같이, 긴장한 태도와 홍조, 그리고 눈물로 속을 드러내고 말았던 것이다!

그녀에게 명확한 것은 오직 한 가지였다. 존을 만나서 그 위험을 설명해야 한다는 것이었다. 그는 여전히 모든 사람이 원하는 대로 행동하고 린디와 결혼하기로 마음먹고 있었다. 아마도 결혼에 관한 한, 그 자신이 그것을 바라는 바인지도 몰랐다. 그 와중에 애런까지도 섭렵하려는 마음을 참지 못하는 것뿐이었다. 그러나 그는 이렇게 계속 갈 수는 없다는 것을 알 터였다. 그녀는 자신의 자존심을 희생해서라도 그가 자기를 완전히 사로잡았다는 것을 기꺼이 알게 해 줄 마음이었다. 그렇게 해서 그가 만족하고 떠나게만 된다면 말이다. 그녀는 위협이 되는 무언가를, 위험한 이 상황을 그에게 **이해시켜야만 한다**. 그 위험은 그는 물론이고 그들 모두를 위협하고 있는 것이기 때문에 그는, 이번에는, 웃지 말아야 할 것이었다.

린디에게도 경고해 줄 용기가 그녀에게 있었다면! 그러나 안 될 일이었다. 그럴 수는 없었다. 린디는 너무 자존심이 강해서 배신을 재빨리 눈치챌 뿐만 아니라 절대로 용납하지 않을 것이었다. 어떤 대가를 치르더라도 그것만은 피해야 한다.

애런은 이제 더는 눈물을 흘리지 않았다. 그녀의 뺨과 눈은 불타고 있었으나 메말라 있었다. 지금 그녀는 더는 존을 생각하고 있지 않았다. 자신의 찢어진 마음을 더는 생각하고 있지 않았다. 메리 데이질을 생각하고 있었기 때문이었다.

'오, 주여!' 그녀는 생각했다. '그녀가 떠나거나 죽게 해주시기만 한다면 얼마나 좋을까요!'

자기의 기도가 사악하거나 불경하다는 생각은 그녀에게 들지 않았다. 그녀에게는 그것이 유일한 해결책으로 여겨졌던 것이다.

존은 장미 정원을 왔다 갔다 하고 있었다. 잔디로 가장자리를 두른 단아한 화단에는 여름의 찬란한 아름다움이 아직은 깃들지 않았다. 훌륭한 정원사의 손길이 닿은 장미 나무들은 비스듬히 절단된 자국과 벌거벗은 가시투성이 가지들만 내보이고 있었다. 그러나 화단 가장자리에는 무지한 방문객을 위로하려는 듯 수선화들이 하늘거리고 있었다. 존의 눈에는 그런 것들이 전혀 들어오지 않았다. 그는 애런이 올지 안 올지가 아니라 — 그는 애런이 분명 올 것이라고 믿었다 — 과연 이게 애쓴 만큼 보람이 있을지 의문스러워하고 있었다. 그는 싱그럽고 어린, 정말로 아름다운 애런에게 매료됐고, 자기가 애런의 마음을 뒤흔들어 놓을 수 있었다는 사실에 더욱 고무됐다. 그럼에도 불구하고, 그는 린디와 결혼하고 싶었다. 그녀가 부유한 삶을 살게 될 것이기 때문만이 아니라 타고난 재능이 뛰어나고 지배욕과 소유욕이 강하기 때문이었다. 그는 자신만만하고 거만한 린디가 **자기를** 좋아한다는 것을 알았고, 자기를 절대 놓아주지 않을 것 역시 확신했다. 그것은 때로는 불편할 수도 있지만 엄청나게 으쓱한 일이었다.

가볍게 자갈 밟는 소리가 나자 그는 고개를 홱 돌렸다. 그 소리를 들었을 때 그는 '올 줄 알았다'고 생각하며 약간의 경멸감을 느꼈다. 그러다가 그의 시선이 가 닿은 곳에는 새로 온 낯선 사람이 있었다. 그의 눈에 보인 것은 애런이 아니라 어떤 젊은 여자, 애런보다 키는 작지만 나이는 더 많은 여자였다. 그렇다는 것은 그녀의 몸매와 움직이는 모습, 그리고 입은 옷에서 확연히 드러났다. 그녀는 그를 보지 못한 것 같았다. 몸을 굽히고 봄꽃들이 피어 있는 길가를 따라 움직이면서 꽃들 속에서 향기롭고 꼿꼿한 하얀 수선화를 꺾고 있었던 까닭이었다. 그는 있던 자리에 그대로 서서 그녀를 지켜봤다. 그녀의 아름다운 옆모습은 그렇게 그의 기억 속에 영원히 박제되었다. 바로 옆 주목 나무를 어두운 배경으로 삼은 창백한 모습이었다.

그녀가 여전히 꽃을 따는 데 정신이 팔린 채로 가까이 다가오자 그는 어떻게 해야 할지 고민에 빠졌다. 지금 그는 슬며시 빠져 나갈 수가 없었다. 장미 정원은 울창한 주목 나무 울타리로 둘러 싸여 있었고 입구가 하나밖에 없기 때문이었다. 그렇지만 그녀가 놀랄까 봐 그는 말을 걸기가 망설여졌다. 그런데 만일 그녀가 바로 앞으로 다가올 때까지 가만히 있다가 말을 걸면 그녀는 더 놀랄 것 같았다. 그는 둘 사이의 거리를 가늠하다가 긴장된 웃음을 띤 채 말했다.

"안녕하세요."

놀랍게도 그녀는 놀라지 않았다. 아니, 잠깐 고개를 들지도 않았다. "안녕하세요." 그녀에게서 나온 대답은 무심하게 읊조리는 소리였다. 그리고서 그녀는 그의 옆으로 지나가려고 했다. 그러나 그가 길을 가로막았다.

"당신이 미스 데이질이로군요? 제 이름은 데스펜서입니다."

그녀는 웃음기 없는, 그리고 비난하는 듯한 — 아니면, 그가 잘 못 봤던 것일까? — 얼굴로 그를 쳐다봤다.

"네, 알고 있어요." 그녀는 수선화 쪽으로 다시 고개를 돌렸다.

"안다고요? 하지만 전 몰랐는데… 당신도…." 황당하게도 긴장감이 느껴지자 그는 마음이 어지러웠다. 이전에는 느껴본 적이 없는 어떤 것이었다. 린디는, 아무리 화를 내도, 웃음만 나올 뿐이었다. 그러나 이것은 그의 자신감을 무너뜨리고 그의 생각을 온통 혼란스럽게 만드는 이상한 무엇이었다. 그럼에도 그는 메리 데이질이 경멸이 가득한 그 짙푸른 눈으로 그의 얼굴을 다시 똑바로 바라보자 기분이 좋았다.

"그렇지만 난 당신을 알아요, 데스펜서 씨. 당신은 린디의 약혼자죠. 당신은 순간적으로 그 사실을 잊어버린 것 같지만 말이에요."

"잊어버렸다고요?" 존은 이 낯선 사람이, 그것도 월급을 받는 말벗이 그런 말을 하는 것은 용납해서는 안 된다는 것을 알고 있었다. 그러나 그는 자기 두 사람은 격이 다르다는 것을 확실히 하려는 어떤 시도도 할 수가 없었다.

"실례할게요." 메리 데이질이 말했다. 그는 어쩔 수 없이 옆으로 비켜서서 그녀를 지나가게 했다. 그는 그녀가 길가를 따라 움직이며 여전히 수선화를 따는 모습을 거기 선 채로 지켜봤다. 그가 계속 그렇게 서 있는데 주목 나무 울타리 틈새로 애런이 숨을 헐떡이며 겁에 질린 표정으로 나타났다.

"어머!" 애런은 존에게서 메리 데이질에게로, 그리고 다시 존에게로 눈길을 옮기며 말했다. 그녀는 입구에서 불안하게 걸음을 멈췄다. 존은 그녀에게 가려고 시도하지 않았다. 하지만 애런의 목소리가 나자 메리 데이질은 고개를 돌렸다. 그녀는 존에게 마지막 눈길을 준 뒤 바구니를 들고 애런을 지나쳐가며 낮게 말했다. "실례할게."

애런은 존에게 달려갔다.

"저 여자가 여기서 뭘 하고 있었던 거죠?" 그녀는 두려움으로 눈이 휘둥그레져서 속삭였다. "아, 존, 난 저 여자 때문에 무서워요!"

그러나 존은 차갑게 말했다. "바보처럼 굴지 마, 애런. 넌 히스테리를 부리고 있어. 길로 나가서 린디를 만나자."

애런은 돌아섰다. 그리고 곧바로 그녀도 역시 메리 데이질을 따라 주목 나무 울타리 틈새로 나갔다. 패배감을 느끼며 낙담한 표정이었다.

홀로 남겨진 존은 메리 데이질의 바구니에서 떨어진 긴 줄기의 수선화를 집어 들었다. 그리고 중독성 있는 달콤한 향기가 나는 단단한 꽃을 코 아래에서 빙글 돌렸다.

7

목사 부인이 앨범을 한 장 넘겼다.

"그렇게 메리 데이질이 온 거예요." 그녀가 말했다. "그리고 집 안에 자리를 잡았죠. 차분하게 업무에 집중하는 태도, 그리고 눈에 띄지 않는 특성을 갖춘 그녀는 완벽한 말벗으로 보였어요. 특히, 제 어머니 말씀으로는, 그녀는 단정한 스타일의 옷을 즐겨 입고 자신의 존재감을 드러내지 않으려고 했어요. 하지만 그녀의 놀라운 미모는 그런 것과는 너무나 대조적이어서 실제로는 정반대의 효과가 났어요. 그녀는 그들 모두가 각자 다른 방식으로, 그게 미움이든 사랑이든요, 자기를 생각하게 만들었던 거예요. 그러면서도 그녀는 관심을 끌 만한 행동은 전혀 하지 않는 사람으로 여겨졌고요.

특히, 제 어머니는 그녀가 오고 나서 두 청년, 그러니까 존과 레너드가 주말이면, 또 틈만 나면 한 번씩 항상 집으로 오는 것 같아서 너무 이상했다고 하셨어요. 이전에 그들은 방학이 끝나면 옥스퍼드로 가서 자취를 감췄고, 가족들은 다음 방학 때까지 그들을 보는 일도 거의 없고 소식도 들을까 말까 할 정도였거든요. 그리고 방학 때조차도 그들은 온종일 밖에 나가 노는 일이 많았고, 그들이 어떻게 지내는지는 아무도 몰랐죠. 물론, 존은 린디와 약혼한 후에는 좀 더 성실해졌지만, 레너드는 항상 종잡을 수가 없었어요. 둘 중 누구라도 학기 중에 옥스퍼드를 떠나 집에서 하

죽음을 걷는 여자

루를 보낸다는 건 아무도 상상하지 못하던 일이 분명했어요. 그들이 그렇게 바빴던 건 아니었지만 — 아무도 젊은이들이 공부하는 걸 기대하지 않던 시절이었죠 — 함께 어울려서 술 마시고 빚을 내서라도 놀 수 있는 일이 너무 많았으니까요. 그들이 짧은 여름 학기에 여러 차례 다시 나타나자 가족들은 매우 놀랐어요.

한 번은 그들이 옥스퍼드에서 자전거를 타고 60킬로미터 거리를 달려서 도착한 적도 있었어요. 그들이 그렇게 한 이유는, 크로켓보다 더 신나는 새로운 놀이도구를 가지고 와서 그 자매와 재미있게 놀려고 했던 거였어요. 그들은 큰 과녁을 내려놓고 개암나무로 만든 멋진 활을 내리면서 신나게 웃었어요. 그게 최신 유행이라고 설명하면서요. 양궁, 혹은 고전에서는 궁술이라고 하는 거라고 했죠. 그들은 곧장 그 과녁을 잔디밭에 설치하느라 다른 것은 거들떠보지도 않았어요. 그들은 린디와 애런에게 서서 활을 들고 조준해서 점수를 내는 정확한 방법을 보여줬죠. 제 어머니는 그날 오후에 그녀들과 차를 마시러 왔다가 바로 붙잡혀서, 어머니 역시도, 그 새로운 스포츠를 배우게 됐어요.

소녀들은 즐거워했어요. 처음에는 어설펐고 화살이 사방으로 날아갔죠. 하지만 금방 배웠어요. 아니, 적어도 린디는 그랬어요. 린디는 무엇이든 자연스럽고 쉽게 잘하는 그런 사람이었죠. 얼마 지나지 않아 그녀는 과녁을 맞추기 시작했고 점점 더 과녁의 중심 가까이 활을 쏘기 시작했어요. 활시위를 가슴에 닿을 때까지 당기는 그녀의 모습은 마치 어린 아르테미스 여신을 보는 것 같았죠. 존이 그녀의 사진을 찍었어요. 이게 그거예요. 그녀가 얼마나 멋지게 서 있는지 보세요. 저기 느릅나무 두 그루 사이에 과녁이 있었답니다."

목사 부인은 고개를 숙여 감탄한 듯 앨범을 보고는 듣고 있던 사람들에게 그 앨범을 넘겼다.

"그래서 그들이 메리 데이질에게도 그걸 가르쳐 줬나요?" 피츠브라운이 말했다.

"그때는 아니었어요." 목사 부인은 뜻밖에도 확실히 말을 했다. "제 기억에 어머니는 모두들 즐기고 있는 동안 메리 데이질이 밖에 나오기는 했지만, 그 청년들이 애원을 했음에도 함께 어울리기를 거절했다고 하셨어요. 그녀는 분명 그러는 게 적절치 못하다고 생각했던 거죠. 하지만 나중에 그 청년들이 다시 오랜 시간 자전거를 타고 옥스퍼드로 떠나고 세 소녀가 린디의 새 드레스인가 뭔가를 보려고 안으로 들어갔을 때 이상한 일이 일어났어요. 그들 중 한 사람이 — 애런인 것 같아요. 린디의 침실은 애런의 방 밑 작은 탑에 있었는데 정원이 아주 잘 보이는 곳이었어요 — 위층 창문에서 밖을 내다보더니 감탄사를 내뱉었던 거예요. 린디와 제 어머니가 보러 갔죠. 그들은 자기들이 조금 전까지 서 있던 그 잔디밭에 메리 데이질이 서서 과녁을 조준하고 있는 걸 봤어요. 그녀는 마치 항상 해오던 일인 것처럼 아주 쉽게 조준해서 화살을 쐈고 그 화살은 중심에서 살짝 벗어난 곳을 맞췄답니다.

하지만 그들이 그 무엇보다 놀랐던 건, 그래서 그들 모두가 마치 몰래 엿보고 있다가 들킨 사람들처럼 아무 말도 하지 않고 급히 창문에서 물러섰던 건, 랠프 드 볼터가 그녀 옆에 서서 그녀를 응원하고 있었다는 거였어요. 그녀가 그에게 활을 주려고 돌아섰기 때문에 그들에게 그녀의 얼굴은 보이지 않았어요. 그러나 그들은 그가 그 활을 받아 들었을 때의 얼굴을 봤어요. 그의 미소, 그녀를 내려다보던 모습, 그녀가 준 것이어서 무슨 귀한 물건이라도 되는 것처럼 그 활을 받아 들던 모습을 본 거죠. 그렇게 해서 그들은 처음으로 자신들이 생각했던 위험, 자신들 모두에게 위협이 되는 그 위험이 뭔지를 깨닫게 된 거였어요. 그들은 그 위험에 대해 자신들이 충분히 안다고 생각했는데 당연히도, 그 지점에서 그들은 잘못 생각했던 거예요. 하지만 그들은 훌륭한 딸들로서 당연히 그 위험에 맞서 싸우려고 애썼죠. 아, 제 어머니는 늦봄에서 여름으로 넘어가던 무렵인 그 당시 자신감 넘치는 수많은 말들을 들어야 하셨다고 해요."

"한 가지 좋은 점은 있어." 린디가 말했다. "이제 그녀가 아버지와 오후에 말을 타러 나갈 테니까 우리는 그 끔찍한 산책을 하지 않아도 된다는 거야."

목사의 딸인 루시 브라운이 고개를 끄덕였다. 세 소녀는 정원에 앉아서 그 뜨거운 주제를 논하고 있었다. 파란 하늘에 흰 구름이 떠다니는, 누구도 불행할 수가 없는 6월의 어느 멋진 날이었다. 절친한 친구였던 린디와 루시는 등나무 의자에 나란히 붙어 앉아 있었다. 린디는 한가로웠고 루시는 부지런히 수를 놓고 있었다. 애런은 조금 떨어진 잔디밭에 매트를 깔고 한 손으로는 턱을 괴고 다른 손으로는 손 닿는 곳에 있는 키 작은 데이지꽃 머리를 죄다 꺾으며 거기 누워 생각을 곱씹고 있었다.

항상 중재자 역할을 하는 루시가 말했다. "모든 게 아마도 다 잘 풀릴 거야."

그 말에 애런이 고개를 들었다. "어떻게 그럴 수 있겠어?" 그녀가 쓸쓸하게 말했다.

"그 여자가 아버지를 차버릴 수도 있다는 말이야?" 린디가 말했다. "루시, 그럴 가능성은 없어. 그녀가 왜 그래야 하겠어? 아버지는 모든 면에서 그녀에게는 대단한 남편감인걸. 그녀는 지위와 돈, 집, 그리고 세상으로부터의 보호막까지 한 번에 다 가지게 되는 거라고. 간단히 말해서, 그녀는 아주 의심스러운 과거를 보장된 미래와 맞바꾸는 거지. 호메로스의 책에 나오는, 구리 갑옷을 황금 갑옷과 맞바꾼 그 남자처럼 말이야!" 그녀는 경멸하듯 웃었다.

루시는 만들고 있던 작품 위로 고개를 숙였다. "하지만 생각해 봐. 그녀 정도의 얼굴이면, 그녀는 어쩌면… 그러니까 너희 아버지가 아주 젊어 보이시기는 하지만 어쨌거나 너와 애런이 여기 있는 만큼 그 두 사람은 나이 차이가 확연히 드러나잖아. 또, 그녀는 아주 좋은 집안 출신이기도 하고."

"하지만 돈은 없지." 린디가 말했다. 이 무렵 린디는, 실제로는 집착과 충동으로 똘똘 뭉친 존재였지만, 굉장히 어른스럽고 세상을 아는 사람인 것처럼 보이려고 특별히 애를 썼다.

"그렇지. 하지만 —." 소심하지만 고집 센 루시는 끈질기게 주장했다. "내 말은 정확히 그런 뜻은 아니야. **그녀는** 자기 나이 또래의 사람과 결혼하고 싶을지도 모른다는 뜻이었어."

"그럴지도 모르지." 린디가 말했다. "하지만 어쩌면 그녀는 선택의 여지가 없을지도 몰라."

"그런 경우라면," 루시는 차분하게 대꾸했다. "독신으로 남으려고 할지도 모르지. **나라면** 그렇게 할 거야."

린디가 웃었다. "뭐야, 루시, 그 여자를 적극적으로 변호하고 있네. 넌 상당히 화가 난 것 같아. 뺨이 울긋불긋하고. 너도 그 모범생에게 빠져버렸다고는 말하지 마! 만일 그렇다면, 애런과 나, 단둘이 적과 싸워야 하잖아."

루시는 하던 작업을 접고 일어섰다. "난 이제 가봐야겠어. 아버지가 차 마시려고 기다리실 거야."

린디는 재빨리 애런을 바라봤지만 애런은 여전히 잔디밭에 눈길을 보내면서 루시를 달래는 데 동참할 움직임을 전혀 보이지 않았다. 린디는 루시의 팔에 손을 얹었다.

"가지 마, 루시. 기분 나빠 하지 마. 우리 입장이 한번 돼봐. 네가 친절하고 훌륭한 사람이 되는 건 다 좋아. 하지만 모르겠어?" 그녀는 루시의 팔을 끼고 그녀를 멀리 끌고 가며 말했다. "내가 걱정하는 건 애런이야." 린디는 자기들이 하는 말이 들리지 않는 곳에 이르자마자 말했다. "저 애는 요즘 아주 이상해졌어. 아버지가 미스 데이질에게 빠져 있다는 사실을 우리가 알게 된 이후로 그런 것 같아. 저 애는 그걸 나보다 훨씬 더 힘겹게 받아들이고 있어. 그리고 그건 아주 자연스러운 일이지. 난 결혼할 거고, 그러면 이 모든 것에서 벗어나게 될 거야. 그 일이 내게 미치는 영향은 거의 없을 거란 말이지. 하지만 애런은 여기 남아서 그 모든 걸 견뎌야 하겠지. 누군가를 만나서 이 상황을 벗어나게 될 때까지는 말이야."

"뭐, 그게 불가능한 일은 아니잖아?" 루시가 말했다. "넌 겨우 열여덟 살이잖아. 그리고 —." 그녀는 말을 멈췄다. 린디를 속일 수는 없었던 것이다. 그렇지만 자신의 마음을 괴롭히는 일이 무엇인지는 언급조차 하고 싶지 않았다. 다른 어떤 사람보다 린디에게는 말할 수가 없었다. '넌 애런이 존과 사랑에 빠진 게 보이지 않는 거야? 내가 너라면, 난 그를 너무 믿지는 않을 거야.'

애런은 그들이 가는 모습을 지켜봤다.

그들의 대화, 메리 데이질에 관한 빈번한 논의를 들으면 화가 치솟았다. 그녀는 웃음을 터트리고 싶었고, "왜 그렇게 아무것도 못 보는 거야?"라고 말하고 싶은 충동을 느꼈다. 그와 동시에 그녀는 린디를 배신하고 있는 자신을 생각하면 수치심에, 열일곱 살이 느끼는 치욕스러운 수치심에 가슴이 짓이겨졌다. 애런은 아버지와 결혼한 메리 데이질을 상상하는 것이 혐오스러웠기 때문에 '어머니'라는 단어는 물론 '계모'라는 단어조차 생각하지 않으려고 했다. 그 작은 생명체가 집의 안주인이 되어 린디와 자신, 심지어 레너드 위에 군림하는 모습을 상상하는 것이 혐오스러웠으나 그녀는 그렇게 되면 적어도 자신의 절망적인 열정의 장애물은 하나 제거되리라는 생각을 떨쳐버릴 수가 없었다. 그녀는 존에게 그 봄날 삼나무 아래에서 했던 '사랑한다'는 말을 다시 해달라고 청하지 않았다. 그 말은 진심으로 들리기는 했지만, 그때조차도 그는 진심이 아니었던 것이 분명했다. 진심이었다면 결코 변할 수가 없었을 것이기 때문이다. 그랬다, 그녀는 그 말을 해달라고 하지 않았다. 그러고 싶지 않았다. 했더라면 견딜 수 없었을 것이다. 그녀는 그 기억을 견디기가 힘들었다. 그러나 다시 예전으로 돌아갈 수만 있다면, 그가 그녀에게 미소 짓고 말을 걸고, 그 무엇보다, 끊임없이 그녀를 의식하던 그때로 돌아갈 수만 있다면 그녀는 더 이상 아무것도 묻지 않을 것이었다. 그들 둘 사이에 린디만 있는 것이었다면 — 심지어 린디가 그의 아내라고 해도 — 자신은 예전의 자리에 있을 수 있다고 느꼈다.

하지만 지금은 — 아, 린디는 어떻게 그렇게 아무것도 보지 못할 **수가 있을까!** — 존은 그 누구에게도, 오직 메리 데이질 외에는 그 누구에게도 미소를 지을 마음이 없는 것 같은 모습이었다.

8

존과 레너드는 타고 있던 작은 배를 버드나무 아래 묶어 놓고 밀짚모자를 눈 위로 비스듬히 내린 채 강둑에 누워 있었다. 그리고 강물이 햇빛을 받으며 푸른 물결 위로 춤추는 모습을 감상했다. 그들은 기질이 달랐다. 존은 널뛰는 애욕의 소유자였음에도 본질적으로 진지했고, 레너드는 분수처럼 쾌활하고도 뭐라고 단정할 수는 없는 사람이었다. 그러나 두 사람은 좋은 친구였다.

"그걸로 네가 맘고생 하지 말아야 하는데 말이야." 레너드가 달래듯이 말했다. "알잖아, 다 지나갈 거야. 이런 일들은 항상 그래."

"그렇지 않을 것 같아." 존이 우울하게 말했다. "이번에는 안 그래. 도대체 난 어떻게 해야 하지? 술 마시는 걸 좋아한다면 또 모를까, 그런 것도 아니고. 게다가 전쟁터에 나가려고 해도 그럴 수 있는 전쟁도 없잖아. 난 책에 관심이 없어. 사람들에게도 관심 없고, 유흥이라면, 그보다 더 지루한 걸 상상할 수 없을 정도야." 그는 일어나 앉더니 물속으로 돌멩이를 던졌다. "그런데 가망도 없는 어떤 여자 때문에 내가 이 모든 걸 겪고 있다고 생각하니!"

"아이고, 난 모르겠다." 레너드가 특유의 듣기 좋은 느긋한 목소리로 말했다. "어떤 남자라도 어떤 여자에게든 — 여러 여자인 경우도 빈번하지 — 가망은 있어. 내 말은, 네가 첫 단추를 잘못 끼웠다면 다른 방법들이 있다는 거야. 단지 사람들이 대부분

고집을 부리면서 그런 방법들을 시도하지 않으려 하는 거지. 네가 가진 문제는 너무 심각하다는 거야. 그러지 않으면 넌 잘될 거야."

"맞는 말이야." 존은 린디를 생각하면서, 그리고 애런을 더 많이 생각하면서 중얼거렸다. 애런을 넘어오게 하는 건 얼마나 쉬웠던가! 그는 그것 역시도 처음에는 심각하게 생각했었다. 메리 데이질이 애런이 그랬던 것처럼 반응했다면, 그걸로 끝이었을까? 아니, 절대로 그렇지 않았을 것이다. 어쨌든, 그는 그녀가 절대로 그러지 않을 것임을 알고 있었다. 그는 레너드에게 자기가 애런과 저지른 불장난을 말하지 않았었다. 레너드는 그가 린디의 마음을 상하게 하는 것을 관대하게 생각하는 것 같았다. 그러나 레너드가 모든 사실을 안다면 아무리 그라고 해도 그렇게 관대한 태도를 보일지는 의문스러웠다.

"내가 네 미래를 예언해 볼까?" 레너드가 계속 말했다. "넌 결혼을 할 거야. 린디일 수도 있고 아닐 수도 있지. **내가** 너를 위해 상대를 골라준다면 루시 브라운같이 참하고 조용한 여자일 거야. 너를 조건 없이 사랑하고 보금자리에 안주하게 해줄 그런 사람 말이야." 그는 웃음을 터트렸다. 하얀 치아가 반짝거렸다. "넌 교회에 다니게 될 거야. 그리고 설령 과거가 떠오른다고 해도 멋지게 위선을 떨겠지. 메리 데이질 얘기를 하자면, 넌 가엽고 온정어린 마음으로 그녀를 회상하게 될 거야. 그때쯤이면 넌 **그녀를** 포기한 건 **너라고** 확신하고 있을 거고 —."

존은 벌에 쏘이기라도 한 것처럼 벌떡 일어났다. "난 돌아가는 대로 그녀에게 청혼할 거야." 그가 말했다.

레너드 역시 일어섰다. 그러나 느린 동작이었다.

"그러면 린디는?" 그가 말했다. 여느 때처럼 가벼운 말투였으나 그의 목소리는 날이 서 있었다.

"그녀에게 말할 거야." 존이 열을 내며 말했다. "나를 놓아달라고 부탁할 거야. 이건 내 잘못이 아니야. 난, 난 그녀와 결혼하고 싶다고 생각했어. 그녀는 멋진 여자야. 난 그녀를 자랑스러워했을 거야. 하지만 그녀는 다른 여자를 사랑하는 남자를 받아들이기에는 자존심이 너무 강한 사람이지."

"네가 잊고 있는 것 같은 또 다른 문제가 있어." 레너드가 말했다. 옅은 갈색이 깃든 그의 푸른 눈이 번득였다. "넌 린디뿐만 아니라 애런에게도 해명을 해야겠지."

"애런?" 존이 눈길을 피하며 희미하게 말했다.

"그래, 애런. 내게 여동생이 둘이라는 걸 기억하겠지. 넌 애런과도 사랑을 나누고 있었던 거잖아? 우리가 지난번에 거기 갔을 때 난 그 애가 너를 바라보는 눈빛을 알아차렸어. 또 네가 얼마나 주의 깊게 그 애를 피하는지도 알아차렸지."

존은 말이 없었다. 그는 완전히 당황해하고 있었다. 그는 언제나 레너드가 이해해 줄 것이라고 믿고 있었다. 그런데 이제 그들은 원수처럼 서로를 마주 보고 있었다.

"넌 이해 못 해." 그가 마침내 말했다. "내가 말했잖아, 난 메리 데이질을 사랑하고 있다고. 나도 어쩔 수가 없는걸. 나보다 더 불쌍한 사람은 아무도 없어. 애런은 말이야, 내가 그 애를 오해하게 했다면 정말 미안해. 하지만 그건 내가 메리를 만나기 전의 일이었어."

"지독하게 운이 없군!" 레너드가 말했다. "애런 말이야. 하지만," 그의 화난 표정은 삽시간에 사라졌다. 마치 시원한 바람이 세차게 먹구름을 밀어내고 해를 드러나게 한 것만 같았다. 그는 다시 미소를 짓더니 한 손을 존의 어깨에 얹었다. "이 문제로 싸우지 말자. 네가 애런을 두고 세 다리를 걸쳐서 화가 난 건 사실이었어. 린디는 자기를 돌볼 수 있는 아이지만… 애런은… 그 애는 겨우 열일곱 살이야. 게다가 그 애는 — 알잖아, 너희들과는 달라 — **정말로** 치유가 안 될 상처를 입을 수 있는 녀석이란 말이야."

존은 자신의 **열애**를 이런 식으로 폄훼하는 것이 썩 마음에 들지 않았다. 그러나 그는 레너드가 예전의 밝은 모습을 되찾은 것을 보고 크게 안도했기에 그런 비판을 흘려듣고 말았다.

"애런은 네가 제일 아끼는 동생이지." 그가 즉흥적으로 말했다. 그는 갑자기 감상에 젖어 덧붙였다. "사랑스러운 소녀야."

"그래." 레너드가 동감을 표했다. "네 말에 시비 거는 건 아니지만, 그 애는 메리 데이질보다 몇 배나 소중해. 하지만 그게 뭐 대단한 건 아니야. 아, 흥분하기 시작하지는 마." 존이 화난 표정으로 쳐다보자 그가 말했다. "화내는 건 우리 둘 중 한 사람이면 충분해. 어쨌든 우리가 싸울 만큼 **그 여자가** 대단한 사람도 아니고 말이야."

"넌 왜 그녀를 그렇게 낮게 평가하는 거야?" 존은 진심으로 놀라며 말했다.

"그런 적 없는걸." 레너드가 말했다. "난 그녀 생각은 한 적이 없어. 전혀 관심이 없어."

"하지만 아름답잖아. 너도 그건 부인할 수 없을 거야."

"그래, 어떤 면으로는…. 하지만 나한테 그녀는 아무런 매력이 없어."

"조심해." 존이 말했다. "너도 곧 사로잡히게 될 거야, 또 다른 나머지 사람처럼."

"또 다른 사람이라니?" 이번에는 레너드가 놀란 표정을 지었다. "무슨 근거로? 그녀를 흠모하는 또 다른 사람에 관해 **넌** 뭘 알고 있는 거야?"

존은 속으로 자기에게 욕을 퍼부었다. 그는 레너드가 조만간 메리 데이질과 완전히 새로운 관계가 될지도 모른다는 힌트조차 전혀 줄 생각이 없었던 것이다. 어찌 보면 랠프 드 볼터가 매일같이 그녀와 말을 타는 상황에서 그것은 너무 명약관화해 보였다. 하지만 또, 집에서 지내는 게 어쩌다 한 번씩일 뿐인 레너드가 그걸 눈치채지 못할 수 있었던 것도 당연했다. 존은 자기 가족에게서 전해 들은 얘기가 있었다. 최근에 그 동네에서 퍼지고 있는 이 소문을 그에게 말해주기 위해 그의 어머니는 자기가 직접 옥스퍼드에 다녀오는 게 좋겠다고 생각했던 것이다. 그리고 그가 어머니에게 그게 자기와 무슨 상관이 있냐고 묻자 이렇게 말했었다. "얘야, 모르겠어? 랠프 드 볼터가 이 여자와 결혼하면 린디의 상속권이 없어질지도 모른다고. 그게 아니더라도 어쨌거나 그 애와 네가 약혼했을 때 우리가 합리적으로 기대했던 것보다 훨씬 적은 액수가 될 거야." 그 소식에 존은 상당히 기분이 상했다. 우선, 그는 메리 데이질이 랠프 드 볼터를 받아들일 게 분명하다는 것을 그 즉시 깨달았기 때문이었다. 그리고 두 번째로는, 린디의 재산이 줄어드는 순간 자신이 린디를 버리는 것 같은 게 싫었기 때문이었다. 그는 무엇을 하든 낭만적인 이유로만 하고 싶었다. 그래서 그의 어머니가 너무나 좋아하는 세속적인 이유는 그에게는 그런 일을 하지 않는 방향으로 작용하곤 했었다. 그 소식은 모든 걸 망쳐버렸다.

레너드는 여전히 대답을 기다리고 있었다. 존은 그에게 진실을 말해야겠다는 생각이 들었다. 어쨌거나, 그에게 경고해 주는 것이 친구의 도리였다. 게다가 레너드가 했던 어떤 말들에 대해 똑같은 방식으로 되갚아 주는 건 아주 불쾌한 일은 아니었던 것이다.

"이것 봐, 레너드." 그가 말했다. "네게 말할 마음은 전혀 없었는데 해야 할 것 같네. 너희 아버지는 ―." 그는 말을 주저했다. 그리고 레너드의 불안한 눈빛을 보자 흡족한 기분이 들었다.

"우리 아버지?"

"너희 아버지는… 메리 데이질과 아주 친밀한 사이야. 친밀한 것 이상이지. 모두… 거기 있는 사람들은 누구나 다 그걸 알고 있어. 적어도, 린디와 애런은 그럴 거야. 다시 말해서," 레너드의 탐색하는 듯한 이상한 표정을 보자 그의 머릿속은 점점 뒤죽박죽이 되어갔다. "난 어머니가 말씀해 주신 것 외에는 이 일에 관해 아는 게 없어. 하지만 우리 어머니는, 너도 알다시피, 소문을 좋아하거나 없는 일을 만들어 내시는 분이 아니야."

레너드는 고개를 끄덕였다. 그는 데스펜서 씨 부인을 잘 알고 있었다. 그녀는 계산속이 빠르고 냉정한 사람이었으나 그 계산속은 하릴없는 상상에 기반하지는 않았다.

"어머니는 깊이 생각하신 끝에 말씀하셨어." 존은 당혹감을 감추기 위해 좀 거들먹거리며 말을 이어갔다. "너희 아버지가 흠뻑 빠지셨다고. 그게 어머니가 쓰신 단어인 것 같아. 어머니는 너희 아버지가 메리와 결혼하실 의향이라고 생각하셔."

존은 격한 반응을 예상했다. 그러나 아무런 반응도 없었다. 레너드는 잠시 그를 뚫어져라 응시했다. 그러더니 어깨를 으쓱하고는 돌아섰다.

"그 여자가 정말 그럴까?" 그가 무심하게 말했다. "뭐, 그런 걸로 너나 그 여자가 곤란할 건 없어. 그걸 막을 방법들이 있으니까."

그는 가볍게 말했는데, 존은 그게 무슨 뜻인지 전혀 알지 못했다. 그러나 그 말은 해명되지 않은 상태로 그의 가슴에 박혀 있었고, 나중에 그는 그 말을 너무나 선명하게 떠올려야 했다. 그 시점에서 그에게는 자기가 아무것도 아닌 일로 레너드의 호감과 존경을 잃고 말았다는 막연하지만 분명한 느낌을 제외하고는 아무것도 확실하지 않았다. 메리 데이질은 설령 랠프 드 볼터와 결혼하지 못한다고 하더라도 그에게 오지는 않을 게 분명하기 때문이었다. 그가 으스스한 느낌 속에서 그렇게 확신한 것은 레너드의 말투에 담긴 어떤 것 때문이었는데, 그게 뭔지는 알 수가 없었다.

그들은 서로 암묵적인 동의하에 너무나 불길한 징조를 내포한 그 대화를 중단하고 돌아서서 배를 향해 내려갔다.

"좋은 생각이 하나 있어." 레너드가 예전 같은 무심한 말투로 말했다. "이번에 집으로 갈 때 테니스 라켓과 네트를 가지고 가자. 테니스를 배울 수 있으면 내 동생들은 재미있어할 거야. 지금쯤이면 양궁은 좀 시들해졌을 게 분명한데, 다른 놀이를 하고 싶을 거란 말이지. 그 애들이 지루해하면 너와 내가 치면 되고. 내가 편지를 써서 테니스가 어떤 건지 설명할게."

집을 향해 상류로 배를 타고 가면서 그들은 서로 간의 말다툼과 폭로 같은 것은 까맣게 잊은 것 같았다. 아니, 그런 일은 아예 있지도 않았던 것 같았다.

9

"메리," 랠프 드 볼터가 말했다. 성량 좋고 강한 그의 목소리는 살짝 떨리고 있었다. "나와 결혼해 주겠소?"

그들은 느릅나무가 늘어선 긴 가로수길 끝에서 빗장이 다섯 개 달린 대문에 기대서 있었다. 요즘 그들은 아침을 먹기 전에 매일 말을 탔는데, 지금도 그렇게 말을 타고 가로수길을 달려온 것이었다.

"지금은 이런 말을 하기 이른 때인지도 모르오." 그녀가 대답하지 않자 그는 계속 말했다. "이렇게 아침 일찍, 그리고 우리가 알게 된 지 얼마 안 된 시점이니 말이오. 하지만 난 우리가 서로를 잘 안다고 생각해요."

메리 데이질은 그를 쳐다봤다. "그런가요?" 그녀가 말했다.

동요 없는 조용한 말투였다. 그런 반응에 그는 그저 기분이 좋아질 따름이었다. 그는 그녀가 약간 충격을 받으며 놀랄 것이라고 예상했었기 때문이었다.

"그래요, 내 생각은 그렇소." 그가 단단하게 말했다. "당신이 나에 대해 모든 걸 알고 있다는 건 말할 필요도 없어요. 당신이 들을 필요가 있다고 생각되는 걸 난 최대한 다 말한 바 있소. 나머지는… 그냥 시간문제일 뿐이오. 당신에 대해서는… 글쎄, 난 내가 알고 싶은 건 ─ 당신이 어떤 사람인지 ─ 모두 알고 있소. 그리고 당신을 사랑하오."

메리 데이질은 장갑을 낀 작은 두 손으로 낭창거리는 승마 채찍을 아치형으로 구부렸다.

"하지만 생각해 봤나요?" 그녀가 말했다.

"뭘 말이오?"

"그게 당신 가족에게, 당신 자식들에게 미칠 영향에 관해서요. 린디와 애런은 그런 생각을 별로 반기지 않을 거예요."

랠프는 강한 턱을 쑥 내밀었다. "린디와 애런은 내 결정을 받아들여야 할 거요." 그가 말했다. "그 애들이 불만을 가질 이유가 없어요. 난, 당연히, 그 애들을 부양할 거고, 또 그 애들에게 자식이 생긴다면 그들 역시 거둘 거요. 어떤 경우라도 그렇듯이, 흥청망청 퍼주지는 않겠지만 말이오. 하지만 공정하게 말하자면, 난 당신이 잘못 알고 있다고 생각하오, 메리. 어떤 문제라도, 우리 딸들 누구도 내 선택에 이의를 제기하는 건 꿈도 꾸지 않을 거요. 그 애들이 왜 그래야 하겠소? 린디는 곧 집을 떠날 거고 애런도 그리 오래 기다려야 할 리는 없을 거요. 둘 다 아주 멋진 처녀들이잖소. 난 그 애들을 정말 좋아하고 자랑스럽게도 여기고 있어요. 하지만 난 이직 노인이 아니오. 아버지라는 이유로 내 인생이 끝난 건 아직 아니라는 말이오. 그런데 당신은 레너드는 언급하지 않았어요. 당신은 그 애가 딸들처럼 트집을 잡을 것 같지는 않다고 생각하는 모양이죠?"

"레너드." 메리 데이질이 거의 혼잣말처럼 그 이름을 따라 말했다. '눈먼 남자의 끝판왕이군!' 그녀는 속으로 생각하고 있었다. 그러나 그녀는 드 볼터의 빼어난 자질 ─ 단호함, 강인한 정신, 솔직함, 그리고 원한다면 친절함까지 ─ 을 잘 알고 있었던 까닭에 그에게 측은지심과 존경의 마음이 함께 담긴 표정을 지어 보였다. "아, 전 그렇게 말할 생각은 아니었어요, 랠프. 어쩌면 레너드가 그 누구보다 더 반대할지도 모르죠." 그녀는 미소를 지었으나 이번에는 땅을 보고 있었다.

"왜죠?" 랠프는 진심으로 놀랐다. "아, 그 애가 내 아들이자 상속자이기 때문에 하는 말이로군요."

"당신의 **하나뿐인** 아들이죠." 메리가 나지막한 목소리로 그의 말을 고쳐주자 드 볼터는 한기가 몸을 타고 흐르는 느낌이 들었다. 그러니까 그녀는 아이가 생길 가능성 — 확률 — 을 예상하고 있었던 것이다. 그 생각에 그는 깊이 감격했다. 그는 이 여인을 향한 자신의 사랑이 여태껏 자신이 경험한 그 어떤 것과도 확연히 다르다는 것 말고는 자신이 느낀 감정을 말로 표현할 수가 없었다. 그는 사랑의 크기와 깊이를 자신이 안다고 생각해 왔었다. 이번에 그는 자기가 그 자신보다 더 강력한 어떤 손아귀에 들어 있다는 것을 어렴풋이 의식하고 있었다. 그것은 위험하지 않다고는 할 수 없는 어떤 강제력이었다. 그를 꼼짝할 수 없을 정도로 휘어잡고 그를 지배한 것은 그 위험한 느낌이었던 것일까? 그 순간 곧바로 그는 메리 데이질의 말이 옳다는 것을, 자기 자식들이 자기의 이 새로운 계획을 두려워할 이유가 충분하다는 것을 명백히 알게 됐다. 그는 그녀와 결혼한 순간 더는 그들의 보호자가 아닐 것이기 때문이었다. 그의 마음에서 이미 그들은 가장 소중한 존재에서 뒷전으로 물러났던 것이다. 그들의 존재는 희미해졌고 그는 계획을 세울 때 그들을 잊고 싶어졌다. 그들은 그가 그토록 열렬히 추구하는 미래가 아니라 과거에 속한 존재들이었다.

그리고 미래는 언제나 약속의 땅이지만 과거는 언제나 후회를 안고 있는 것이니….

"레너드는 자기 힘으로 성공해야죠." 그가 선언하듯 말했다. "도와줄 아버지가 있으니까 그 녀석은 운이 좋은 거고… 내가 돕지 못하게 되는 일은 없을 거요. 사실, 메리, 난 딸들보다는 그 애가 더 걱정이오. 그 녀석은 뭔가 나사가 빠진 것 같단 말이오. 목표가 없어요. 뭘 하고 살고 싶은 건지… 아무 생각이 없는 것 같소."

"어쩌면 그냥 즐기면서 살고 싶을 수도 있죠." 메리가 말했다.

랠프는 충격을 받은 표정이었다. "그런 건 안 되죠. 사람은 반드시 목표가 있어야 해요. 그 나이 또래의 젊은이들은 대부분 **하고** 싶은 게 있단 말이오. 아니면 최소한, **되고** 싶은 게 있든가. 지난번에 언젠가 자기 아들이 배우가 되고 싶어 한다고 불평하는 사람과 대화를 나눈 적이 있어요. 뭐, 놀랍긴 해도, 대단하더군요. 그런데 레너드는 그냥 흘러가는 대로 자족하고 있어요. 당신 말대로라면, 인생을 즐기고 있죠. 내가 그 애 같은 인생관을 갖고 있었다면 그 애는 그렇게 살 수도 없었을 거요."

그는 젊은 개척자였던 자기를 다시 한번 생각해 보며 어깨를 쫙 폈다. "난 그 애를 이해할 수가 없소." 그는 회한이 드는 듯 한마디 더 했다.

"이해하려고 하지 말아요." 메리 데이질이 말했다. "그리고 그 때문에 괴로워하지 말아요. 살아남는다면 그는 아주 행복하게 인생을 살아갈 거예요. 아시다시피, 그에게는 대단한 자산이 있는 걸요. 매력이 있잖아요."

드 볼터는 고개를 끄덕였다. "그렇죠, 내 눈에도 그래 보입니다. 그 애의 젊음을 내가 부러워한다고 생각하지는 말아요, 메리. 그런 건 아니오. 내가 좀 더 불운했다면 어쩌면 그럴 수도 있겠죠." 그는 신뢰와 행복이 담긴 미소를 띠고 그녀에게 몸을 굽혔다. "하지만 우리가 좀 더 대화를 나누지 못하는 게 안타깝소. 물론, 난 요 몇 년간 그 애를 거의 보지 못했어요. 그 애가 나를 단번에 받아들여 주기를 기대할 수는 없는 거죠. 난 아버지이기는 하지만 완전히 낯선 사람이기도 하거든요. 딸들은 그런 걸 별로 개의치 않는 것 같았어요. 하지만 딸들은 다른 법이죠." 그는 반추하던 걸 멈추더니 갑자기 그녀에게 물었다. "'살아남는다면'이라니 그게 무슨 말이오?"

미스 데이질은 대문에서 멀어지며 말들을 묶어 놓은 울타리 쪽으로 갔다.

"그냥 그렇다는 말이에요." 그녀는 얼버무리며 말했다.

"무슨 말인지 모르겠군요, 메리." 그는 급히 그녀를 따라갔다. "난 당신이 불필요한 단어를 쓰는 걸 듣거나 필요 없는 행동을 하는 걸 본 적이 없소." 그는 한 손으로 그녀의 팔을 잡았다. "무슨 뜻이었는지 말해봐요. 그 애의 건강에는 아무 이상이 없지 않소? 내가 들은 건 전혀 없는데 말이오?"

메리 데이질은 미소를 지었다. "있다고 해도 전 아무것도 모르죠. 불안해하지 말아요, 랠프. 당신 아이들은 제게 털어놓고 말하지도 않는걸요. 전 그저 레너드가 다재다능하지만 자기를 보호하는 본능은 없는 것 같아서 한 말일 뿐이에요."

랠프는 그녀의 두 손을 잡았다. "나의 어린 가정교사님이 정말

많은 말을 하는군요!" 그는 머리를 뒤로 젖히고 웃음을 터트렸다. 그래서 그녀가 그를 보는 표정을 감지하지 못했다. "당신이 생각할 때 그 녀석은 무모하다고 말하려던 건 분명 아니죠? 사실, 그 애는 위험이 뭘 뜻하는지 모른다오."

"제 말이 바로 그 말이에요." 메리 데이질은 이렇게 말하고 돌아섰다.

랠프는 어리둥절해서 그녀의 뒤를 따라갔다. 그러다가 그는 이렇게 심히 복잡한 분석은 떨쳐버리려는 듯이 고개를 흔들었다. 그리고 그녀를 다시 따라잡았다.

"그럼 승낙한 거요, 메리?" 그가 말했다.

"네." 메리 데이질이 말했다.

그는 그녀에게 자기를 사랑하냐고는 묻지 못했다. 지금 당장은, 이걸로 충분했다.

10

"이제 첫 번째 비극에까지 다 왔어요." 목사 부인이 말했다. 그 때쯤 그녀는 자기가 청중을 사로잡고 있다는 것을 의식하고 있었다. 그녀는 마치 네 남자 — 자기 남편과 말렛, 존스와 피츠브라운 — 가 무슨 모험담이라도 들으려고 주위에 모여든 초등학생들이라도 되는 양 그들을 한 바퀴 쭉 둘러봤다. 피츠브라운이 제일 열성적이었다. 그녀의 남편은 이전에 그 이야기를 듣기는 했지만, 그럼에도 그녀가 잘못 말하는 지점이 있으면 즉각 말을 해 줄 요량으로 그녀에게 집중했다. 육중한 몸을 안락의자에 편안히 내맡기고 있던 말렛은 그녀가 설명하는 일련의 장면들을 마치 자기 눈으로 보고 있기라도 하는 것처럼 파이프 담배를 깊이 들이마시며 벽난로 불을 바라보고 있었다. 존스는 회의적인 태도이긴 했지만 이야기를 듣고는 있었는데 그 정도가 그에게 바랄 수 있는 전부였다.

"여러분은 이제 상황을 알고 있어요. 랠프 드 볼터는 메리 데이질을 사랑하게 됐고, 그녀는, 그들 모두가 여전히 알지 못하는 어떤 이유로, 그와 결혼하기로 한 거죠. 자식들 셋이 그 결혼을 좋아하지 않고 반대하기까지 한 건 당연한 일이었어요. 첫 결혼에서 낳은 아이들은 보통 다 그렇게 하죠. 그러나 랠프는 성격이 강한 사람이어서 그 뜻을 거스르기 어려웠어요. 두 자매는 서로 간에, 그리고 제 어머니와도 그 얘기를 나눴지만, 자기들이 아버지나 메리 데이질에게서 어떤 느낌을 받고 있는지를 감히 보여주지는 못했죠. 정말 놀라운 행동을 했던 사람은 레너드였어요.

랠프 드 볼터가 약혼을 발표했을 때 제 어머니는 우연히 그 딸들과 주말을 함께 보내고 있었어요. 어머니는 그 장면을 제게 여러 번 묘사하곤 하셨어요. 당시에 어머니는 레너드를 조금 사랑하고 있었던 까닭에 그의 움직임 하나하나를 다 주목하고 있었던 것 같아요. 그래서인지 어머니는 그가 폭발적인 반응을 보였을 때 마음의 준비가 돼 있으셨는데, 다른 사람들은 그렇지 못했어요. 하지만 그 후에 일어난 일에 대해서는 어머니도 전혀 대비가 되어 있지 않으셨던 거죠."

랠프 드 볼터가 약혼을 발표한 것은 몇 주 뒤인 7월의 어느 저녁이었다. 그는 레너드와 존, 린디와 애런, 그리고 루시 브라운이 모두 함께 있는 저녁을 선택했다. 따뜻한 저녁이었다. 그래서 그들은 창문을 다 열어놓고 식사를 했다. 잔디밭이 보이고 그 너머로 강으로 땅이 뚝 떨어지는 곳에 서 있는 나무들까지 다 보였다. 땅거미가 내려앉고 있었다. 식사하는 동안 촛불이 안으로 들여졌고, 촛불로 인해 바깥은 갑자기 어두운 그늘이 되어갔다. 하늘은 처음에는 옅은 푸른빛을 띠다가 쪽빛으로 깊어져 갔다. 바다 쪽 지평선 위로 여름철의 번개가 한 번씩 번쩍거리곤 했다.

집 안의 사람들은 다들 즐거웠다. 존과 레너드가 집에 온 것을 축하하기 위해 여느 때보다 훨씬 정성 들여 음식이 준비됐고 랠프는 음식이 하나씩 나올 때마다 와인을 곁들여 내오도록 지시해 뒀다. 사실, 그는 기분이 아주 좋은 상태였지만 젊은 사람들은 그의 내면에 생긴 변화를 조금도 알아채지 못했다. 그들이 관찰할 기회가 있었을 때는 그가 언제나 기분이 좋았기 때문이기도 했지만, 주된 이유는 그들 모두가 자기들만의 비밀스러운 갈망과 적의에 빠져 있었기 때문이었다. 메리 데이질만이 홀로 아무 말 없이, 웃음기 없는 얼굴로 앉아서 음식에는 거의 손을 대지 않고 있었다. 그녀에게 말을 거는 사람은 랠프뿐이었는데 그녀는 그 말들에 최대한 간단히 대답하며 재빨리 고개를 들었다가 다시 숙이곤 했다. 그러나 그녀는 극히 아름다워 보였다. 그녀의 아름다움은 항상 이 세상 그 무엇과도 어울리지 않는 고요의 아름다움이었다. 그녀의 옆모습은 대리석 비석에 얕은 돋을새김 조각으로 새겨진, 아래를 보고 있는 얼굴처럼 흠잡을 데 없이 완벽했다. 평소에는 목련처럼 창백하던 그녀의 뺨은 오늘 밤에는 희미한 분홍빛을 띠고 있었다. 아래를 내려다보는 검은 속눈썹은 조금의 움직임도 없이 낮게 깔려 있어서 그녀는 마치 잠들어 있는 것만 같았다. 그러나 고개를 들었을 때 그녀의 눈은 잠시 어둡게 번쩍였다가 다시 숨어버리는 것이었다. 그녀의 존재는 다섯 명의 젊은이들을 한데 뭉치게 한 것 같았다. 심지어 존마저 오늘 밤에는 그녀를 무시하고 있었다. 그는 식사가 끝나기도 전에 이미 만취한 상태였고, 새삼스럽게 린디에게 과장된 애정 표현을 해서 거의 대놓고 애런의 마음을 상하게 하려고 했다. 레너드는 조금 관조적으로 이들 세 사람을 지켜보고 있었다. 그리고 이 모든 사태에서 한층 더 멀찌감치 떨어져 있던 루시 브라운이 그를 지켜보고 있었다. 그녀는 랠프와 메리 데이질에게 한 번씩 시선을 주기도 했다. 랠프는 자신이 성공했고 행복할 것이라고 거리낌 없이 믿는 모습이었다. 누군가 자기를 관찰하고 있다고 생각하지 않던 메리가 젊은 친구들에게 시선을 던졌을 때 루시는 그녀의 얼굴에 나타난 표정을 봤다. 루시는, 비록 확신할 수는 없었으나, 뱀처럼 획 움직이던 그 얼굴이 와인 잔을 쥐고 의자 깊숙이 앉아 미소를 짓고 있던 레너드를 향하고 있다고 생각했다.

마침내 디저트 시간이 왔다. 아버지를 보고 있던 린디가 일어나서 나머지 세 여자에게 신호를 보냈다. 그러나 그녀의 아버지가 그녀를 제지했다.

"아직 아니야, 린디. 너희들 모두에게 내가 할 말이 있다." 성량 좋은 그의 목소리에 떨림이 묻어났다. 그러나 그들 모두가 그에게 시선을 돌린 것은 그의 목소리가 너무 컸기 때문이었다. 그는 다소 천천히, 그리고 불길한 느낌을 주며 일어섰다.

"내가 이 소식을 직접 알려야 하는 건 분명한 이유가 있어서야. 하지만 내가 너희들에게 우리의 행복을 위해 잔을 들라고 부탁할 필요는 없었으면 좋겠구나."

네 명의 놀란 얼굴이 이제 그를 응시했다. 루시만이 여전히 레너드를 지켜봤다. 그녀는 그의 얼굴에서 미소가 사라지는 것을 봤다. 또한 해석할 수는 없었으나, 그 미소를 대체한 표정을 봤다. 그녀는 가여운 마음과 뭔지 모를 두려움으로 온몸에 전율이 흐르면서 가슴에 진짜로 통증을 느꼈다. 그래서 그녀는 얼굴을 그늘에 묻으려고 일부러 몸을 살짝 움직였다.

잠시 정적이 흘렀다. 장미꽃 향기가, 그리고 인동초인지 재스민

인지, 아니면 둘 다인지 모를 더 달콤한 향기가 크고 높은 창들을 통해 흘러 들어왔다. 촛불의 불꽃들이 한순간 휘었다가 다시 바로 서곤 했다.

"내가 결혼을 약속했다는 걸," 랠프 드 볼터가 말을 이었다. "발표해야겠구나. 난 메리의, 메리 데이질의 승낙을 받았단다."

그는 그녀를 향해 한 손을 내밀었다. 메리 데이질이 일어나서 그의 손을 잡았다가 다시 옆으로 내렸다. 그녀는 식탁 끝에 앉은 그에게 가지 않았다. 그녀는 여전히 아래를 내려다보며, 여전히 웃음기 없는 얼굴로 자기 자리에 서 있었다.

이번에는 침묵이 오래가지 않았다. 레너드가 그 침묵을 깨뜨렸던 것이다. 그는 손에 잔을 들고서 의자를 박차고 일어섰다. 존이 창백하고 흥분한 얼굴로 천천히 그를 따라 했다. 존은 레너드보다 훨씬 키가 컸으나 지금은 구부정하게 한 손으로 식탁을 짚고 앞으로 몸을 기울이고 있었다. 레너드는 똑바로 서서 미소를 지으며 사방을 둘러봤다.

"이야," 그가 신이 난 말투로 불손하게 말했다. "이건 즐거운 **임무로군요**. 저는 놀란 시늉은 하지 않겠습니다. 우리 모두 어느 정도 이럴 것에 대비하고 있지 않았나요?" 그는 자기 주변의 작은 무리를 돌아보며 미소를 지었다. 이미 약간은 어리둥절한 상태였던 린디는 그의 태도에 이맛살을 찌푸렸고, 애런은 귀를 반만 열어놓은 채 여전히 자기만의 생각에 빠져 있었으며, 루시 브라운은 걱정과 불안을 느끼고 있었다. 존은 머리가 어질어질했지만 자기 연민에 빠져 있었는데 그는 자신이 이제 와서 새삼스레 왜 슬픈지 정확히 알지 못했다.

"하지만 전 기쁩니다." 잠시 아래를 내려다보며 — 아직은 자기 아버지와 메리 데이질에게 눈길을 주고 싶지 않았던지 — 레너드가 계속 말했다. "여러분 모두가 느끼는 감정을 이 집의 아들인 제가 표현하게 돼서 말이죠."

이 말을 하며 그는 활짝 웃었고 그의 말투는 단단히 무장하고 있던 랠프의 의식까지도 꿰뚫어버릴 정도로 너무나도 희화적이었다. 랠프의 자긍심 넘치던 표정이 희미해지고 콧구멍이 넓어지더니 이맛살이 찌푸려지며 눈썹이 뒤틀렸다. 그러나 찡그린 이맛살은 그가 정신이 번쩍 들었다는 것일 뿐 아직 분노의 표현은 아니었다.

"여러분 모두가 느끼는 감정을요." 자신의 표현이 마음에 들었던지 레너드가 반복해서 말했다. 그는 자기 잔을 들어 올리고는 그 붉은 빛에 매료되기라도 한 듯이 바라봤다. "그리고 다른 무엇보다 제 감정도요. 새로운… 짝과의 인생을 즐기시기 바랍니다. 자, 동생들아, 너희들도 같이 건배해야지. 행복한 한 쌍을 위하여!"

린디와 애런이 자리에서 일어났다. 루시는 뒤에서 지켜보고 있었다. 두 자매는 레너드에게 시선을 고정한 채 최면에 걸린 듯 그를 따라 했다. 그러나 루시는 건배하지 않았다. 그녀는 다른 사람들이 건배하는 동안 일어나지도 않았다. 레너드는 잔을 비웠고 린디와 애런은 잔에 입술을 갖다 댔다.

"물론," 레너드가 계속 말했다. "우리는 메리를 잘 모릅니다. 제가 그렇게 불러도 괜찮을까요?" 그가 마침내 그녀 쪽으로 눈길을 주며 말했다. 메리 데이질은 다른 사람들이 서 있는 상황에서도 자리에 앉아 있었다. 그리고 지금 그녀는, 아까와 마찬가지로, 무릎 위에 포개 놓은 자기 손을 내려다보고 있었다. 레너드에게 분노의 눈빛을 보낸 것은 그녀가 아니라 랠프였다. "우리는 메리를 안 지 그리 오래되지 않았어요. 하지만 그러고 보면, 우리는 우리 아버지 역시 오래도록 모르고 지냈죠. 그러니까 모든 게 공평한 셈이네요. 안 그래요?" 그는 가볍게 웃었다. "말하자면, 우리에게 두 사람은 같은 셈이니 두 사람 역시 서로에게 같지 않겠어요? 그러니까, 두 분 역시 서로를 잘 알지 못하니 **최고로** 낭만적일 게 틀림없어요."

이제 식탁의 레너드 쪽 끝에 있던 모든 사람은 내놓고 겁에 질려 있었다. 애런은 눈을 휘둥그렇게 뜨고 있었다. 쉽게 주눅 들지 않는 린디는, 그럼에도 불구하고 식탁을 꽉 쥐고 절망적인 눈빛으로 존을 봤다. 그러나 존은 자기 의자에 도로 주저앉아 바닥을 바라보고 있었다. 그곳에서 탈출하는 게 바람인 듯했다. 하지만 그들 모두 중에서 제일 겁에 질린 사람은 루시였다. 그녀가 겁에 질린 것은 오직 레너드 때문이었다.

랠프 드 볼터가 당황해하며 일어섰다. 그는 자신은 물론 메리 역시 모욕당하고 있다는 것을 이제 분명히 알았음에도 어떻게 해야 할지 불분명한 상태였다. 그는 자기가 생각할 때 몸도 마음도 아직 제대로 여물지 않은 이 젊은 친구가 자기 앞에서, 아버지 앞에서 투우사같이 날뛰면서 감히 자기를 모욕하며 조롱하는 게 가능하다는 걸 믿을 수가 없었다. 메리 데이질이 작은 몸짓으로 그를 제어하자 그는 더 혼란스러웠다. 어떤 말을 하거나 어떻게 행동해야 효과적일지 그가 생각해 내기도 전에 레너드는 자기 잔을 내려놓고는 재빨리 메리 데이질이 앉아 있는 쪽으로 식탁을 빙 돌아갔다. 그는 양손을 그녀의 어깨에 올려놓았다.

"그리고 이제, 저는 예비 신부님께 입맞춤할 자격이 생긴 것 같은데요." 그는 이렇게 말하고는 재빨리 몸을 굽혀 메리 데이질의 입술에 키스했다.

"안녕히 주무세요, 메리. 안녕히 주무세요, 아버지." 그는 이렇게 말하고는 그 방을 걸어 나갔다. 촛불의 불꽃들이 그를 따라갔다가 그의 뒤로 가만히 문이 닫히자 도로 오므라들었다.

11

레너드가 나가고 난 후 얼마 동안 그들은 모두 놀란 상태로 말 없이 앉아 있었다. 먼저 입을 연 사람은 랠프 드 볼터였다.

"메리," 그가 있는 힘을 다하여 말했다. "다른 사람들과 함께 응접실로 가주겠소? 나는 조금 이따가 그리 가겠소."

그는 일어났다. 화가 치밀어서 더 이상 말을 이어갈 수가 없었던 것이다. 그러나 그는 린디에게 그녀가 메리에게 최우선으로 자리를 내줄 것을 기대한다는 뜻을 몸짓으로 분명히 밝혔고, 그것은 처음 있는 일이었다. 그는 메리에게 문을 열어줬다. 그러나 더는 인내심을 가지고 다른 사람들이 나갈 때까지 기다리지 않았다. 그를 뒤따라가던 린디와 애런은 그가 쪽마루 복도를 가로질러 서재로 가는 것을 봤다. 존이 그들을 응접실로 인도했는데, 그들의 귀에 아버지와 레너드의 목소리가 들렸다.

"너 어디 가는 거야? 난 너와 얘기를 좀 해야겠다." 아버지의 목소리는 거칠었고 겨우겨우 자제력을 발휘하고 있었다.

"아, 그러시죠." 레너드는 평소처럼 태연한 목소리였다. 아버지가 그를 붙들었을 때 그는 서재에서 책을 가지고 나와서 자기 방으로 가는 길이었다. 그 간단한 두 마디 말에도 그의 말투는 이 모든 것이 매우 귀찮지만 어쩔 수 없이 거쳐야 할 일이라고 그가 생각하고 있다는 점을 고스란히 드러내고 있었다. 그는 돌아섰고 두 사람은 다시 서재로 들어갔다. 무거운 커튼이 쳐진 문이 닫히고 두 자매는 더 이상 아무 소리도 듣지 못했다.

레너드는 조명의 정확한 조도가 중요하다는 듯 단조 철제 램프 두 개의 심지에 주의 깊게 불을 붙였다. 그러는 동안 랠프는 그가 자기를 응대하기를 기다리며 담배를 피우고 있었다. 레너드가 무거운 암적색 커튼을 창문을 가로질러 쭉 치자 커다란 나무 고리들이 덜커덕거리는 소리가 울렸다. 그는 그런 다음 젊은 사람이 연장자를 대하는, 사람을 감질나게 하는 조심스러운 분위기로 아버지를 향해 돌아섰다.

"자, 귀하?" 그가 가볍게 말했다. "무슨 일이시죠? 제가 분위기를 망치는 말이나 행동을 한 게 아니면 좋겠는데요."

그는 마치 랠프가 화가 나서 자기를 때려눕히도록 부추기듯이 조금 더 가까이 다가왔다. 떡 벌어진 어깨와 건장한 체구의 랠프 옆에 서니 그는 어처구니없을 정도로 가늘고 어려 보였다. 그러나 그에게는 랠프 드 볼터가 눈을 제대로 마주치지 못할 정도의 정신적인 힘이 있었다.

"너는 내 집 식사 자리에서 나를 모욕하고 싶었던 모양이지." 랠프가 중얼거렸다. "그것도 내가 결혼하려고 하는 여자 앞에서 말이야. 네가 이 결혼에 대해 그렇게 느낀다면 내가 이 집에서 나가달라고 해도 되겠니? 이런 말을 네게 해야 하다니 유감이다. 우리는 서로를 거의 알지 못한다마는, 어쨌거나, 넌 내 외아들이야. 하지만 넌 내게 선택의 여지를 주지 않고 있어."

레너드는 머리를 한쪽으로 기울인 채 그 말을 들었다. 그는 여전히 옅은 미소를 띠고 있었다.

"정말로 저를 집에서 내쫓으실 건가요?" 그가 말했다.

"난, 난 그렇게 말하지 않았다." 랠프 드 볼터가 짜증스럽게 말했다. "네가 메리와 내게 정중하게 굴 수 없다고 느낀다면 나가달라고 한 거야. 그건 너 스스로 깨달아야 할 일이고, 내가 어떻게할 수가 없어. 15분 전에 내 마음속에는 그런 생각이라고는 눈곱만큼도 없었다. 다시는 그런 일이 일어나지 않을 거라고 네가 약속한다면, 난 그 일을 흔쾌히 잊을 거야. 너희들 모두에게 그 소식이 충격일 거라는 걸 — 처음에는 말이야 — 난 깨닫고 있다. 하지만 내 인생이 아직 끝나지 않았다는 걸 너희들은 잊은 것 같구나. 난 —." 그는 자기가 해명을 하고 사과까지 하는 위험한 단계로 가고 있다는 것을 깨닫고는 갑자기 말을 멈췄다. "그렇지만, 네가 신사답게 행동할 수 없다면 넌 나가야 할 거다. 물론, 네 용돈은 계속 줄 거야. 난 보복하고 싶은 마음은 없어. 다만 네가 내 행동을 비난하도록 놔둘 수는 없다는 거다."

레너드는 잠시 생각했다. "그러니까 정말로 제가 이 집에 발을 들이지 못하게 하시겠다는 말씀인가요? 그 여자를 위해서?"

"그만해!" 랠프는 다시 화가 나서 이성을 잃고 고함을 질렀다. 그는 손을 들어올렸다. 레너드를 한 대 치기 위해서가 아니라 그가 말하는 걸 막기 위해서였다. "넌 구제 불능이구나. 내게 반항하기로 작정을 한 거야. 그렇다면 좋아, 가거라. 난 더 이상 네게 할 말이 없다. 지금 바로 가. 만일 오늘 밤 기차를 타지 못한다면 반드시 아침 첫 기차로 가야 한다."

레너드는 그를 물끄러미 쳐다봤다. 그의 미소는 사라져갔고 그의 얼굴에는 극도로 심각한 표정이 스쳐 갔다. 랠프는 그가 더는 얘기하지 않고 곧장 나가리라고 예상했으나 레너드가 돌아서서 큰 가죽 안락의자에 앉자 깜짝 놀라고 말았다.

"앉으세요, 아버지, 부탁드립니다." 그는 한 손으로 다른 의자를 가리키며 말했다. "아버지께 진지하게 말씀드리고 싶습니다. 적어도, 노력은 해보고 싶어요. 그게 가능할지는 모르겠지만요."

랠프는 머뭇거리며 그를 내려다봤다. 그는 자기가 경험으로, 혹은 전해 들어 알고 있던 모든 것과는 반대되는, 이런 종류의 일이 왜 자기에게 일어나야 하는지 의문스러웠다. 보아하니, 여기 자기 아들이, 법적으로는 아직 성년이 되지 않은 젊은 아들이 자신에게, 자기 아버지에게 '진지하게 말을 하겠다'고 하는 것이다! 세상의 절반을 다 섭렵한 랠프인데, 이 아이는 학교와 대학에서 경험한 것 외에는 인생을 전혀 알지 못했다. 그런데도 경험 많은 연장자가 경험도 없는 청소년의 말에 귀를 기울여야 하다니! 그가 아버지라는 사실은 아마도 별로 의미가 없을 것이었다. 그들이 서로를 거의 알지 못한다는 것은 사실이기 때문에 그는 그것을 인정했다. 그러나 ―.

그럼에도 불구하고, 랠프는 자리에 앉았다.

"제 말을 들으세요, 아버지." 레너드가 조용히 말했다. "저는 한두 가지 말씀을 아버지께 드리고 싶은데, 그건 아들이 아버지에게 일반적으로 하는 말은 아닙니다. 제가 살아오는 내내 아버지를 아버지로서 알고 지냈다면 이렇게 하지 못할 겁니다. 제가 이렇게 할 수 있는 건, 저에게 아버지는 거의 낯선 사람이나 마찬가지이기 때문입니다. 아시다시피, 아버지와 저의 관계는 아주 특이합니다. 저는 예의상 '아버지'라고 부르지만 제게는 아버지가 있었던 적이 전혀 없으므로 자연스럽게도 저는 아버지의 필요성을 느껴본 적이 없습니다. 그리고 지금 느끼기 시작할 수도 없습니다. 그러니까 제가 아들이라는 것을 잊으시고 그냥 들어주십시오."

그가 너무 진정 어린 태도로 말했기에 랠프는 마음의 벽을 허물었다. 게다가, 그가 그렇게 말하는 데는 이유가 있었던 것이다. 외국에서 느닷없이 나타나서는 이 젊은 친구들이 자신을 전지전능한 가장으로 받아들이기를 바랄 수는 없는 법이었다. 그는 그 점을 인정하지 않을 수가 없었다. 랠프는 자신이 시대를 앞서가는 사람이라고 믿었다. 마음 한구석에서 짜증이 일었지만, 그는 더 들어보려고 마음을 진정시켰다.

"그럼에도 불구하고," 레너드가 계속 말했다. "우리는 아버지를 잘 모르고 아버지의 행동에 일말의 영향도 미치지 못하지만, **아버지는 우리에게** 엄청난 힘을 갖고 계십니다. 아버지는 **우리의** 미래를 만들 수도 있고 망칠 수도 있죠. 아버지가 우리를 찾으셨을 때 그랬던 것처럼, 아버지는 우리가 각자 알아서 생활하고 친구들과 더불어 아주 행복하게 지내도록 해주실 수도 있고, 또 하고 싶은 일과 하려고 계획하는 일을 계속하도록 해주실 수도 있습니다. 아니면 우리의 그 모든 걸 다 짓밟아 버리실 수도 있고요. 그러므로, 보시다시피, 우리가 아버지의 처신을 다소 불안하게 지켜보는 게 놀라운 일은 아니라는 거죠."

이 마지막 말을 할 때 그의 목소리에는 예전 같은 가벼움의 흔적이 묻어났다. 랠프는 자기를 움찔하게 하고 분노케 했던 그 미소가 보일 것으로 생각하며 날카롭게 그를 쳐다봤다. 그러나 레너드는 여전히 상당히 진지했다. 그는 길게 뜸을 들였다. 마침내 랠프가 딱딱하게 말했다.

"그건 내가 결혼하려는 걸 두고 하는 말이구나. 그게 왜 너희들에게 걱정이 되는 일인지 나는 모르겠다. 어쨌든, 난 너희들의 개입을 허락할 수가 없 ―."

레너드가 갑자기 벌떡 일어났다. "제가 말씀드리려는 건," 그가 말했다. "만일 아버지가 그 여자와 결혼한다면, 아버지 자신의 행복을 포함해서 여기 우리 모두의 행복이 다 무너지고 말 거라는 얘깁니다."

"그게 무슨 말이냐?" 뜻밖의 일격을 당한 랠프가 고함을 질렀다. "그런 일이 어떻게 가능할 수가 ―."

"그녀가 우리 모두를 통제하게 되면 그렇죠." 레너드가 그의 말을 자르며 말했다. "아버지도 그녀의 손아귀에 들어가게 되실 겁니다. 그리고 아버지는 지금 무슨 생각을 하시든지 간에 합리적이거나 공정한 시각을 갖지 못하실 겁니다. 그녀가 그렇게 내버려 두지 않을 거예요."

랠프는 다시 격분하어 몸올 떨며 일어섰다. "공상 같은 이런 비난을 뒷받침할 만한 단 한 가지 사실이라도 너한테 있다는 거냐?" 그가 말했다.

"그건 아닙니다. 그 여자의 인성을 제가 확실히 안다는 것 말고는요."

"네가 인성의 재판관이냐?" 랠프는 코웃음을 쳤다. "세상에, 다시 책이나 보러 가라. 그리고 너보다 두 배는 나이를 먹은 남자 앞에서, 전 세계를 돌아다니며 너희 대학 도서관에 있는 책들보다 더 많은 사람을 만난 남자 앞에서 인성을 논할 생각 같은 건 하지 마! 애들이 이렇게 부모에게 충고를 하는 게 최신 유행이란 말이냐? 내가 미친 거냐, 아니면 네가 미친 거냐?"

그의 조소에 레너드는 전혀 동요하지 않았다. "맞는 말씀입니다만," 그가 말했다. "이 문제에서는 제가 옳고 아버지가 틀렸습니다. 아버지는 그 여자에게 홀리신 거예요. 그럼에도, 증거를 내놓으라고 하시면 —."

"네게 증거가 있어?" 랠프가 그를 다그쳤다.

"아직은 없습니다. 하지만 아버지를 위해 증거를 구해 오겠습니다. 아뇨… 그보다 더한 걸 하죠. 여기 이 집 안에서, 아버지의 눈앞에서 메리 데이질이 이 집의 두 번째 안주인에 전혀 걸맞지 않은 사람이라는 걸 보여드리겠습니다."

"난 도통 무슨 말인지 모르겠고," 랠프가 말했다. "네가 무슨 짓을 획책하려는지도 모르겠다, 이 버릇없는 녀석. 하지만 둘 중 하나를 택해. 그 말을 거두든지, 아니면 이 집에서 나가든지."

"그렇다면," 레너드가 말했다. "제가 여기 머물면서 제가 한 말을 증명하도록 하는 게 두려우신 거군요?"

랠프는 할 말을 잃었다.

"이건 아버지 자신을 위한 일이라는 걸 기억하세요." 레너드가 말했다. "또한 우리들을 위한 것이기도 하고요."

랠프는 갑자기 고개를 뒤로 젖히더니 웃음을 터트렸다. 너무 심할 정도의 웃음이었다. "내가 졌다." 그가 말했다. "넌 여기 있어도 돼. 네 말을 심각하게 받아들일 정도로 유머 감각을 잃었다니, 내가 정말 중년이 되어가다 보다. 그래, 여기 머물면서 너의 그 빌어먹을 짓을 해라. 메리에게는 비밀을 지키겠다고 약속하마. 하지만 네가 자존심을 조금만 꺾고 — 비록 네게는 낯선 인물이라고 할지라도 — 네 친아버지의 충고를 조금 받아들이겠다면, 이 모든 건 없던 일로 해라. 이 일로 너와 네 여동생들은 아무런 변화도 겪지 않을 거라는 생각을 받아들이렴. 이 일을 분별 있는 사람처럼 받아들이면 넌 언제나 찾아올 집이 있게 되는 거다. 있잖니, 넌 아직 모든 걸 다 이해하지는 못한단다."

그는 한 손을 레너드의 어깨에 올렸다. "가서 다른 사람들과 어울리렴." 그가 상냥하게 말했다. "그러고 싶지 않다면, 가서 자거라. 그러면 우리는 아침을 새롭게 시작하게 될 거야."

레너드는 그 선의의 무거운 손 아래서 움직이지 않고 잠시 기다렸다. 그러더니 최대한 예의 바르게, 조심스럽게 몸을 빼고는 말했다. "안녕히 주무세요." 그리고 심기가 불편해서 얼굴이 벌게진 채 그의 뒷모습을 바라보는 랠프를 남겨두고서 빠르게 서재를 나갔다.

12

"레너드가 이상하게 바뀐 건," 목사 부인이 말했다. "이 가슴 아픈 장면이 있고 나서였어요. 제 말은 그의 태도가 변했다는 게 아니에요. 그럼요, 그는 그 어느 때보다 더 쾌활하고 매력적이었다고 제 어머니는 말씀하셨어요. 게다가 훨씬 더 사교적인 사람이 됐고요. 전에는 그를 보기가 어려웠다면 이제 그는 언제나 거기, 가족 옆에 있는 것 같았죠. 다른 누군가가 멀리 나가려고 하면 그는 나가지 못하게 하거나 도로 집으로 데리고 오곤 했어요. 마치 일행이 계속 함께 있기를, 흩어지는 일이 없기를 원하는 것처럼 말이에요. 그들 중 일부는, 예를 들어서 존은, 그게 좀 힘들었던 것 같아요.

하지만 다시 레너드에게 생긴 변화 얘기로 되돌아가죠. 그건 아무도 예상하지 못했던 일이었어요. 그가 메리 데이질에게 열정적으로 구애하기 시작했던 거예요."

레너드는 강변을 산책하고 있던 메리 데이질 옆으로 다가왔다. 아침이었다. 햇살이 눈부시고, 강의 중간에 있는 맞은편 섬에서 야생 백리향과 페퍼민트 향이 퍼져오고 있었다. 이제 메리 데이질은 매일 아침 전나무가 우거진 이 길을 산책했다. 강에 딱 붙어 있는 길이어서 전나무 뿌리들이 강 위로 튀어 나가 있기도 했다. 그녀는 강둑의 검은 흙을 밟으며 걸었다. 랠프와 약혼한 이후 그녀는 아침에 린디와 애런을 데리고 책을 읽느라 더 이상 고생하지 않았다. 그녀가 이 시간을 혼자 보내는 것을 좋아한다는 사실을 모두가 잘 알고 있었다. 심지어 랠프조차도 그녀를 따라가려고 하지 않고 재산과 관련된 일을 처리하기 위해 말을 타고 나가곤 했다.

발소리가 들리자 그녀는 위험한 일이라도 닥친 듯 돌아봤다. 레너드가 웃으며 다가왔다.

"매일 아침 당신이 어디로 탈출하는지 궁금했답니다." 그가 말했다. "이곳이 제일 좋아하는 산책로인가요?"

그녀는 대답하지 않고 다시 걷기 시작했다. 그러자 레너드는 그녀 옆에 붙어 걸었다.

"여긴 내가 꼬맹이였을 때 다니던 길이에요." 그는 그녀의 침묵에도 주눅 들지 않고 말했다. "아버지와 어머니가 미얀마로 가시기 전에 처음 몇 년간 여기 사셨던 거 알고 있겠죠. 린디와 애런은 여기서 태어났고, 난… 음, 다른 집인데 기억이 안 나네요."

"그럼, 여길 굉장히 좋아하겠네요?" 메리가 말했다. 그녀의 목소리는 낮으면서 듣기 좋았다. 입을 여는 일이 드물었기에 그녀의 목소리는 귀에 쏙 들어왔다.

"아, 그 정도까지는 아니에요." 레너드가 무심하게 말했다. "난 장소에 연연하지 않아요. 자주 옮겨 다니다 보니 **그런** 착각은 하지 않게 된 거죠. 그리고 어쨌든, 난 이동하는 게 좋아요. 여기저기 다니고 싶어요. 집이라는 건 지금 내게 별 의미가 없어요."

"당신은 운이 좋군요." 메리 데이질이 나지막하게 말했다.

"왜죠? 아, 당신은 집을 굉장히 중요하게 생각한다는 말이군요." 그가 웃었다. "그건 아주 잘 이해합니다. 하지만 그건 당신이 여자이기 때문이죠. 내 여동생들도 아마 당신처럼 느낄 거예요."

그는 이 가시 돋친 말이 제대로 작동했는지 보려고 그녀를 곁눈질했다. 그리고 그녀가 입술을 깨무는 것을 보고는 흡족해했다. 그를 놀라게 한 것은 그녀의 대답이었다.

"그렇다면 그 애들은 여기를 떠나야 할 시간이 오면 나를 더욱더 미워할 것 같군요."

"그건," 레너드가 말했다. "당신과 우리 아버지가 결혼하는 시점을 말하는 건가요?"

그녀는 그를 올려다봤다. "난 그 애들, 혹은 당신과 내 집을 함께 쓰지는 못할 것 같아요." 이 말을 할 때 그녀는 지극히 아름다워 보였다. 그들은 서로를 마주 보고 길에 서 있었다. 메리 데이질은 화가 난 듯 뭔가를 곱씹고 있었고 레너드는 웃으면서 전혀 동요하지 않았다.

"나하고요?" 그가 말했다. 그는 두 손을 그녀의 어깨에 얹고 그녀의 짙푸른 눈을 들여다봤다. "난 당신에게 당신 집을, 혹은 다른 무언가를 나와 함께 쓰자고 요구한 적이 없어요, 메리. 그러니까, 아직은 말이죠." 그리고 그는 몸을 굽혀 두 번째로 그녀의 입술에 키스했다.

그녀는 거부하지 않았다. 더는 화난 표정이 아니라 멍한, 거의 최면에 걸린 듯한 표정으로 가만히 그를 쳐다보고 있었다. 그녀의 입술이 열렸다. 그리고 그는 그녀의 얼굴에서 자기가 바라고 있던 모든 것을 읽었기에 승리감에 젖었다. 그러나 그는 그녀에게 다시 키스하지 않았다.

"내가 놀던 곳을 보여줄까요?" 그가 말했다. 그는 강물 너머를 가리켰다. "저기 저 작은 섬 보이죠?"

메리 데이질은 그쪽을 봤다.

"저기를 우리는 나비 섬이라고 불렀죠." 그가 말했다. "겨울에 강물이 차오르면 물살이 빨라져서 배를 타고도 저 근처로 갈 수 없어요. 때로는 섬이 완전히 물에 잠겨 버리죠. 누구든 쉽게 익사할 수 있어요. 하지만 지금은, 길을 알면 발에 물도 닿지 않게 저기로 건너갈 수 있어요. 보여줄 테니 따라와요."

그는 토사가 무너져 내리는 가파른 강둑을 지그재그로 내려가며 길을 안내했고 메리 데이질은 그의 손을 꼭 붙잡은 채 그가 말한 지점으로 한 발 한 발 내디디며 따라갔다. 그들은 둥근 조약돌이 가득한 강기슭에 안전하게 도착했다. 그곳에서 섬까지 좁은 여울을 가로지르며 징검다리 돌들이 쭉 이어져 있었다. 그는 물결치는 갈대들을 헤치고 섬의 한쪽 끝 높은 바위까지 그녀를 이끌고 갔다. 그 바위 위에 앉으면 강물이 갈라놓는 물살을 구경할 수 있었다. 그녀는 오래도록 거기 앉아 있있다. 그는 가장자리에 서서 강물 속으로 돌들을 던졌다. 마침내 그가 돌아서서 미소를 지으며 그녀에게 다가왔다. 그러나 여전히 아무런 말도 하지 않았다. 그는 바위의 굴곡진 단층 위 그녀의 발치에 앉아서 강의 상류를 바라봤다. 나무들이 기다란 나뭇가지들을 물결 속으로 담그고 있었다.

결국 먼저 입을 연 건 그녀였다.

"내 생각엔," 그녀가 낮은 목소리로 말했다. "당신은 내가 왜 당신 아버지와 결혼하려고 하는지 궁금하겠죠."

레너드는 잠시 대답하지 않았다. 그러고는 말했다. "강물 속으로 늘어져 있는 저 나무들 보이죠? 저 나무들을 보면서 당신은 물 위에 나와 있는 저 나무들이 자기들이 물에 빠지게 되리라는 걸 애초부터 알았다고는 생각하지 않겠죠? 하지만 그렇게 됐죠. 보면 나뭇잎들은 저 나뭇가지들 높은 쪽에 여전히 엉켜 있는 게 보일 겁니다."

"그래요, 보여요." 메리 데이질이 말했다.

"지금도 모두 여전히 아주 평온하고 차분해 보이죠."

"그래요."

레너드는 미소를 지은 채 고개를 돌려 그녀를 쳐다봤다. "그게 **당신에게** 일어날 일이에요, 메리. 당신이 정말 사랑에 빠지게 되면요."

"당신은 자신만만하군요." 메리 데이질이 말했다. "당신은 나에 관해 모든 걸 안다고 생각하는 것 같군요. 어쩌면 당신은 그런 굉장한 일이 언제 일어날지 내게 말해줄 수도 있겠군요. 또 ―."

"이미 일어났습니다." 레너드가 말했다.

메리 데이질은 자신의 작은 손 하나를 그의 어깨에 얹었다. "만일 내가 그렇게 생각한다면, 난 총을 쏴서 자살할 거예요. 아니면 당신을 죽일 거예요."

레너드는 정말 영문을 몰라 놀란 얼굴로 그녀를 가만히 올려다봤다.

"왜죠?"

"왜냐하면," 그녀가 느릿느릿 말했다. "당신은 사랑이란 걸 할 수 없는 사람이니까요. 그런데 난 아니에요. 그게 내 약점이죠,

유일한 약점." 그녀는 격하게 그를 비난했다. 그러나 그의 시선은 흔들리지 않았다.

"다른 모든 사람에게 해당하는 약점이죠, 친애하는 메리. 좋아요," 그는 자리에서 일어나서 몸을 쭉 폈다. "우리 아버지와 결혼하세요. 그러면 당신에게는 집이 생기고 안착할 안전한 보호막이 생기겠죠. 하지만 양손에 떡을 질 수는 없다는 걸 기억해요. 어쨌든, 그 **이후에는** 말이에요. 우리 아버지는 지독한 열정을 가진 남자예요. 질투도 그중 하나죠. 그건 그렇고, 당신은 당신이 여기 있는 것으로 내 여동생 린디의 행복도 부숴버렸다는 걸 알고 있었나요?"

메리 데이질은 대답하지 않았다. 그녀는 그를 지켜보고 있었는데 그가 무슨 말을 하는지 아는 것 같지는 않았다.

"불쌍한 존!" 레너드는 계속 말했다. "그는 당신을 끔찍이도 사랑하고 있어요. 그는 나날이 여위어 가고 있어요. 정말이지 당신은 가끔씩 그에게 따뜻한 말을 건네줘야 해요."

메리 데이질은 그 추어올리는 말을 의식했지만, 그런 것에 면역이 되지는 않은 듯 이렇게 반박했다. "그러니까 당신은 사람들이 자기를 사랑한다는 이유만으로 그 사람들에게 친절해야 한다고 생각하는 건가요? 그게 당신 여동생 린디를 정말 온당하게 대하는 걸까요? 난 그렇게 하면 그 애가 지금보다 훨씬 더 불행할 거로 생각해요"

"린디는 모릅니다." 레너드가 날카롭게 말했다.

"안다는 걸 받아들이지 않는 거죠." 메리는 부드럽게 그 말을 고쳐줬다. "누군가 그 애의 눈을 뜨게 해주는 게 어쩌면 더 나을 거예요.”

“아뇨. 그러지 말아요.” 레너드가 말했다.

그의 확실한 경고에 기분이 좋아진 메리 데이질이 계속해서 잔잔하게 말했다. “물론, 그 애는 자기가 알고 싶었다면 그의 인품에 대해 벌써 경각심을 갖게 됐을 거예요.”

“그게 무슨 말이죠?”

“당신도 미처 알지 못했다고는 하지 말아요. 다른 사람들의 마음을 너무나 영리하게 읽는 사람이 당신이잖아요. 난 존이 당신의 절친한 친구라고 생각했는데요. 그는 내가 오기 전에 이미 린디를 배신하고 있었다는 걸 — 실제로 그렇지 않았더라도 머리로는 말이에요 — 당신에게 깜박하고 말하지 않았다는 건가요? 그가 애런에게 추파를 던지고 있었고, 그래서 그 가엾은 애가 그 때문에 가슴앓이하고 있다는 걸 당신은 몰랐어요? 그런 것도 내 탓인가 보죠?”

“그래요, 알고 있습니다.” 레너드가 말했다. 그는 귀에 거슬리는 소리로 크게 웃었다. “비록 그는 내 눈을 속이려고 했지만요. 하지만 그는 당신을 통해 천벌을 받았어요. 우리 모두 그런 것 같군요.” 그는 그녀의 두 손을 쥐고 그녀를 끌어당겼다. 이번에도 그녀는 마찬가지로 멍하게, 반쯤 최면에 걸린 표정을 띠고 그가 하는 대로 내버려 뒀다. 그는 좀 전에 했던 것처럼 그녀에게 키스했다. “내가 당신과 여기 함께 있는 걸 존이 볼 수 있다면,” 그가 웃으며 말했다. “당신이 나를 총으로 쏘는 수고를 하지 않게 해줄 텐데요. 그래도, 그 모든 것에도 불구하고, 당신은 내일 여기서 나를 다시 만날 겁니다.”

13

"그렇게 해서," 목사 부인이 말했다. "메리 데이질과 레너드 사이에 이처럼 갑자기 새로운 연애가 시작되더니 사람들이 알지 못하는 사이에 발전하게 된 거예요. 제 어머니 말씀으로는, 처음에 그들은 믿을 수가 없었다고 해요. 그들은 레너드가 감히 자기 아버지의 약혼녀를 공공연하게 꼬실 거라고는, 또는 메리 데이질이 그걸 받아들일 거라고는 생각할 수가 없었던 거죠. 그러나 레너드는 누가 어떻게 생각하든 상관없이 그녀를 목표로 했고, 메리는, 정확히 말하자면 그를 부추긴 것은 아니지만, 그를 제지하려는 어떤 조치도 취하지 않았어요. 그는 나날이 더욱더 많은 시간을 그녀와 함께 보냈어요. 강 쪽으로 사라지거나 정원에서 거니는 모습, 혹은 떨어져 앉아서 대화에 몰두하는 그들의 모습이 항상 보였죠. 그렇게 해서 긴장감이 나날이 커지고 있었어요. 다른 사람들은 모두 분노하며, 혹은 불안한 마음으로 그들을 지켜봤지만 누구도 감히 개입하지 못했어요.

누군가 제일 먼저 말을 꺼낸다면 그건 레너드의 아버지일 것으로 다들 예상했죠. 그가 당사자였고, 또 그는 남자의 자존심이 그렇게 타격을 입는 것을 관대하게 넘어갈 남자가 아니었으니까요. 하지만 무슨 이유에선지 그는 아무것도 하지 않았어요. 마치 레너드를 위해 자기 자리를 깨끗이 포기하거나, 아니면 그 두 사람이 스스로 목을 맬 수 있도록 해주고 싶기라도 한 것같이 말이에요. 어쨌든, 그는 보통은 집을 비우고 없었어요. 자기 소유의 토지를 한 바퀴 둘러보려고 멀리 나가서 저녁때까지 나타나지 않는 식이었죠. 그는 저녁 식사에는 항상 참석했는데, 저녁 식사는 이래저래 불편한 자리가 돼버렸어요. 그러나 그는 불쾌한 기색은 전혀 드러내지 않았어요. 도리어 그는 메리에게 합당한 모든 배려를 다 해줬고 아무것도 묻지 않았죠. 그가 그녀와 단둘이 만나기라도 하는 것인지, 그렇다면 그때는 무슨 말을 하는지 아무도 알지 못했어요. 저녁 식사 후에 그는 써야 할 서신이 있다며 자주 자리를 뜨곤 했죠. 그러면 그들 모두는 크게 안도하는 것이었어요. 그가 응접실에서 젊은 사람들과 함께 있다면 그것은 레너드가 메리에게 곱절로 구애하게 되는 신호인 것 같았거든요.

어느 날 밤 — 제 어머니 말씀으로는 — 굉장히 불쾌한 일이 벌어졌어요. 어머니는 어쩌다 보니 며칠 동안 그 집에서 린디와 애런과 함께 지내게 되셨죠. 어머니는 이제 그 집에서 묵게 되는 날이 잦았답니다. 그리고 그러던 어느 저녁에 랠프 드 볼터가 린디의 청에 못 이겨 저녁 식사가 끝난 후 그들과 함께 음악을 듣기로 했던 거죠. 존 데스펜서 역시 거기 있었는데, 그는 메리 데이질과 레너드를 보면서 침울하게 생각을 곱씹고 있었어요. 그는 그 무렵에는 그들에게서 눈을 떼는 법이 거의 없었고, 자기감정을 숨기려는 시도도 더는 하지 않았어요. 처음에는, 린디가 연주하고 애런이 노래를 불렀어요. 그들이 곡을 끝내자마자 레너드가 벌떡 일어나더니 메리 데이질을 피아노로 데려오겠다고 고집을 부렸어요. 그녀를 거기 앉히고 그녀와 마주 보는 자세로 피아노에 몸을 기대고서 그는 대놓고 다정하게 그녀를 내려다봤던 거예요.

그리고 그녀가 한 곡을 마치면 곧바로 다른 곡을 권하곤 했어요.

음악은 점점 더 우수에 젖어갔어요. 마치 레너드가 자기와 그녀 주위에 마법의 원을 그려놓고 나머지 사람들이 보는 앞에서 그들이 그 원 안에 있는 자기들에게 아무런 영향도 끼치지 못하기를, 또 절대로 그 안으로 들어오지 못하기를 기원하는 것만 같았죠. 메리 데이질은 여느 때와 마찬가지로 소극적이었어요. 그녀는 그가 요청하는 곡들을 연주하고는 한두 번 그만하려고 했지만, 그는 또 다른 요청을 하며 그녀를 계속 막는 것이었어요. 긴장된 분위기가 점점 더 고조됐어요. 랠프 드 볼터는 구석 자리에 앉아 그 모습을 지켜보며 아무 말도 하지 않았죠. 하지만 그의 얼굴은 어두워졌고 거의 숨을 멈추고 있는 듯 너무 조용했어요. 린디와 애런은 몸을 지탱할 곳이 필요한 듯 서로에게 밀착했어요. 잠시 뒤 존이 뭔가 양해를 구하는 말을 중얼거리더니 그 방에서 나갔어요. 제 어머니는 가능한 한 어둑한 구석에 비켜 앉아서 본인의 심장이 뛰는 소리를 듣고 있었고요."

메리 데이질이 엉거주춤 일어섰다. "제발, 레너드," 그녀가 말했다. "이제 다른 사람이 연주할 수 있도록 해주죠."

그녀의 손은 여전히 건반 위에 있었다. 레너드가 한 손을 그녀의 손 위에 얹었다. "한 곡만 더요. <로빈 어데어>를 연주해 봐요. 내가 제일 좋아하는 곡인 거 알잖아요. <로빈 어데어>를 치지 않으면 못 나가요."

메리 데이질은 다시 앉았으나 마지못해서 연주를 했다. 그녀는 레너드의 시선을 피하려는 듯 아래를 내려다보고 있기는 했지만, 그들 두 사람은 또다시 부드러운 음악으로 자신들만의 세계에 갇힌 듯했다. 그 노래가 그들에게 특별한 어떤 의미가 있다는 것, 그가 그녀에게 보내는 어떤 메시지를 담고 있다는 것에 의심의 여지가 없었다. 그 곡이 끝났을 때 레너드가 눈을 들기도 전에 랠프가 방을 가로질러 피아노 쪽으로 왔다. 그 노래가 고조시켜 놓은 감상적인 실안개를 뚫고 그의 거친 목소리가 들렸다.

"레너드, 내 생각엔" 그가 말했다. "이만하면 이미 충분한 것 같다. 메리, 나와 얘기 좀 하겠소? 단둘이?"

메리 데이질은 공손하게 자리에서 일어섰고, 잠시 뒤 두 사람은 사라졌다. 레너드는 여전히 피아노를 내려다보며 남겨져 있었다. 그는 피아노 위로 몸을 구부리고 손가락으로 건반을 한두 개 눌렀다. 린디와 애런은 두려움에 떨며 그를 지켜봤다. 그들 중 누구도 루시 브라운이 어둑한 곳에 앉아 있다는 것을 기억하지 못하는 것 같았다. 먼저 입을 연 것은 린디였다.

"아, 레너드 오빠!" 그녀가 숨 가쁘게 말했다. "어떻게 그럴 **수가 있어**? 계속 이런다면 아버지는 오빠를 죽일 거야!"

레너드는 몸을 일으켰다. "아버지에겐 그럴 만한 완전한 권리가 있겠지." 그는 미소를 띠고 건반을 보며 재빨리 말했다. "난 아버지를 악독하게 골탕 먹이고 있었는데 아버지는 그걸 아주 잘 받아들이고 계셨어." 그는 혼잣말을 하듯 말했다. "난 어떤 일이 일어날지 궁금해. 아버지는 품위 있게 행동하며 그녀를 내치게 될까? 아니면 **나를** 내쳐야 이 가정에 안녕과 평화가 있을 거라는 걸 알게 될까? 뭐, 별수 없지!" 그는 피아노로 가서 메리가 있던 자리에 앉았다. "곧 알게 되겠지." 그는 피아노를 치기 시작했다. "가서 자렴. 그리고 아무 걱정하지 마. 설명하기엔 모든 게 너무 복잡해."

그렇게 해서 루시 브라운은 그가 조용히 홀로 피아노를 치는 동안 그와 단둘이 남아 있게 됐다. 그녀는 음악에 그다지 조예가 없었기에 '고전' 작품들이나 어렸을 때 연습했던 헨델의 소나티나 한 악절을 제외하고는 그가 연주하는 곡들을 알아듣지 못했다. 그러나 그녀는 그 곡들이 그가 메리 데이질에게 연주해 달라고 요청했던 음악과는 완전히 다른 종류라는 것을 알아차렸다. 그가 그때 연주해 달라고 요청했던 곡들은 모두 루시가 상당히 잘 아는 노래와 선율들이었다. 그런데 비록 그 곡들은 자신이 좋아하던 곡들이기는 했지만, 그가 그 곡들을 요청하는 것을 듣고 그녀는 조금 놀라기도 했고 실망하기도 했다. 그녀는 레너드를 몹시 흠모하고 있었던 까닭에 그의 취향이 당연히 자기보다는 우월할 것으로 여겼던 것이다.

그렇지만 그가 알지 못하는 상태로 거기 앉아서 그의 연주를 듣는 것은 옳은 일이 아니라고 여겨졌다. 엿듣는 것 같았던 것이다. 그러나 그의 상념을 깨뜨리는 것은 너무나 어려운 일이었다! 해야만 하는 일이지만 그랬다. 그녀는 그가 깜짝 놀라서 주위를 돌아보고는 자신을 보게 될 순간이, 방해받고 있다는 사실에 짜증이 날 그 순간이 두려웠다. 그녀가 어떻게든 어둑한 구석에서 나오려고 막 마음을 다잡고 있을 때 훨씬 더 난폭하게 개입하는 사람이 있었다. 문이 갑자기 열리더니 존이 불쑥 뛰어 들어왔던 것이다.

"이것 봐." 그가 말했다. "난 네가 혼자 있게 될 때를 한참 기다리고 있었어. 넌 나를 아주 조심스럽게 피하고 있었어. 안 그래? 하지만 이번에는 도망가지 못할 거야. 내가 너를 어떻게 생각하는지 듣기 전까지는 어쨌든 못 나간다고."

레너드는 눈을 들었다가 다시 피아노를 내려다봤다. "그럴 필요 없어." 그가 말했다. "난 알고 있어."

존이 더 가까이 다가왔다. "아, 따분한 척하지 마! 지난번에 넌 내가 메리에게 어떤 감정을 느끼는지 말하는 걸 들었잖아? 심지어 나를 응원하기도 했어."

"내가 그랬나?" 레너드가 말했다.

"그래, 그랬어! 내가 그녀와는 가망이 없다고 하자 넌 내가 너무 심각하게 생각하지 않는다면 가능할지도 모른다고 은근히 말했어. 어떻게 시작해야 할지 조언이라도 해주는 것처럼 말이야."

"내 여동생의 약혼자에게?" 레너드가 말했다. "그건 나로선 해괴한 일인데."

"이런, 젠장!" 존이 말했다. "왜 그렇게 도덕군자인 척하는 거지? 넌 너희 아버지의 약혼녀와 사랑을 나누고 있어. 맞잖아? 그리고 모두가 보는 앞에서 아주 멋진 장면을 연출하고 있어. 그런 식으로 행동해야 한다고 해도 그렇게 공공연하게 할 필요가 있어?"

레너드는 일어났다. "알겠어." 그가 말했다. "넌 비밀스럽게 추근거리는 걸 좋아하는군."

존은 뒤로 한 발짝 물러나다가 작은 의자 중 하나를 쓰러뜨렸다. "여기가 너희 아버지 집이 아니라면," 그가 말했다. "난 너를 때려눕혔을 거야."

레너드는 웃었다. "그런 것에 얽매일 필요는 없어. 아버지는 전혀 신경 쓰지 않을 게 분명하니까. 그리고 어쨌거나, 난 여기 그리 오래 있지 않을 거야. 그러니까 그때는 손님의 도리를 저버리지 않고 너의 분노를 해소할 수 있어."

존이 딱딱하게 말했다. "난 가는 편이 낫겠어. 하지만 할 수 있다면 난 이 집에 다시는 발을 들이지 — 네가 여기 있다면 더더욱 절대로 — 않을 거라는 걸 알기 바라. 난 내일 린디에게, 그리고 너희 아버지에게 편지를 쓸 거야."

그는 뒤돌아서 그 방을 나갔다. 레너드는 그의 뒤를 눈으로 좇으며 서 있었다.

루시 브라운이 용기를 내어 말을 한 것은 그때였다.

"레너드," 그녀가 불렀다. 그녀 자신의 귀에도 희미하게 들리는, 떨리는 목소리였다. "레너드, 정말 미안해요. 하지만 난 그동안 내내 여기 있었어요.

"아니, 루시!" 그가 놀라며 뒤돌아봤다. 그러나 화는 내지 않았다. "널 못 봤네. 왜 그랬는지 모르지만, 난 네가 가버렸고 나 혼자 있다고 생각했어."

"알아요, 그랬다는 걸 알고 있어요!" 루시는 괴로웠다. "난 당신을 몰래 보려던 게 아니었어요. 하지만 나가는 게 너무 어려웠어요!"

그는 그녀의 두 손을 잡고 그녀를 끌어당겨 자기 옆의 의자에 앉혔다. 그의 목소리는 아주 상냥했다.

"그러니까 넌 존과 나 사이에 방금 일어난 그 말다툼을 들었구나." 그는 그녀를 향해 몸을 기울였다. "말해봐, 루시, 그게 다 무슨 말인지 알아들었어?"

"그럼요, 그래요, 당연하죠, 레너드." 그녀가 말했다. "하지만 그 일은 생각하지 말아요. 그건 그 정도로 끝날 거예요. 난 여기 있을 권리가 없었던 만큼 여기 있지 않았던 것처럼 행동할 거예요. 제발 날 믿어줘요."

"그러고 말고, 루시." 그가 말했다. 그가 여전히 심각하고 강렬한 눈빛으로 그녀를 주시하는 바람에 그녀는 놀랐다. "난 너를 믿어. 예를 들어, 내가 그 어떤 일을 해도 넌 나를 절대로 사악하다고 생각하지 않을 거라는 걸 안다는 거야. 맞지?"

루시의 목소리는 떨렸다. "난 누구도 사악하다고는 절대로 생각하지 않으려고 노력해요." 그녀가 더듬거리며 말했다.

"하지만 때로는 네가 직감적으로 느끼는 증거를 부인하기는 힘들겠지?"

그러자 그녀는 그를 올려다봤고 탐색하는 그의 눈빛을 마주쳤다. "난 당신이 그러지 말았으면 해요." 그녀가 말했다. "기분 나쁘게 생각하지는 말아요. 내가 상관할 일이 아니라는 건 알아요. 하지만… 여기 있는 모두가 지독히도 불행하잖아요."

"알아." 레너드가 말했다. "그리고 그게 누구 탓인지는 알지?"

그녀는 대답하지 않았다.

"내가 말해주지." 그가 말했다. "이 모든 일의 원인은… 메리 데이질이야." 증오심이 드러나는 냉혹한 목소리였다. "그 여자가 온 뒤부터 모든 게 엉망이 됐어. 아버지는… 자기 자신을 포함해서 우리 모두를 그 여자에게 팔아넘길 거야. 내 친구는… 그녀를 위해 린디, 그리고 나를 희생시킬 태세지. 심지어 하인들조차 그녀에게 홀려 있어. 그들은 더 이상 우리 말을 듣지 않고 그녀에게 순종하고 있어. 내 동생들로 말하자면, 린디는 자부심이 강하고 애런은 어리고 예민한 아이인데, 그 애들 둘 다 그녀 앞에선 속수무책이야. 그리고 그녀는… 그녀는 진짜 흡혈귀, 나타나서 사람의 피를 빨아먹고 아무것도, 그야말로 아무것도 돌려주지 않는 흡혈귀라고!"

한순간 그는 목이 메었다.

"하지만 레너드," 루시는 소심하게, 가만히 말했다. "그게 당신 생각이라면, 왜 그렇게 공공연하게 그녀에게 관심을 보이는 거죠? 당신이 진심이라고 해도 좋은 결과가 있을 리가 없는 게 분명한데 말이에요. 하지만 진심이 아니라면, 난 전혀 이해가 안 돼요."

"잘 들어, 루시." 레너드는 그녀의 양손을 더 꾁 움켜잡았다. "이 모든 일을 끝낼 수 있는 사람이 이 집에 한 사람, 딱 한 사람 있어. 그게 나야. 그녀를 제거할 수 있는 유일한 사람이 나라고. 왜 그런지 모르지만 오로지 나만이 그녀를 좌지우지할 수 있는 사람이기 때문이야. 그녀의 마음이 아니라 ― 그녀에게는 마음 같은 게 없어 ― 그녀의 감정을 휘두를 수 있다는 거야."

"그 말은… 그녀가 당신을 사랑한다는 건가요?"

레너드는 고개를 끄덕였다. "그녀가 사랑이라고 아는 대로."

"아, 레너드! 그러면 당신은 그녀를 사랑하지 않는데도… 그녀를 증오하는데도… 그녀와 결혼할 건가요? 그러면 안 돼요, 안 된다고요! 아, 제발 —."

레너드가 그녀의 손을 놓았다. 그는 웃음을 터트렸다. "이런, 아니야! **난** 그녀와 결혼하지 않아. 넌 이해를 못 했구나. 그녀는 — 바로 지금은 — 나를 사랑하고 있지만, 그녀가 **결혼하고** 싶어 하는 사람은 우리 아버지야."

"그렇지만, 레너드! 너무 끔찍한 일인걸요!"

그는 다시 웃었다. "전혀. 메리는 사랑을 원하지 않아. 어쨌거나 사랑을 먹고 사는 건 원치 않는다는 거지. 그녀는 안전함을, 집을 원해. 네가 괜찮다면, 피신처라고 하지. 뭐에서 피신하는 거냐고? 그야, 나는 모르지. 나도 메리 데이질을 모르기는 너희들과 매한가지야. 그녀는 영리한 여자야. 사랑은 그녀의 입을 열게 하는 대신 더 깊은 침묵에 빠지게 하지. 그래, 메리는 지금, 예전과 마찬가지로, 자기를 보호하고 안전하게 해줄 수 있는 사람과 결혼할 작정이야. **그녀는** 방향을 틀지 않을 거야."

"그럼 왜," 루시가 절망적으로 소리쳤다. "왜 당신은 아무 이유도 없이 모든 사람과 싸워야 하는 거죠? 그저 증명하겠다는 이유로 —."

"이해를 못 했구나." 레너드가 또다시 말했다. "난 아버지께 메리 데이질이 어떤 유형의 여자인지 보여주겠다고 했어. 뭐, 어떤 점에서… 난 그렇게 했어. 그녀는 나 때문에 우리 모두 앞에서 공공연하게 아버지를 무시했잖아? 그런데도 —." 그는 벌떡 일어나더니 방 안을 왔다 갔다 걷기 시작했다. "이제 알겠어, 내가 바보였다는 걸. 아버지가 본 모든 건 아무것도 아니라고, 자기는 그냥 바보 같은 남자애의 비위를 맞춰줬을 뿐이라고 그녀는 5분 만에 아버지를 설득하고 말 거야. 그리고 아버지는 그 말을 믿겠지. 아버지의 자만심은 아무도 못 말리거든."

"레너드." 루시가 말했다.

그는 걸음을 멈췄다. "왜?"

"그게 분명 진실의 전부인가요? 내 말은, 이 모든 것에서 당신은 정말로 가식적으로 행동하는 것뿐인 거냐고요?" 그녀는 자신이 만용을 부린다는 사실에 주춤해서 말을 멈췄다. 그러나 더 강한 뭔가가 그녀를 계속 밀어붙이게 했다.

"그게 무슨 말이지?" 그가 말했다.

"아, 레너드… 당신은 자기 자신을 속이고 있지 않다고 확신해요? 당신이 그 모든 걸 선의로 시작했다는 건 알지만… 지금, 당신 자신이 그녀를 사랑하지 않는다고 확신하냐고요?"

침묵이 흘렀다. 루시는 다시 한번 자신의 심장이 뛰는 소리를 들었다. 마침내 그가 엄숙하게, 느릿느릿 말했다.

"내가 그렇다고 생각한다면, 루시, 난 바로 총을 쏴서 자살할 거야."

그 후 곧 그녀는 그를 남겨두고 나왔다. 그녀는 여전히 괴로운 심정이었다. 그녀는 그가 하는 일이 과연 현명한 것인지 크나큰 의문을 품고 있었다. 그럼에도, 그녀는 마음이 진정되는 느낌이 들었다. 다른 어떤 것보다 그녀를 괴롭히는 문제에 관해 그가 그녀를 안심시켰기 때문이었다. 그녀는 더 이상 그가 메리 데이질을 사랑한다고 생각하지 않았다.

그녀는 자기 방으로 가서 깊이 잠들었다. 다음 날 아침, 누군가 그녀의 방문을 노크했다. "들어와요!" 그녀는 하녀가 들어와서 커튼을 걷고 햇살이 비치도록 해줄 것으로 생각하며 큰 소리로 쾌활하게 말했다. 예상과는 달리, 그녀의 눈에 보인 것은 린디였다.

"린디, 린디, 무슨 일이야?" 루시는 침대에 일어나 앉았다.

린디가 그녀에게 다가왔다. "루시… 비명은 지르지 마. 레너드 오빠 일이야. 오빠가… 자기 방에서 총으로 자살했어. 오늘 아침에 하녀가 발견했어. 오빠는 창문 옆, 자기 책상에 앉아 있었고… 아버지의 리볼버 권총이 오빠 옆에 있었어."

14

"흠," 존스가 말했다. "그러니까 레너드는 자살했군요. 뭐, 그가 자처한 곤란한 상황을 고려해 보면 엄청난 일은 아니죠. 그건 그렇고, 내 생각에 그는 그 여자, 메리 데이질을 정말로 **사랑했던** 것 같은데요?"

피츠브라운이 재빨리 끼어들었다. "아니지, 아니야. 그는 당연히 그녀를 사랑하지 않았어. 그가 그랬을 가능성은 전혀 없어. 그건 부인의 어머니가 한 진술을 보면 상당히 명확해."

"하지만 그분은 공정한 증인이 아니었어." 존스가 직설적으로 말했다. "그분 자신이 그를 사랑하고 있었잖아."

목사 부인이 조용히 개입했다. "선생님 의견에 반대해서 죄송하지만, 바로 그래서 어머니의 판단은 잘못된 게 아니었을 거예요, 존스 선생님. 어머니는 레너드 드 볼터를 있는 그대로 보셨고… 그는 평범한 사람이 아니었어요. 제가 여러분께 말씀드렸던 거 기억하세요? 다른 사람들이 다 나가고 그가 혼자 남아 있을 때, 아니 그가 그렇다고 생각했을 때, 그의 피아노 연주가 완전히 달라졌다는 걸 어머니가 의식했다는 부분 말이에요. 제 생각에는 그게 레너드가 자기와 메리 데이질의 연애에 관한 진실을 다른 방식으로 말하고 있었던 증거라는 걸 어머니는 아셨던 거예요. 게다가, 만약 그가 그녀를 사랑했다면 그걸 자기 아버지와 친구가 보는 앞에서 절대로 과시하지 않았을 거예요. 그는 그런 유형의 사람이 아니었어요."

"바로 그거예요." 피츠브라운이 말했다. "그리고 그가 총으로 자살한 이유는 자기가 실패했기 때문이죠. 그는 그걸 알았던 거예요. 자기 아버지를 격분케 하고 제일 친한 친구와 절연했는데도 그는 아무것도 얻지 못했어요. 메리 데이질이 승리했던 거죠. 그래서 ―."

말렛이 구석 자리에서 마지막으로 입을 열었다. "누구라도 그 일을 조사한 사람이 있었습니까?" 그가 말했다. "당시에요?"

목사가 대답했다. "사인 규명 심리가 있었습니다. 결론은 '마음의 병으로 인한 자살'이었고요. 물론, 그 모든 건 서둘러 마무리됐고, 그 가족은 그가 과로하고 있었다고 주장했죠. 하지만 그 밑바닥에는 치정 문제가 있다는 이야기가 나돌았습니다. 그 마을에 상당히 많은 소문이 돌았는데 그의 이름이 메리 데이질과 엮여서 거론되었던 것으로 압니다. 그렇지 않소, 여보?"

목사 부인이 고개를 끄덕였다. "어머니도 그렇게 말씀하셨어요. 그런데… 조금 전에 뭐라고 하셨죠, 경정님?"

"'누구라도 당시에 그 일을 조사한 사람이 있었습니까?'라고 했습니다. 그러니까, 그가 자살했다는 것이 의심의 여지 없이 확인된 건가요?"

목사 부인은 헉하고 숨을 들이켰다. "그렇게 말씀하시다니 정말 기이하군요!"

"전혀 기이하지 않습니다." 말렛이 말했다. "시체가 있으면 우리가 제일 먼저 하는 질문이 '여기에 범죄의 가능성이 조금이라도 있을까?'인걸요. 왜 기이하죠? 당시에 그 일에 관해 어떤 의혹이라도 있었던 건가요?”

“전혀요, 경정님. 다시 말해서, 경찰도, 그의 가족도 조금도 의혹을 품지 않았어요. 다른 사람들도 다 마찬가지였고요. 제 어머니만 아니셨죠. 어머니는 살아생전에 마지막까지 레너드 드 볼터는 자살하지 않았다고 주장하셨어요.”

“뭐라고요?” 피츠브라운이 열을 내며 말했다. “그분은 그가 살해당했다고 믿었나요? 누구를 의심했는데요? 어떤 단서라도 있었나요?”

목사는 불편한 듯 몸을 들썩거렸고 그 바람에 그가 앉아 있던 가죽 의자가 삐걱거렸다.

“여보,” 그가 말했다. “어쨌든 근거 없는 의심만 있을 뿐인 일을 우리가 계속 되살려야 한다고 생각하는 거요? 장모님은 이 사건에 관해 뭔가를 분명히 아신다고 할 만큼 타당한 근거를 한 번도 말씀하신 적이 없소. 그리고 장모님이 어떤 특정한 인물을 의심한다고 하신 적도 분명 없었어요. 차라리 그냥 —.”

말렛이 그의 말을 끊자 그의 짧은 훈계는 힘없이 사그라들었다.

“그분은 **왜** 그가 스스로 총을 쏜 게 아니라고 생각하셨죠? 분명 어떤 이유가 있었을 텐데요.”

“아, 그럼요, 이유가 있으셨죠.” 목사 부인이 차분하게 대답했다. “비록 검시관은 마음에 들어 하지 않았던 거지만요. 어쩌면 말렛 씨도 그럴지 모르죠. 어머니의 이유는… 뭐랄까, 요즘 말로는 그걸 심리적인 이유라고 하는 것 같더군요.”

“아, 직감이군요!” 존스가 비웃듯이 말했다.

"아뇨, 꼭 그런 것만은 아니에요. 어머니는 전날 저녁에 그와 오랫동안 긴밀한 대화를 나눴어요. 아마도 그가… 죽기 전에 마지막으로 얘기를 나눈 사람이었을 거예요. 그리고 그때 어머니는 그 어떤 것도 놓치지 않았어요. 그의 가벼운 말 한마디, 몸짓 하나도요. 어머니의 관찰이 특별히 예리했던 건 어머니가 불안하셨기 때문에, 그리고 그를 좋아하는 마음도 함께 갖고 계셨기 때문이에요. 그래요, 어머니는 그날 저녁 헤어질 때 그가 자살은 전혀 생각하지 않았다고, 죽음이라는 것 자체를 아예 생각하지 않았던 게 **정말 확실하다고** 말씀하셨어요. 그는 어머니를 떠날 때 상당히 침착했고… 즐겁기까지 했어요."

"하지만," 존스가 말했다. "부인의 어머니가 그에게 메리 데이질을 사랑하냐고 묻자 그가 자살을 언급했다고 부인 입으로 말씀하셨잖아요."

"그렇죠." 목사 부인이 말했다. "알아요. 그렇지만, 제 말이 여러분께 아무리 비논리적으로 들리더라도, 바로 그 말 때문에 어머니는 그가 그런 생각을 하고 있지 않았다고 확신하셨던 거예요. 그가 어머니에게 그렇게 말했다는 건 자기는 절대로 그러지 않을 거라는 맹세였던 거죠."

"전 무슨 말인지 알아듣지 못하겠네요." 존스가 말했다.

"그렇다면 제가 더는 명확하게 해드릴 수가 없을 것 같군요." 목사 부인이 말했다. 그녀에게서 처음으로 참기 힘들다는 기색이 내비쳤다. 말렛이 끼어들었다.

"아, 로버트, 좀! 부인의 어머니가 옳았어. 젊은 사람이 '내가 그걸 사실이라고 생각한다면 난 자살할 거야'라고 말하는 건 그게 거짓이라는 걸 최대한 강조해서 말하는 거라고. '난 자살할 거야'는 그냥 표현인 거야."

"그러게요, 전…." 목사 부인이 중얼거렸다.

"제 말에 동의하지 않으시는 건가요?" 말렛은 놀랐다.

"꼭 그런 건 아니고요. 있잖아요, 자기가 메리 데이질을 사랑하고 있다는 걸 정말로 **알게 됐다면** 그는 충분히 자살할 수 있었을 거라는 생각이 들어요. 하지만 그가 그랬다면, 어머니가 아셨을 걸로 전 생각해요."

"그가 살해당했다고 생각하시는 겁니까?" 피츠브라운이 다시 열을 내며 몸을 앞으로 기울였다.

"어머니는 그렇게 생각하셨어요." 목사 부인이 말했다. "제가 아는 건 그게 전부예요. 그리고 다음에 일어난 일로 보면 어머니가 옳았을 수 있는 것 같답니다."

잠깐 침묵이 흘렀다. 말렛이 자리에서 일어났다. "자, 저는 초드로 돌아가야 합니다." 두 의사도 그와 마찬가지로 약속이 있다는 걸 기억해 냈다. 그들은 곧 답답하지만 아늑한 목사관 응접실을 뒤로 하고, 그 이상하고도 퀴퀴한 반세기 전의 분위기를 뒤로 하고 그곳에서 나왔다. 그들은 11월의 이슬비 사이를 걸어 철도역을 향해 내려가고 있었다. 교회 묘지의 어두운 대문을 지날 때 피츠브라운이 말했다.

"정말 이상한 이야기야! 그는 정말 자살했을까, 아니면 살인이었을까? 어떻게 생각해? 왠지, 그 부인이 그 이야기를 하는 동안, 무슨 일이라도 가능한 것 같더라고. 아니 심지어 사실일 것도 같았어.”

“당연히 자살이지.” 존스가 말했다. “그들은, 그녀와 그녀의 어머니 말이야, 나머지 부분을 자기들끼리 상상한 거야.”

“말렛, 자네는 어떻게 생각하나?” 피츠브라운이 끈질기게 물었다.

“나 말인가?” 말렛이 말했다. “난 형사지 신통력 있는 사람이 아니야. 더 진행할 게 없잖아. 그렇지만, 그를 없애고 싶은 충분한 동기를 가진 사람이 적어도 두 사람 ― 그의 아버지와 데스펜서 ― 은 있었어. 조만간 내가 사인 규명 심리 보고서를 찾아보지. 하지만 모두 과거 속에 묻힌 일이야. 그 모든 걸 다시 파내서 좋을 일이 없어.”

피츠브라운은 그 말을 듣고 있지 않았다. 그는 이미 언젠가 자리를 비울 수 있는 오후가 생기는 대로 그곳으로 돌아가서 목사 부인에게서 남은 이야기를 마저 들을 계획을 하고 있었다.

제2부

1

일주일 뒤 피츠브라운은 목사관 응접실 안으로 들어갔다. 지난번에 방문했던 날과는 판연히 다른, 12월 초의 햇빛 쨍쨍한 오후였다. 그는 그녀를 기다리는 동안 벽난로 앞에서 기분 좋게 양손을 비볐다. 방문의 핑계는? 아, 그건 쉬웠다. 그는 지난번에 그녀가 언급했던, 목사의 부르튼 피부에 도움이 될 몇 가지 약들을 ─ 물론, 비공식적으로 ─ 가져왔던 것이다.

목사 부인이 환대하는 미소를 지으며 들어왔다. "아유, 이렇게 오시다니 정말 친절하시군요!" 그리고 그가 칼슘 정제와 연고를 꺼내 보이기도 전에 말했다. "이제 우리 모두 함께 차를 마시면 되겠군요."

피츠브라운은 다소 놀란 표정을 지었다. 그는 내성적이고 사회성이 별로 없었기에 목사관에서 있을 다과회의 광경을 떠올리고는 기겁했다. 목사 부인은 능청스럽게 미소를 지었다.

"모르셨어요? 말렛 경정과 존스 선생님이 여기 계세요. 네, 그분들은 가엾은 로빈슨을 대신할 새 경관과 관련된 어떤 문제 때문에 남편을 보려고 오신 거예요. 교회 묘지에 가서 그 무덤을 보고 오셨더군요."

피츠브라운은 천천히 고개를 끄덕였다. "그렇군요. 그 친구들과 마주치지 않았다니 신기하군요. 하지만 제가 아마도 다른 쪽에 있었나 봅니다. 솔직히 말씀드리자면, 저는 로빈슨의 무덤을 보러 간 건 아니거든요. 전 메리 데이질의 무덤을 봤습니다. 그런 다음 드 볼터의 묘지 주변에서 좀 서성거렸죠. 그 두 노부인을 잠깐이라도 다시 보게 되기를 바라면서요. 하지만 제가 너무 늦었던 게 분명합니다. 화환이 벌써 교체된 것 같았으니까요."

목사 부인이 고개를 끄덕였다. "린디와 애런이 그 화환을 바꿔 놓지 못할 때," 그녀가 말했다. "우리는 그들이 죽거나 죽어가고 있다는 걸 알게 될 거예요. 그 무덤에서 꽃들이 시드는 일은 절대로 없으니까요. 아, 다른 분들이 서재에서 이리로 오시는군요. 제가 차를 내오라고 할게요. 여보, 그 일은 다 잘 마무리됐어요?"

붉은 머리에 우람한 체격의 말렛 경정과 뚱뚱하고 작은, 시무룩한 표정의 존스가 목사를 따라 방으로 들어왔다. 피츠브라운은 그들에게 힐난하는 눈빛을 보냈다. 그러자 그들은 다소 민망하게 웃으며 그 눈빛에 화답했다. 왜냐하면 그들은 몇 시간 전에 초드에서 자기들이 어디로 가는지 말하지 않고 그를 두고 떠났기 때문이었다.

"어이, 피츠브라운," 말렛이 기운 넘치는 소리로 말했다. "여기서 뭘 하는 건가? 난 자네가 매주 목요일 6시에 수술이 있다고 생각했는데."

"오늘은 오전 근무만 있는 날이야." 피츠브라운이 퉁명스럽게 말했다. "자네는 여기서 뭘 하는 건가, 존스? 난 자네가 그 캔 식품 분석에 몰두하고 있는 줄 알았는데 말이야."

"아," 존스가 말했다. "이곳 우물물에 대한 불만 사항이 몇 건 있었거든. 그래서 말렛이 여기 올 일이 생겼다기에 —."

목사가 피식 마른 웃음을 보냈다.

"신사 여러분, 진실은 여러분 모두 제 아내의 이야기 제2부를 들으려고 왔다는 거죠. 아내는 훌륭한 연작 작가처럼 딱 중간에서 이야기를 끝냈고, 그래서 여러분은 더 많은 이야기가 있다는 걸 아는 거지요. 앉아서 파이프 담배에 불을 붙이고 편안하게 자리를 잡으세요. 자, 여보, 어서 해요. 저분들께 나머지 이야기를 해줘요. 내놓고 말해, 저분들이 오늘 오후에 진짜 관심이 있었던 건 가엾은 로빈슨의 무덤이 아니었던 거요."

피츠브라운은 이미 자기의 낡은 의자를 차지하고 있었다. 그가 몸을 앞으로 기울였다. "그래요, 시작하시죠, 부인. 레너드의 죽음이 그들에게 어떤 영향을 줬는지, 무엇보다 메리 데이질에게 어떻게 작용했는지 말씀해 주세요."

목사 부인은 잠시 그를 응시하더니 하녀가 그녀 옆에 마련해 놓은 차 테이블로 시선을 돌렸다. "낭만적이시군요, 피츠브라운 선생님." 그녀는 나지막하게 말했는데 너무 낮은 목소리여서 다른 사람들은 듣지 못했다. "그건 아주 위험해요, 특히 과거에 관해서 그러는 건요. 과거는요, 때로는 우리를 희생시키면서까지 되살아나려고 하거든요." 그녀는 다른 사람들을 향해 돌아앉았다. "전에 제가 여러분께 말씀드렸다시피, 당시에 그 일에 관련됐던 사람들을 제외하고는 아무도 무슨 일이 있었는지 모른답니다. 하지만 어머니가 제게 말씀하신 걸 기억나는 대로 말씀드릴게요. 나머지는 영원히 비밀로 남을 것 같군요."

"레너드의 죽음은," 모두들 차를 마시게 되자 그녀는 곧 이야기를 시작했다. "물론, 그 가족에게 엄청난 영향을 미쳤어요. 사실은, 그와 정말 친밀하게 알고 지내거나 심지어 그를 이해했던 사람이 그들 중에는 아무도 없었어요. 그들 누구도 ─ 그의 아버지도, 아니면 그의 여동생들도, 아니 그의 친구조차도 ─ 보통의 가족들처럼 그와 가까이 소통하며 지낸 적이 없었다는 게 진실이었죠. 랠프 드 볼터가 아내를 데리고 외국으로 나가기 전인 그들의 어린 시절을 제외하면, 그들에게는 함께 보낸 시간이 거의 없었어요. 레너드는 그가 다녔던 학교에, 자매는 자기들의 학교에 가 있었죠. 레너드와 존의 우정은 수년간 단절됐다가 비교적 최근에 다시 생긴 것이었고요. 지난 몇 년간 그들은 아주 친한 친구였지만, 레너드에게는 친밀한 관계를 맺을 수 없는 뭔가가 있었다는 게 진실이었어요. 존은 자기가 레너드에게 모든 걸 털어놓는다고 해도 레너드에게는 자기와 나누지 않는 비밀이 있다는 걸 깨달았는데, 그럴 만한 충분한 근거가 있었어요.

그리고 이제 그는 사라졌어요. 햇살처럼 갑작스레, 그리고 이상하게 말이에요. 잠시 창을 통해 반짝이다가 다음 순간 사라져 버린 햇살, 해서 예전에 밝게 빛났던 곳에 남겨진 한기와 그늘을 통해 그 부재만 느끼게 하는 햇살처럼요. 그들은 모두 그를 애도했어요. 그의 아버지는 말없이, 침통하게 사업에 몰두했고, 애런과 린디는 사람들 앞에 용감하게 계속 모습을 나타내기는 했지만 둘만 있게 되면 눈물을 흘렸죠. 그래서 그들을 위로해 주느라 어머니는 본인의 슬픔은 잊어야만 하는 처지였어요. 메리 데이질 얘기를 하자면, 그들은 그 갑작스러운 충격 때문에 잠시 그녀를 잊고 지냈어요. 아니 어쩌면 너무 넋이 나가서 더 이상 그녀의 존재를 원망하지 않게 됐다고나 할까요.

사인 규명 심리와 동네 사람들의 호기심, 나도는 뒷말과 이 일을 계기로 웅성웅성 떼 지어 집을 오가는 사람들로 인한 혼란스러움 — 이 모든 것들이 차츰차츰 사그라들자 죽은 듯한 고요가, 명료한 자각의 시간이 찾아왔어요. 그 속에서 그들은 자신들이 상실한 것이 무엇인지 완벽하게 볼 수가 있었죠. 그리고 이 시간이 오자 모든 것 중에서 제일 분명하게, 두드러지게 드러난 것이 하나 있었는데, 그건 애런이 이상하게 변했다는 것이었어요."

⁂

어느 날 루시 브라운은 린디와 함께 그녀의 방에 앉아 있었다. 날씨는 여전히 따뜻했지만, 그들은 이제 절대로 정원에 나가 앉지 않았다. 9월 초였다. 어둠이 내릴 때 안개가 잔디를 덮고 아침 이슬이 더 소복이 맺히는 것을 제외하면 아직도 여름처럼 청명하고 온화한 날씨였다. 그러나 정원을 보면 주체할 수 없이 레너드가 떠올랐다. 멀리, 느릅나무 두 그루 사이에는 아직도 그 과녁이 있었다. 아무도 그것을 옮기려 하지 않았다. 불과 얼마 전만 해도 밝고 화사했던, 페인트로 칠한 과녁의 원들은 이제 흐릿하게 빛이 바랬다. 과녁의 중심에는 깃털 달린 화살 중 하나가 아직도 비스듬히 박혀 있었다.

루시는, 늘 그렇듯이, 바느질을 했지만 린디는 그녀 앞에 손을 놓고 앉아 있었다.

"루시," 조금 뒤 그녀가 말했다. "말해봐, 애런이 최근에 뭔가 이상해진 거 넌 알아차렸어?"

루시가 고개를 들었다. "느끼고 있었어." 그녀가 말했다. "우리와 보내는 시간이 점점 줄어드는 것 같아. 요즘은 통 모습을 보기가 어려워."

린디는 애가 타는 듯 몸을 앞으로 기울였다. "바로 그래! 루시, 난 그 애가 정말 걱정돼. 그 애는 방에 있는 시간이 점점 늘어나고 있어. 내가 억지로 아래층으로 데려가서 다른 사람들과 함께 앉아 있게 하면 그 애는 예전처럼 말도 하지 않고, 웃지도, 노래를 부르지도 않아. 그냥 움직이지도 않고 죽은 것처럼 허공을 응시하며 앉아 있는 거야. 아무것도 그 애를 깨어나게 하지 못하는 것 같아. 어떻게 해야 할지 알 수만 있다면 좋을 텐데. 내 생각에, 그 애를 위해 뭔가 하지 않으면 그 애는 정신이 나가버릴 거야." 그녀가 조바심을 내며 한숨을 쉬었다. "이해할 **수가 없어.** 우리 모두가 그런 것처럼 그 애가 레너드 오빠의 죽음으로 충격을 받은 건 당연해. 하지만 그 애가 오빠에게 그토록 헌신적이었다고 할 수 있을까? 말이 안 돼. 그 애가 오빠를 그렇게 좋아할 정도로 함께 자라온 시간이라는 게 거의 없었는걸!" 린디는 항상 그런 것처럼 즉흥적이고 솔직하게 자기 속마음을 말하지 않고는 못 배겼다.

"애정이라는 게 꼭 어떤 사람을 알아 온 시간에 좌우되는 건 아니라고 난 생각해." 루시가 부드럽게 이의를 제기했다. "하지만 그래도… 네가 무슨 말을 하는지는 알겠어. 물론, 그는 그 애의 오빠였지만… 그가 여기 있는 동안 그 애가 그에게 특별한 관심을 보였던 건 아니지. 그러니까… 유별난 관심 같은 것 말이야. 그 일로 그 애가 훨씬 더… 예를 들어, 너보다 훨씬 더 가슴 아파한다는 건 확실히 이상하기는 해.”

린디가 고개를 끄덕였다. “그 일은 그 애보다는 우리 중 다른 누구… 예컨대, 존이나 루시, 너에게 더 큰 의미로 다가갔을 텐데.” 루시가 입술을 깨물었다. 그러자 린디는 급하게 손을 뻗었다. “루시, 용서해 줘. … 하지만 난 알고 있었어. 아니, 안다고 생각했어. … 네가 오빠에 대해 어떤 감정을 품고 있었는지. 그리고 난 바라고 있었어. … 오빠가 그 이상한 열정을 품기 전까지는….” 그녀는 두려운 듯 주위를 둘러보며 항상 맴도는 그 이름을 입 밖에 내지는 않았다. “그렇지만… 지금 요점은, 그 애가 이 무서운 무기력에서 벗어나도록 우리가 뭘 할 수 있느냐는 거야. 난 항상 내가 그 애의 인생에 가장 강한 영향력을 갖고 있다고 생각했어. 우리는 겨우 한 살 차이일 뿐이지만, 난 그 애에게 엄마가 돼주려고 항상 애썼어. 그런데 지금… 그 애는 반응도 하지 않고 점점 나빠지고 있어. 요즘은 울지도 않아.”

루시는 한동안 바느질을 계속했다. 그러다가, 마음을 정하고 바느질감을 옆에 내려놓았다. “린디,” 그녀가 말했다. “애런의 문제가 레너드가 죽기 **진에** 시작됐다는 생각이 들지는 않았어? 전에 그 애에게 뭔가 문제가 있다는 걸 전혀 알아채지 못했던 거야?”

린디는 생각에 잠겼다. “그때는 몰랐어. 하지만 최근에 난 그 애를 너무 많이 생각하고 있다 보니 그 애가 좀 이상했다고 여겨지기는 해. 네가 말한 것처럼 꽤 오래전부터 말이야. 그래, 그 애는 변했어. 초여름 어느 때부터였어. 우연의 일치인지, 메리 데이질이 도착했던 때 같아. 모든 게, 모든 게 그날부터 시작된 거야!” 그녀는 목이 메었다. 그러나 그녀의 검은 눈은 증오로 불타고 있었다.

루시가 달래며 말했다. “그럴지도 모르지, 린디. 하지만 내가 어떤 생각을 하는지 알아? 난 그게 훨씬 전에 시작됐다고 생각해.”

“그렇구나!” 린디는 놀라워하며 약간의 호기심까지 보였다.

“그랬다는 걸 난 **알고 있어**. 당시에 난 네게 말을 해야 할지 망설였는데… 그렇게 하는 건 내가 너무 오지랖이 넓은 것 같았고… 또 그때는, 네가 알아야 할 이유가 없었어. 하지만 지금은 —.”

“루시! 무슨 말을 하는 거야?” 린디는 이제 정신이 번쩍 들었다. 그리고 진실이 무엇이든 사실상 그것과 대면할 준비를 했다. “애런에 관해 내가 몰랐던 어떤 걸 네가 안다면 내게 얘기했어야지. 그 애는 결국 내가 책임질 아이이지 네 동생이 아니야. 그리고 그 애가 네게 고백을 했다고 해도… 그 애가 그랬을 거로 믿을 수는 없지만 —.”

루시가 말을 끊었다. “그러지는 않았어, 린디. 난 다만 내 눈으로 보고 있었던 거야. 그 생각은 지워버려. 난 거리를 두고 공정하게 지켜볼 수 있었던 사람이야. 넌 존에게 완전히 빠져 있어서 절대로 알아채지 못했던 —.”

“존!” 린디의 뺨이 붉어졌다. 그녀의 목소리는 오만했다. “무슨 말이지? 존이 무슨 상관이 있었다는 거야?”

“아, 린디, 모르겠어? 애런은 그를 사랑하고 있어. 몇 달째 그런 상태야. 그 애는 비밀리에 애간장을 태우고 있었어. 그리고 너를 배신하고 있다는 느낌이 더해진 상태에서 이제 이런 충격까지 왔으니…. 존은 근래에 이 집에 거의 오지 않고 있잖아? 그 애는 그를 전혀 보지 못해서… 그리고 본다고 해도 여전히 해답이 없을 것이기 때문에 시름시름 병들어 가고 있는 거야."

린디의 얼굴은 홍조가 사라지고 핼쑥해 보였다. 침묵이 흘렀다. 그러더니 그녀가 차분하게 말했다. "확실한 거니?"

루시는 고개를 끄덕였다.

"그렇다면 존은 그 애의 애정에 호응했는지 말해줄 수 있어?" 그녀는 자제력을 발휘하고 있었지만 그 말투에는 쓰라림이 묻어났다.

"그건 내가 알려줄 수 없어, 린디. 하지만 난 ─ 나를 용서해 줘 ─ 그가 어느 정도는 비난받아야 한다고 생각해. 무슨 말이냐면, 내 생각으로는 그 애가 그런 감정을 품고 있다는 걸 안 순간 그는 그걸 이용했다는 거야."

"그래." 린디가 말했다. "맞아, 네 말이 옳은 것 같아. 내가 눈이 너무 멀었던 거야. 그렇지만… 내 변명이긴 하지만, 루시… 난 한 번도 그를… 혹은 그 애를 지켜볼 생각은 하지 않았어. 난… 나머지 사람들이 다 그런 것처럼… 메리 데이질 생각에 너무 빠져 있었던 거야. 난 그녀와 우리 아버지를 우선 지켜봤고, 그러고는 그녀와 레너드 오빠를 지켜보고 있었어. 기억나니? 우리 셋이 모두 내내 그들 얘기만 했던 것 말이야. 그래서 난 전혀 보지 못했어. … 그렇지만 이제 그 일을 직시해 보니 부인할 수가 없네. 난 오랫동안 진짜로 행복하지는 않았어. 하지만, 다시 말하지만, 난 그녀가 ─ 그 여자 말이야 ─ 모든 일의 원흉이라고, 불편하고 초조한 내 마음의 원인이라고 믿었어. 잘됐어! 이제 네 말을 들었으니까 우리는 적어도 그걸 바로잡을 수는 있어."

"린디!" 루시가 겁에 질려 일어났다. "어떻게 하려고?"

린디는 소리 높여 웃었다. "아, 그렇게 무서워할 건 전혀 없어, 루시! 난 그들에게 강압적으로 굴지 않을 거야. 그게 네가 우려하는 거라면 말이야. 네가 나를 어설프기 짝이 없는 인간이라고 생각한다는 건 알아. 하지만 그렇지 않아. 약속할게. 다음번에 존이 여기 오면 난 가서 애런을 만나보라고 그에게 부탁할 거야. 내가 하려는 건 그게 다야. 우선, 그에게 쪽지를 보내서 여기 와달라고 하겠어. 그런 다음 애런을 어딘가 — 예를 들면, 여기든지 — 그들이 어느 쪽이든 허심탄회하게 함께 이야기할 수 있는 곳에 있도록 해놓을 거야. 그들이 얘기를 나눈 끝에 아무리 사소한 거라고 해도 뭔가 결론이 나오면 내가 알게 되겠지. 난 그를… 아니면, 그 애를 보는 순간 알게 될 거야. 네가 말한 게 진짜라면 — 그 애가 그를 사랑한다는 것 말이야 — 어쨌든 그 애에게는 변화가 생길 거야. 그리고 그가 그 애의 사랑에 호응할 수 있다고 내가 생각한다면… 그렇다면, 나는 그를 놓아줄 거야."

"하지만, 린디!" 루시는 괴로웠다. "그는 네 약혼자잖아. 너 자신이 그를 사랑하는 사람이라고. 너의 행복을 희생하는 게 과연 현명한 건지 —"

린디의 얼굴에는 이상한 표정이 떠올랐다. 그리고 한순간 그녀는 제 나이보다 훨씬 더 늙어 보였다. "**그런 건** 안 되지, 루시." 그녀가 말했다. "이해 못 하겠어? 어떤 사람이라도 자기가 갖고 있지 않은 걸 희생하지는 못해. 안 그래? 이 일은 내가 알아서 처리하도록 내게 맡겨줘."

2

홀로 남겨진 루시는 반쯤 텅 빈, 그 큰 집의 복도를 이리저리 돌아다녔다. 존은 그들이 예상했던 것보다 훨씬 더 빨리 반응했다. 린디가 심부름꾼을 통해 보낸 쪽지를 받고 그는 마치 소환을 기다리고 있던 사람처럼 단숨에 달려왔다. 그러자 이제 자기희생의 열의로 가득 찬 린디는 그를 둥근 탑에 있는 자기의 조그만 응접실로 데리고 갔다. 그곳에서 그는 애런을 만날 것이었다. 두 사람 모두 그런 만남을 대비하지는 못했던 상태였다. 루시는 린디의 기획에서 조금 소외된 채 배회하고 있었다.

그녀는 아무도 마주치지 않았다. 레너드가 죽은 후 그 집은 버려진 것 같았다. 그 집은 대가족이 지내도록 지어졌는데 그가 살아 있을 때는 어찌하다 보니 사람들이 집에 북적거렸고 그래서 집은 활기로 가득 찬 것 같았었다. 지금 그 집에 사는 사람들은 서로를 피하는 것 같았다. 그래서 잘 꾸며진 그 집은 거주할 사람을 기다리며 보이지 않는 손의 관리를 받고 있는 것 같은 인상을 줬다. 그녀는 양편으로 올라가는 계단이 만나는 통로 위, 현관이 내려다보이는 층계참에 서 있었다. 그녀는 내려가서 응접실에서 린디를 기다려야 하는 게 아닐까 고민했다. 이런 식으로 남의 집을 돌아다니는 것은 옳지 않은 것 같았기 때문이었다. 하지만 그녀에게는 더 돌아보고 싶은 마음이 있었다. 그녀는 그 충동을 못이기고 계속 움직였다.

그녀는 이제 집의 서편 건물에 있었다. 이곳 복도는 맨 끝에 있는 창을 통해 들어온 불빛의 영향으로 희미하게 밝은 상태였다. 그녀는 닫혀 있는 많은 문들과 어두운 계단을 통과해서 2층으로 올라갔다. 그녀는 자기가 어디로 가는지 잘 알았다. 그래서 죄책감을 느끼며 심장이 더 빨리 뛰었다. 그녀는 이런 일에 익숙하지 않았다. 하지만 뭔가가 그녀를 이끄는 것이었다. 이 문 중 하나가 열려서 누군가, 어떤 하인이라도 나타났다면 그녀는 마치 몽유병 환자가 누군가에 의해 정신이 들었을 때처럼 비명을 질렀겠지만, 문들은 닫혀 있기만 할 뿐이었다. 그 문들 뒤에는 먼지막이 천에 덮인 가구들이 있다는 것을 그녀는 알고 있었다. 레너드가 죽은 후 집의 이쪽 건물은 아무도 사용하지 않고 있었기 때문이었다.

그녀는 서둘렀다. 두꺼운 카펫이 깔려 있어 발소리는 나지 않았다. 마침내 그녀는 그 문 앞에 왔다. 이 문이었던가? 그녀는 어떻게 확신할 수 있었을까? 그녀는 전에 집의 이쪽 편에는 발을 들여놓은 적도 없었다. 그런데도 그녀는 알고 있었다. 정원에서 이 탑을 올려다보며 '저기가 레너드의 방이야'라고 생각했던 적이 너무나 많았던 것이다. 이렇게 멀리 떨어져 있는 방을 고르다니 정말 그 사람답지 않은가! 두 자매가 아버지에게 반은 웃으면서, 그리고 반은 진지하게 동편 탑 전체를 자기들의 특별한 구역으로 넘겨달라고 고집하던 모습이 기억났다. 린디는 1층 방을 자기 침실로, 애런은 붉은 기와가 덮이고 난간이 낮은 지붕으로 올라갈 수 있는 위층을 자기 방으로 사용하게 됐다. 그들은 자기들의 미니어처 집을 꾸미느라 끝없는 시간과 정성을 쏟았다. 그래서 레너드는, 집에 돌아왔을 때 자연히 자기 몫이 된 다른 건물인 서편 탑을 차지하게 된 것이었다. 그들의 선택이 낳은 유일한 차이는, 자매들의 방은 거주 중인 집의 끝부분에 있는 반면 그의 방은 비어 있는 건물 전체를 가로질러 가야 한다는 점이었다.

'그래서,' 루시는 생각했다. '우리는 아무도 그 총소리를 듣지 못한 거야. 그가 언제 — '어떻게'는 고사하고 — 죽었는지 아는 사람은 아무도 없어.'

그녀의 손이 걸쇠에 닿았다. 그녀는 걸쇠를 들어 올렸다. 문이 열리지 않자 어쩐지 안도감이 들었다. 들여다봤더니 자물쇠 안에 열쇠가 그대로 있는 것이었다. 어쩌면, 그녀는 들어가야 할 운명이었는지도 몰랐다. 열쇠를 돌리자 문이 확 열렸다. 그러자 커튼 없는 창으로 쏟아지는 밝은 오후의 햇살에 순간적으로 눈이 부셨다. 그녀는 창문으로 가서 아래를 내려다봤다.

아래에는 잡초가 몇 년씩 자라나 있던 테라스가 있었는데 지금은 황토색 자갈이 새로 덮여 있었다. 이 창문에서 보니 테라스가 가까워 보였다. 누군가 뛰어내린다면 별로 다치지 않을 것 같았다. 높이감을 느끼려면 나선형 계단을 따라 다음 층으로 올라가서 옥상으로 나가야 할 것이었다. 옥상에서는 나무 쏙대기들 너머로 바다가 한눈에 들어왔다. 여기, 창문 앞에 레너드의 책상과 회전의자가 바싹 붙어서 놓여 있었다. 그녀가 상상했던 대로였다.

그러니까 그날 밤, 그가 여기 앉아서 잔디밭을 바라보다가 — 그녀가 똑똑히 기억하는 바로는, 그날은 보름달이 떴다 — 리볼버 총을 잡으러 손을 뻗었다고 생각해야 하는 것이다. 그런 다음 다른 손으로 책상 가장자리를 잡고 천천히 관자놀이에 총신을 겨누는 그의 모습을 그녀는 상상할 수 있었다. 사람이 어떻게 자기 삶을 지워버리는 마지막 행동을 할 수 있을 만큼 자기를 단련할 수 있었을까? 인생에, **그의** 인생에 무엇이 그토록 끔찍해서 그런 결정을 내릴 필요가 있었단 말일까? 유구한 세계사를 보더라도 견딜 수 없는 육체적 고통에 처하지 않은 어떤 사람이 각양각색으로 펼쳐지는 인생이라는 보석을 버릴 수 있었다는 것은 특이한 일이 아니었을까? '그의 머리가 이 앞으로 엎어진 거네.' 그녀는 생각했다. 그녀는 시신이 발견된 정황을 설명하는 말을 들은 기억이 없었지만, 사람들이 하는 말을 통해 시신 발견 상황을 종합할 수 있었다. 그녀는 그가 이 의자에서 왼팔을 바닥에 거의 닿을 정도로 늘어뜨린 상태로 발견됐고 왼손 근처 바닥에 리볼버 권총이 놓여 있었다는 것을 알고 있었다. 그의 머리는 책상 위에 쭉 뻗은 오른팔에 얹혀 있었다. 사망 방식에 관한 사인 규명 심리에서 질문은 거의 하나밖에 없었는데, 그것은 그가 왼손잡이였냐는 것이었다. 모두가 아는 일이었다. 리볼버 권총에서 발사된 총알은 두 발이었다. 하지만 레너드가 아버지의 방에서 그 총을 가져갔을 때 총알이 완전히 장전된 상태였는지는 아무도 알수 없었다. 어쩌면 레너드는 집 밖 어딘가에서 시험 삼아 첫 번째 총알을 발사해 봤을 수도 있었다. 그 작은 방에는 다른 총알의 흔적은 전혀 없었던 것이다. 랠프 드 볼터의 말은 그랬다. 그는 열심히 방을 둘러본 것 같았다.

창문 아래쪽에는 기다란 나무 벤치가 놓여 있었는데 그 밑부분은 책꽂이였다. 레너드는 뭘 읽었을까? 그녀는 종종 궁금했었다. 그녀는 허리를 굽혀 먼지막이 가림천을 책꽂이에서 들어 올렸다. 서류들과 낡은 공책들, 그리고 사전처럼 큰 책이 한 권 있었다. 제목은 보이지 않았다. 그녀는 넓은 책등을 손으로 쭉 훑어 내렸다. 손이 오목한 부분에 닿았다. 무게 때문에 그녀는 양손으로 책을 꺼냈다. 바로 뒤에서 목소리가 들려오는 바람에 그녀는 깜짝 놀랐다. "뭔가를 찾고 있나요, 브라운 양?"

고개를 돌리자 문 입구에 서 있는 메리 데이질이 보였다.

3

　루시 브라운은 구부정한 자세에서 천천히 몸을 일으켰다. 그녀는 양손에 무거운 책을 들고 그 끝부분을 책상 위에 걸친 채 책상 너머로 메리 데이질을 마주했다.

　메리 데이질이 그녀를 향해 다가왔다. 그녀의 표정에는 뭔가 으스스한 느낌이 있었지만 루시는 용감하게 그녀를 대면했다.

　"고마워요." 루시가 차갑게 말했다. "내가 결례를 저지른 게 아니었으면 좋겠어요. 집의 이쪽 부분은 비어 있을 거로 — 지금은 요 — 생각했거든요."

　"맞아요." 메리가 말했다. "그래서 당신이 이리로 가는 걸 보고 놀랐던 거예요."

　루시 브라운은 화가 나서 얼굴이 붉어졌다. 그리고 고개를 쳐들었다. "이 집이 당신에게 열려 있다면 마찬가지로 내게도 똑같이 열려 있다고 난 생각해요." 그녀가 말했다. "당신이 여주인이 되면 내가 귀찮게 하지는 않을 거예요, 정말이에요. 그때까지는 —."

　메리 데이질은 눈썹을 찡그리며 잠시 그녀를 바라봤다. "무례하네요." 그녀가 말했다. 그러더니 덧붙였다. "당신은 내가 생각했던 것보다 더 기가 세군요. 아, 제발 거기 뒤에 계속 있지는 말아요. 정말이지, 난 위험한 사람이 아니에요."

　'그런가요?' 루시는 생각했다. 그러나 그녀는 그렇게 말하지는 않았다. 대신, 그녀는 그 큰 책을 책상 위에 놓고 천천히 앞으로 나왔다. 그들은 서로를 마주 보고 섰다.

"한동안 난 당신과 얘기를 나누고 싶었어요." 메리가 말했다. "내가 보살피고 있는 두 사람에게 당신이 상당한 영향력이 있다는 생각이 들어서요. 당신은 왜 나에게 적대적인 방향으로 그걸 행사하는 건가요?"

"당신에게 적대적이라고요?" 루시가 말했다. "분명히 말하는데, 난 그런 일을 한 적이 없어요. 난 어떤 상황에서도 그렇게 할 생각은 하지 않는다고요."

"그렇겠죠, 당연히 그래요." 메리 데이질이 말했다. "그건 당신의 원칙에 위반되는 거겠죠. 하지만 당신이 내게 적대적이고, **그 애들도** 적대적으로 되도록 부추긴 건 부인할 수 없잖아요. 당신은 그 애들과 나 사이에 서 있어요. 당신만 아니었다면 난 아마—." 그녀는 순간적으로 감정을 드러낸 것이 부끄러운 듯 멈칫하며 입술을 깨물었다. 그녀는 옆으로 돌아섰다. "내가 내 집과 남편을 원하는 것이 그렇게 큰 죄인가요?" 그녀가 말했다. "딸들이 그렇게 고집스럽게 어머니에 대한 신의를 지킬 필요가 있나요? 그 애들은 어렸을 때부터 어머니를 본 적이 없어서 어머니에 대한 선명한 기억조차 없어요. 아버지가 자기 행복을 되찾는 것을 딸들이 원망해야 하나요? 알다시피, **자기들은** 그렇게 해드릴 수도 없고 하지도 않을 것이면서 말이에요."

루시는 깜짝 놀랐다. 메리가 몇 마디 이상 연속해서 말하는 걸 들어본 적이 없었기 때문이었다.

"당신 말이 맞을지도 모르죠." 그녀는 머뭇거리며 말했다. "그런 점에서는요. 난 린디와 애런이 영원히 그렇게 원망하는 마음으로 있을 거라고는 생각하지 않아요. 비록 그 애들이 그 상황을 받아들이도록 당신이 거의 도와주지는 않았지만 말이죠. 그런데 당신은 왜 레너드가 당신에게 그렇게 행동하도록 놔뒀어요? 당신은 그를 부추겼던 게 **분명했어요**. 그것도, 그렇게 하면 그의 아버지가 격렬하게 화를 낼 것이라는 걸 알았음에도 말이에요. 당신은 가엾은 레너드가 아무것도 얻지 못하고 모든 걸 잃을 거라는 걸 알았어요. **바로 그런 이유로** 그 애들은 당신을 용서할 수 없었던 거예요. 아, 왜 그랬던 거죠?" 그녀는 절망적인 몸짓을 하며 고개를 돌려 책상을 내려다봤다. 그녀의 눈에서는 눈물이 줄줄 흘러내렸다.

메리 데이질은 루시가 마음을 가라앉힐 때까지 기다리며 그녀를 음울하게 지켜봤다. 루시가 다시 그녀를 봤을 때 메리의 검푸른 눈동자는 그녀에게 고정돼 있었는데 이해하기 어려운 눈빛이었다.

"아, 맞아요." 메리가 말했다. "당신도 그를 사랑했었죠."

루시는 입술을 깨물며 다시 터져 나오려는 눈물을 억누르려고 애썼다. "그러니까," 그녀가 말했다. "**당신은 ―.**"

메리 데이질은 잠시 눈을 감았다. 그러나 눈을 떴을 때 그녀의 눈은 전과 마찬가지로 메말라 있었다. "다른 사람들이 있는 곳으로 돌아가요. 그리고 앞으로는 호기심을 자제하는 게 좋겠어요." 그녀가 차갑게 말했다. "당신은 대단히 오지랖이 넓어요."

루시는 한 걸음 앞으로 나섰다. "레너드가 우리 모두를 응접실에 남겨두고 나간 후 무슨 일이 있었는지 **당신은** 아나요? 그가 **당**

신에게 무슨 말을 하지는 않았어요?"

"그게 무슨 말이죠?" 메리 데이질이 물었다. "난 다시는 그를 보지 못했어요."

"**난** 봤어요." 루시가 말했다.

"그래요?"

"네. 아, 당신이 생각하는 그런 식으로는 아니에요. 당신들이 모두 나가고 난 후 난 그와 단둘이 응접실에 남겨졌어요. 그는, 처음에는, 내가 거기 있는 줄 몰랐어요. 나중에… 나와 얘기를 나눴죠. 그래서 내가 여기 온 거예요. 난 분명히… 그가 자살하지 않았다는 걸 분명히 알아요! 내게 그런 말을 한 후에 그가 어떻게 그럴 수가 있겠어요? 그는 그럴 이유가 없었어요. 당신을 사랑한 것도 아닌데 —." 그녀는 갑자기 말을 멈췄다. 너무 많은 말을 한 것일까? 메리 데이질은 변함없이 그녀를 바라보고 있었다.

"그가 그렇게 말했어요?" 그녀가 씁쓸하게 말했다. "대단한 기사도 정신이군요!"

"아, 아뇨, 그런 건 아니에요." 루시는 괴로워하며 소리쳤다. "전혀 그런 게 아니었어요. 그냥 어쩌다 보니 나온 얘기였어요, 그가 그랬다는 건 —."

"자기만의 게임을 하고 있었죠." 메리가 말했다. "그래요, 난 알고 있어요."

"알았다고요?"

"말했죠, 안다고요."

"나중에 알게 됐다는 말인가요?"

메리 데이질은 씁쓸한 미소를 지었다. "그러니까, 나도 당신과 같은 때 깨닫고 있었다는 말이에요. 레너드의 아버지가 내게 모든 걸 아주 명확하게 설명해 줬죠. 레너드 문제에 관해서는, 나는 당신과 완전히 생각이 다르다고 해야 할 것 같아요. 내가 볼 때 그는 자살할 이유가 충분했어요. 다른 이유가 아니라면 수치심 때문에라도 말이죠."

"하지만 그는 그러지 않았어요. … 그러지 않았다고요!" 루시가 소리쳤다. "내가 증명할 수 있어요. 여길 봐요." 그녀는 다시 책상으로 달려가서 무거운 책을 끌어냈다. "이것 좀 봐요." 그녀는 책등을 가리켰다. "저 구멍 보여요? 이제 —." 그녀는 책 중간쯤을 펼쳤다. 글자들 사이로 몇 장 두께에 걸쳐 우둘투둘 골이 생겨 있었다. 루시는 이제 미친 듯이 흥분하며 책장을 넘겼다. 골은 제본을 향해 아래로 굽어져 내려가 있었다. 마침내 그녀는 그 골을 만들어 낸 원인에 도달했다. 종이 가운데 총알이 박혀 있었던 있었다. 두 사람은 놀라서 총알을 쳐다봤다.

"내가 이 책을 어디서 찾았는지 알아요?" 루시는 거의 비난에 가까운 목소리로 메리 데이질에게 물었다. "저기 가림천 뒤에서예요."

"그렇군요." 메리 데이질이 말했다. "그래서 당신은 뭘 증명했다고 상상하는 거죠?"

"아무것도 증명하지는 **못했죠**." 루시가 반박했다. "그리고 앞으로도 그럴 수 없을 것 같아요. 설사 할 수 있다고 해도 내가 그렇게 할지도 모르겠고요. 하지만… 난 레너드가 자기 자신을 쏘지는 않았다고 확신해요. 그리고 이게 그걸 확인해 주는 거죠. 누가 그를 쐈는지, 왜 쐈는지는 모르겠어요. 어쩌면 사고였을지도 모르죠. … 의도한 것보다 더 심하게 위협하다 보면 그런 일들이 생기지 않나요?"

"계속해요." 루시가 고개를 돌려 그녀를 보자 메리 데이질이 말했다.

"문 입구에 서 있던 사람이 그저 겁을 먹어서 총을 쐈을 수도 있고, 그래서 창문 아래 책꽂이에 있던 책들 사이, **저기로** 총알이 날아갔을 수도 있죠. 그리고 여기 회전의자에 앉아 있던 사람은 몸을 돌리다가 왼쪽 관자놀이에 두 번째 총을 맞았을 수도 있고요. 그것 역시도 우연이라고 보기는 어렵지만 말이에요. 어쩌면 사고가 아니었을지도 몰라요. 작정하고 첫 번째 총알을 발사했던 것인데 그게 빗나갔을 수도…."

"그럴지도 모르죠." 메리 데이질이 생각에 잠겨 말했다. "정말 똑똑하군요, 루시. 당신이 한 말을 잘 생각해 봐야겠어요. 솔직히 말하자면, 난 당신이 상상의 나래를 마구 펼치고 있다고 생각해요. 하지만… 내가 당신이라면, 난 그 추론이 맞을 경우를 대비해서 내 추측을 사람들 앞에서 말하지는 않을 거예요. 사실, 그런 건 나 혼자만 알고 있어야 하는 거죠."

"왜죠?" 루시가 반항하듯 물었다. "그게 사실이라면 왜 내가 밝히면 안 되는 건데요?"

"왜냐하면, 루시, 만약 살인자가 정말로 우리 중에 있다면 당신의 젊은 생명을 단축하는 가장 쉬운 방법은 당신이 얼마나 똑똑한지 그 사람에게 알리는 것이니까요." 그녀는 루시의 팔을 잡고 그녀를 문으로 데리고 갔다. "이제 여기서 나가서 더는 그 일을 생각하지 말아요. 당신은 슬픈 일에 너무 오래 마음을 빼앗기고 있어요. 과거에 몰두하는 건 언제나 나쁜 법이죠. 그리고 당신 같이 어린 친구에게는 터무니없는 일이고요."

루시는 힘없이 저항해 봤다. "하지만 저 책은요?"

"그건 내게 맡겨요. 당신이 찾았던 곳에 그대로 다시 갖다 놓을게요. 그런 다음 우리는 이 방문을 닫을 거예요. 그리고 이 모든 일은 영원히 우리 두 사람만 아는 거예요, 루시."

루시는 내키지 않는 걸음으로 복도로 나갔다.

4

존은 신경질적으로 응접실 카펫 위를 왔다 갔다 했다. 그는 얼굴이 벌게지고 화가 나 있었다. 린디는 차분하게 그가 들어왔을 때 하고 있었던 바느질을 계속하는 척했다. 그러나 그녀는 그의 자존심이 크게 구겨졌다는 것을 알았고 낯 뜨거운 장면이 벌어질까 봐 두려웠다.

"그건 어이없는 발상이었어." 그가 말했다. "알았다면 난 절대로 오지 않았을 거야." 그는 휙 한 바퀴를 돌더니 그녀를 똑바로 보고 섰다. "왜 내게 말하지 않았어? 난 네가 무슨 생각을 하고 있었는지 상상도 할 수 없어."

린디는 한동안 바느질을 이어갔다. 그녀의 입술에는 아주 상냥하다고는 할 수 없는 미소가 어려 있었다. "그래서 그 애가 당신에게 아무 말도 하지 않았어요? 단 한마디도?"

존은 성을 내며 고함을 질렀다. "내가 문으로 들어오는 걸 본 순간 그 애는 벌떡 일어나더니 황급히 내 옆을 지나 방에서 나갔어. 그 애한테 무슨 문제가 있었는지 내게 묻지 마. 난 아무 말도, 어떤 행동도 하지 않았어. 그 애는 내가 말할 시간도 주지 않았으니까."

린디는 하던 일을 내려놓았다. 그녀가 모든 걸 다 이해한다는 눈빛으로 그를 너무나 오래도록 쳐다보았기 때문에 그는 눈을 옆으로 돌리지 않을 수가 없었다. "애런 때문에 기분 상해하지 말아요." 그녀가 조용히 말했다. "그 애는 요즘 제정신이 아니었어요. 사실, 난 그 애 때문에 정말 괴로웠어요. 난 **당신과** 얘기를 나누는 게 그 애에게 도움이 될지도 모른다고 생각했던 거예요. 하지만 그럴 수 있는 시간은 이미 지난 것 같네요."

"난 네가 무슨 말을 하는지 모르겠어." 존이 고함쳤다.

"당신은 알아요, 존." 린디가 말했다. "내 말을 아주 잘 이해하고 있다고 난 생각해요."

그는 거의 위협적인 태도로 그녀에게 다가왔다. "알겠어! 그러니까 이건 함정이었어. 그래 놓고 모든 걸 언니의 걱정으로 위장한 거야."

"아니에요." 린디가 부드럽게 말했다. "그건 함정이 아니었어요. 정말이지, 당신은 내… 내 자존심을 과소평가하고 있어요." 그녀는 돌아서서 그를 정면으로 마주했다. "최근에 애런이 이상해졌다는 걸 당신은 눈치채지 못했어요? 그 애가 불안한 이유를 전혀 몰랐어요? 난 말이죠, 난 그 애가 미쳐버릴지도 모른다고 생각했어요."

존은 거칠게 웃었다. "오늘 내가 들어갔을 때 그 애가 한 행동을 보면 네 느낌이 확실해졌을 거야."

"그럼 당신은 거기 대해 일말의 책임도 못 느낀다는 건가요?"

"내가? 당연하지! 난 애런에게 눈곱만큼도 관심이 없어. 그 바보 같은 여자애가 나에 대해 어떤 감정을 느끼는 건 나로선 어찌할 수가 없어. 하지만, 린디, 난 네가 뭐 때문에… 혹은 누구 때문에 이런 생각을 했는지 정말 알아야겠어. 애런이 그런 거야?"

"애런이라고요? 존, 말도 안 되는 소리 말아요. 애런은 당신 이름을 입 밖에 낸 적도 없어요. 당신에 관해 알려준 건 당연히 **그 애가** 아니었어요."

"그렇다면 다른 누군가가 말해줬겠지. … 아, 그래, 알겠어." 그는 멀리 걸어가며 신중하게 고개를 끄덕였다. "친한 척하는 배신자로군! 하지만 네가 정말로 나를 차버릴 구실이 필요하다면 더 쉬운 방법들이 있어." 그는 그녀 쪽으로 다시 왔다. "네가 방금 그렇게 말을 하고 난 뒤이니 말인데, 난 네게 내 반지를 돌려달라고 할 권리가 있다고 생각해."

린디의 얼굴이 하얗게 질렸다. "**권리**라니?" 그녀가 나지막이 말했다. "당신은 이 일을 그런 식으로 생각하는 거예요?" 그녀는 자리에서 일어나서 창문으로 갔다. "이유를 설명해 주겠어요?"

"넌 나를 신뢰하지 않아." 존이 중얼거렸다. "나로선 이유는 그걸로 충분해."

"아뇨, 그렇지 않아요." 린디는 혼잣말을 하듯이 말했다. "그건 진짜 이유가 아니죠. 당신은 그걸 핑계로 삼고 있는 거예요. 당신은 나와 결혼하고 싶어 했어요. 그런데 마음이 바뀐 거잖아요. 난 그 이유가 궁금한 거예요. 당신은 애런 때문이 아니라고 말하고 있어요. … 그리고 난 당신을 믿어요. 누구도 그럴 수는… 사랑하는 사람에 대해 그렇게 아무것도 모를 수는 없었을 거예요." 그녀는 돌아서서 그를 쳐다봤다. 마치 그를 보는 게 이번이 처음이기라도 한 듯했다. "그렇지만 당신은 변했어요. 당신은 이상해지고 비밀스러워졌어요. 예전의 쾌활함은 온데간데없어졌고요. 처음에 난 그게 분명… 레너드 오빠 때문이라고 생각했어요. 그래서 우리를 피하고 있다고 생각했다고요. 하지만 인제 보니, 그 일이 있기 전부터 변하기 시작했던 거예요. 아, 아니야, 그럴 수는 없어!" 그녀는 숨을 내쉬었다. "당신마저 그럴 수는 없어! 마법에 걸린 거예요? 그 여자가 당신들 모두에게 무슨 짓을 한 거죠?"

그녀는 넋이 나간 듯 그를 쳐다봤다. 그는 부인하지 않았다. 루시 브라운이 그들 앞에 들이닥쳤을 때, 그녀는 방금 겪은 이상한 일에 대한 감정을 주체하지 못하던 상태여서 자기가 종잡을 수 없게 된 대화에 끼어들었다는 것을 인지하지 못하고 있었다.

루시는 숨을 헐떡이며 흥분해서 얼굴이 상기돼 있었다. 메리 데이질의 눈길을 벗어나자마자 그녀는 복도 전체를 내달려서 계단을 내려왔다. 그녀가 이야기를 하자 존과 린디는 자기들의 말다툼은 잊고 말았다. 그들은 그녀의 양옆에 서서 그녀의 말을 들으며 점점 더 놀라고 있었다.

"하지만, 루시, 그건 공상이야!" 린디가 힘껏 말했다. "세상에, 넌 **누군가가** 오빠를 살해했다고 말하고 있는 거라고!"

"알아, 안다고!" 루시가 말했다. "내 말이 황당하게 들린다는 건 알아. 하지만… 애초에 내가 어떻게 그런 생각을 떠올렸겠어? 어쨌든, 우리가 아는 한, 그와 마지막으로 대화를 나눈 사람이 나였잖아. 그리고 그때 내가 ─ 그러니까 나중에 느낀 것이긴 하더라도 말이야 ─ 그가 자살할 의도가 전혀 없었다고 느꼈다면, 그건 그의 말과 표정, 말투에서 그런 느낌을 받았던 게 틀림없다는 거야. 그러고 나서 뭔가가 나를 그의 방에 가도록, 그리고 그 방을 둘러보도록 했고, 그래서 내가 찾던 것을 발견했다면 그건 공상은 아닌 것 아니야?"

"하지만," 존이 말했다. "네가 책 속에서 찾았다는 이 총알이 레너드 스스로 쏜 게 아니라고 생각하는 이유는 뭐지? 처음 쏜 총알이 빗나갔을 수도 있고 그래서 ―."

"아뇨," 루시가 열을 내며 말을 잘랐다. "설명하기는 어려워요. 그렇지만… 봐요, 내가 보여줄 테니." 그녀는 벽 근처에 있던 작은 테이블 중 하나로 가서 그것을 방 한가운데로 가져왔다. "자, 존, 이게 레너드의 책상이라고 가정해 봐요. 의자를 가져와서 레너드가 하던 대로 앉아요. 이제 이게 리볼버 권총이라고 하죠." 그녀는, 되는 대로, 다른 작은 테이블 위에 놓여 있던 상아색 부채를 집어 들었다. "총을 겨냥해요. 아니, 그 손이 아니죠. 레너드는 왼손잡이였잖아요? 총을 왼쪽 관자놀이에 겨냥해 봐요."

존은 마지못해하며 그렇게 했다. 하지만 루시는 지칠 줄 몰랐다. 그녀는 금빛 새틴 소파 중 하나를 끌고 와서 존의 테이블 앞에 놓았다. "이건 레너드의 창문 아래 있는 책꽂이예요." 그녀가 말했다. "이제 총이 어디를 겨냥하고 있는지 봐요. 만약 빗나갔다고, 그런 게 가능하다고 가정하더라도 총알이 어디로 갔겠어요? 완전히 반대 방향으로 날아갔을 거예요."

"수직으로." 존이 불쾌하게 말을 바로잡았다.

"네, 바로 그거예요. 내 말이 그 말이에요. 수직으로, 벽으로 가서 박혔을 거라는 거죠. 그런데 총알이 저기 있는 책으로 들어갔다면 그는 어디에 서 있어야 했을까요?"

"글쎄, 당연히 책상 바로 뒤겠지."

"그러니까요." 루시가 소리쳤다. "그러면 책상 뒤에는 뭐가 있죠? 기억해요?"

존이 고개를 저었다. "아무것도 없지, 내가 아는 바로는… 의자를 제외하면."

"아, 그렇지만 그 총알은 의자에 앉은 사람이 발사할 수는 없었던 거란 말이죠. 그랬다면 책상 끄트머리에 맞았을 거예요. 책상과 책꽂이 사이는 아주 좁고 책꽂이는 아래쪽 낮은 곳에 있으니까요. 하지만… 더 뒤에는… 뭐가 있죠?"

"아무것도 없지." 존이 다시 말했다. "책상과 문 사이에는 아무것도 없어."

"문이죠!" 루시가 소리쳤다. "모르겠어요? 그 총을 쏠 수 있었던 건 문 입구에 서 있던 누군가였을 거예요. 처음 쏜 총은 빗나갔어요. 두 번째는… 레너드가 회전의자를 돌렸을 때… 그의 관자놀이에 박힌 거죠. 살인자는 그 뒤 시신을 돌려서 책상 위에 엎어지게 했어요. 그리고 그 리볼버 권총을 그의 옆쪽 바닥에 놓았고요. 그래서 당신들 모두는 레너드가 자살했다고 생각한 거예요. 하지만 난 그걸 믿지 않아요. 그렇다고 믿지 않고, 영원히 그럴 거예요!"

"하지만, 루시," 린디가 불안하게 말했다. "네가 무슨 말을 하고 있는지 알아? 넌 누군가… 누군가가 오빠를 살해했다고 말하고 있는 거야. 넌 여기 우리 중에 그런 일을 할 수 있는 사람이 있다는 걸 믿으라고 우리에게 요구하는 거라고. 다음 단계로 우리는 '누구지?'라고 물어야만 하는 거고."

루시는 천천히 그녀에게 다가갔다. "그래," 그녀가 말했다. "우리 중에 그런 일을 할 수 있을 법한 사람을 넌 상상할 수 없어? 난 있어. 난 악마가 있다고 믿어. 그리고 악마는, 우리가 용인한다면,

우리 누구에게라도 들어갈 수 있다고 믿어. 내가 너보다 강한 지점이 그거야, 린디. 우리는 둘 다 보호받으며 행복하게 살아왔어. 그래서 세상에 관해 아는 게 거의 없지. 하지만 난 사악한 게 있다고 믿도록, 그러니까 세상에는 악이 날뛰고 있고 우리는 그 악과 싸우는 걸 멈추지 말아야 한다는 원리를 믿도록 교육받았어." 그녀는 이루 말할 수 없이 진지하게 말했다. 린디는 당혹스러워하며 아래를 내려다보면서 그녀가 말을 끝맺기를 기다렸다. 존은 그들을 등진 채 루시가 앉으라고 했던 곳에 그대로 앉아서 상아색 부채를 만지작거리고 있었다.

루시는 마음을 가다듬었다. 그녀는 종교적 열정이 여기서는 환영받지 못한다는 것을 알았다. 드 볼터 가족은 그녀의 아버지가 재임 중인 회색 종탑이 있는 작은 교회의 예배에 정기적으로 참석했지만 평일에는 어떤 종교적 행사에도 선을 긋고 있었던 것이다. 그녀는 능숙하게 말투를 바꿨다. "하지만 그럼에도 불구하고, 난 긁어 부스럼을 만들지는 않는 게 최선일 거로 생각한다고 말해야만 하겠어. 내가 말한 게 사실이라면… 누구에게 이득이 될까? 진실을 알아서 좋을 것보다 고통이 더 크겠지. 심지어 가엾은 레너드의 추억에 흠집을 남기게 될 테고." 그녀는 이 말이 존에게 어떤 영향을 주었는지 보려고 그의 뒤통수를 곁눈으로 봤다. "사실," 그녀는 계속 말했다. "지금 진실을 밝힐 수 있다고 해도 우리는 젖 먹던 힘까지 다해서 그걸 막을 거라고 생각해."

그 말에 존이 돌아앉았다. "아, 아니지." 그가 반대했다. "난 그건 인정할 수 없어. 이것 봐, 루시, 네가 뭔가를 안다면, 설령 린디가 견딜 수 없다고 느낄지라도, 어쨌든 우리에게… 내게 말해줘야 한다고 생각해."

"난 어떤 일이든 견딜 수 있어." 린디가 그를 똑바로 쳐다보며 말했다. 그는 시선을 피했다.

"그래. 음… 음, 내 말은, 난 네가 틀렸다고 확신해, 루시. 하지만 레너드의 명예를 지키는 일이라면 우리도 너만큼 간절해. 그러니까 네가 아는 걸 말해줘. 그러면 나머지는 내가 처리하겠다고 약속할게."

루시는 측은한 미소를 지었다. "그게 그렇게 간단한 일일지 의문스러워요." 그녀가 말했다. "하지만 걱정하지 말아요. 난 생각난 건 전부 다 얘기했으니까. 그건 그렇고… 메리 데이질이 레너드를 사랑했다는 건 두 사람 다 아는 거죠?"

"뭐라고!" 린디가 말했다. 그러자 존이 그녀의 뒤를 이었다. "넌 그걸 어떻게 알지?"

"나와 얘기를 나누는 와중에 그녀가 무심코 흘렸으니까요." 루시가 방점을 찍듯 말했다. "그러니까, 봐, 모두들 그 일을 상당히 잘못 알고 있었어. 레너드는 나를 사랑하지 않았던 것처럼 그녀를 사랑한 적도 없어. 그는 그녀가 여기 이 집의 안주인이… 너희 아버지의 아내가 되는 사태에서 너희 모두를 구하기 위해 그녀와 연애하는 척했던 거지. 하지만 **그녀는** 그를 사랑하고 있었어. … 그것도 깊이. 그녀는 그렇다고 분명히 말한 거나 다름없었어." 루시는 자신의 적이 그 사랑을 구현했다고 해도 반대할 수가 없다는 듯 양손을 움켜쥐며 한숨을 쉬었다. "그러면 그걸로 새로운 지평이 열린 것 아니겠어?" 그녀는 일어섰다. "그럼, 잘 있어. 두 사람이 하던 얘기를 마저 할 수 있도록 난 가볼게. 하지만, 내 입장을 말하자면, 난 그 일을 더는 생각하지 않기로 완전히 마음먹었어.”

　“이게 뭐람,” 그녀가 가자마자 린디가 말했다. “루시에게 저런 면이 있었다는 걸 생각이나 했어요? 정말이지, 참견하지 않고는 견딜 수가 없는지!”

　존은 왔다 갔다 하면서 동의한다는 듯 고개를 끄덕였다.

　“하지만 저 애의 말은 무슨 뜻일까요?” 린디가 원망하며 말을 이어갔다. “물론, 그게 죄다 상상이라는 건 알아요. 하지만 저 애는 뭘 암시한 거죠? 어떻게 생각해요? 저 애가 넌지시 말하려고 했던 건… 아버지가….”

　“글쎄,” 존이 말했다. “좀 그런 느낌이었어. 맞지?”

　“아니면,” 린디는 그를 무시하고 계속 말했다. “메리 데이질을 두고 한 말일까요? 어쨌거나, 레너드가 자기를 상대로 속임수를 쓰고 있었다는 걸 알게 됐다면 그녀는 살인이라도 능히 할 수 있을 사람이에요.”

　존은 심술궂게 미소를 지었다. “그래, 자기야.” 그가 말했다. “그 점에서는 네 말에 동의해. 그녀라면… 특히 그런 건 누구를 상대로 하든 아주 야비한 속임수인 만큼… 그럴지도 모른다고 생각해. 넌 여자니까 그걸 인정해야겠지.”

　“존!” 린디는 분개하며 숨을 들이켰다. 그러나 존은 이미 문 앞에 있었다.

　“잘 있어, 린디.” 그가 말했다. “내일 다시 올게. 네가 사태를 계속 지켜보려면 도움이 필요하고, 내가 필요하게 될 거야. 이 루시

브라운을 예의주시할 필요가 있을 거야. 그렇지 않으면 그 애 때문에 우리 모두가 용의자로 체포될지도 몰라. 그 애가 애런을… 혹은 너를… 아니면 나를 정말로 의심하지 않는다는 걸 우리가 어떻게 알겠어?"

"애런이라니!" 그 이름은 린디에게 책임감을 일깨웠다. 그녀는 자기 여동생을 한 시간이나 보지도 않았고 생각도 하지 않았다는 것을 떠올렸다. 자신의 잘못된 실험이 어떤 결과를 낳았을까? 존이 창문 옆으로 지나가자마자 그녀는 위층으로 뛰어 올라갔다.

5

"그래서 부인의 어머니가 정말로 의심했던 사람은 누구였습니까?" 피츠브라운이 말했다.

"글쎄요," 목사 부인이 말했다. "상상할 수 있으시겠지만, 어머니의 입을 열게 하는 건 항상 좀 어려웠어요. 어머니는 종교적 원칙이 강한 여성이었고 자비를 신조로 삼고 계셨죠. 특히 죽은 사람들에 관해서는요. 우리가 어머니에게 질문 세례를 퍼부어도 어머니는 아주 능수능란하게 그 질문들을 빠져나가셨답니다."

"그렇지만 어쨌든, 말씀을 하셨죠?"

"어머니는 본인이 생각하신 것들을 우리가 종합적으로 판단하게 하셨어요. 증거가 전혀 없었던 만큼 어차피 어머니가 더 하실 수 있는 일은 없었죠. 그러나 어머니의 의심이 랠프 드 볼터와 메리 데이질 사이에서 왔다 갔다 했다는 건 꽤 분명했던 것 같아요. 랠프 드 볼터의 동기는 질투였죠. 레너드가 메리 데이질의 사랑을, 그것도 본인은 원하지도 않은 사랑을 얻었다는 걸 발견했을 때 그는 미칠 것 같았겠죠. 메리의 동기는 레너드의 구애가 자기를 내치기 위한 기획일 뿐이었다는 걸 알게 된 순간 조롱당한 여인이 느낀 분노였겠죠. 그리고 어쩌면 레너드가 막겠다고 맹세한 랠프와의 결혼을 지키려는 욕망이었을지도 모르고요."

"그래서 그분은 어느 쪽을 진짜 믿었습니까?"

"아, 그건 알 수 없어요. 솔직히 말해서, 저는 어머니가 며칠 동안 예민해지셔서 순간의 흥분 속에서 그 모든 일을 지어내기로 작정했을지도 모른다고 생각해요. 하지만 레너드의 죽음이 보이는 것과는 다르다는 어머니의 생각, 그리고 보이는 것에 이의를 제기하는 사람은 누구든지 위험에 처하게 된다는 어머니의 생각을 확인해 주는 어떤 일이 일어났어요.

어느 날 어머니는 여느 때처럼 린디의 집에 갔다가 서둘러 집으로 돌아오고 계셨죠."

해 질 무렵이 되어가자 루시는 진입로를 서둘러 가로질러 테라스로 이어진 쪽문을 향했다. 그녀는 이런 가을 저녁에 해가 얼마나 빨리 떨어지는지 잊고 있었다. 게다가 오늘 저녁은 바다에서 안개가 길게 물결 지어 몰려들어서 남아 있던 희미한 빛조차 완전히 덮어버린 상태였다. 그 집을 나섰을 때 그녀는 바깥이 어떤 상태인지 깨닫지 못했었다. 알았다면 린디에게 하인 한 사람과 같이 가도록 해달라고 부탁했을 것이었다. 드 볼터 씨는 집을 비우고 없었고 존은 잠깐 들렀다가 두 여자가 긴밀히 대화를 나누고 있는 것을 보고는 다시 나가 버렸던 것이다.

루시는 테라스를 따라 그 집의 뒤쪽으로 돌아가서 담벼락에 있는 문으로 통하는 길을 걸어가고 있었다. 거기서부터 목사관까지는 걸어서 몇 분이면 갈 수 있었다. 아, 그 문을 통해 잘 아는 길로 들어서는 순간이 오면 얼마나 좋을까! 오늘 저녁 그녀는 목사관 정원 입구까지 걷는 게 아니라 달려서 갈 것이다. 그래서 담쟁

이덩굴이 늘어진 현관을 통과하고 벽에 아버지의 놋쇠 수집품이 빽빽하게 장식된 복도를 지나 굴뚝 위로 불길이 타오르고 아버지가 앉아서 책을 읽으며 담배를 피우는 따뜻한 거실로 들어갈 것이다. … 그녀는 쪽문을 더듬어 찾았다. 또다시 엄청난 안개가 밀려와서 지나온 길이 더 이상 보이지 않았다. 그녀의 뒤쪽에 시커멓게 솟아 있는 그 집은 오히려 그림자가 되어 빛을 완전히 덮어 버리는 데 일조할 뿐이었다. 그녀는 조금 전에 나왔던 현관의 웅장한 두 기둥조차 가늠할 수 없었다.

그녀는 걸쇠를 찾아 더듬거렸다. 처음에는 마음이 급해서 찾지 못했다. 그녀는 또래의 소녀들 대다수처럼 긴장하거나 지나친 상상을 하는 일이 보통 없었다. 어머니가 오래전에 돌아가신 후 그녀는 목사의 딸로서 여러 가지 일을 했기에 마을 전역을 돌아다녀야 했고 때로는 밤늦은 시간에도 그랬었다. 그래서 동행 없이 혼자 다니는 데 익숙해져 있었다. 환자들에게 줄 달걀과 젤리를 가득 넣은 바구니를 팔에 끼고 모두에게 친절을 베풀려는 마음으로 총총걸음을 하는 루시 브라운을 누가 해코지한단 말인가?

이제 그녀는 테라스에 와 있었디. 그 집은 어두운 침묵 속에서 그녀의 오른쪽에 솟아 있었다. 온통 육중한 벨벳 커튼이 드리워져 있었다. 비록 그녀의 눈에 보이지는 않았지만, 그녀의 왼쪽에는 테라스 옆을 쭉 두른 난간이 있고 그 아래에는 나무들이 있는 잔디밭이 있었다. 그들은 그 잔디밭에 앉아서 봄 여름을 보내곤 했는데 그 일이 까마득한 과거인 것처럼 여겨졌다.

잠시 안개가 걷혔다. 안개의 마지막 물결이 유령같이 흘러서 그 집의 모서리를 지나고 그녀 앞쪽 느릅나무 길을 지나가는 것이 보였다. 담벼락에 있는 문에 도달하려면 그 길을 건너야 했다. 그 문이 그녀에게는 그야말로 천국의 입구로, 아니면 최소한 그녀가 알던 평범한 삶이 있는 땅으로 가는 입구로 여겨졌다. 그녀는 잠시 안개가 걷힌 그 순간이 자기가 그 문에 닿을 때까지 계속되게 해달라고 기도했다.

그녀는 서편 건물, 레너드의 방이 있던 둥근 탑의 아래에 이르러 잠깐 서서 어둠에 잠긴 앞쪽 길을 봤다. 그런 다음 기운을 내서 앞으로 갔다. 왼쪽에서 또다시 엄청난 안개가 넘실넘실 굴러오며 지나온 모든 풍경을 지워버리는 것을 볼 수 있었다. 되돌아가야 하는 건 아닐까 하고 그녀는 다시 고민하며 머뭇거렸다. 그러다가 최종적으로 마음을 정했다. 그녀는 고개를 아래로 하고 희미한 길 속으로 서둘러 발을 내디뎠다.

그녀가 거대한 느릅나무 중 두 번째 나무에 막 이르려고 할 때 귀 바로 옆에서 공기를 가르는 어떤 희미한 소리가 들린 것 같았다. 그리고 바로 다음, 앞에 있는 나무에 뭔가 부딪친 것처럼 탁 하는 날카로운 소리가 났다. 그녀는 계속 앞으로 달리다가 나무에 거의 부딪힐 뻔했다. 그러자 그 지점에서, 나뭇가지보다 더 단단하고 일직선인 어떤 것이 그 나무에서 튀어나와 있는 것이 보였다. 바람이 심하게 불지 않는데도 그것은 계속 흔들리고 있었다. 그녀는 그 이상한 물체를 만지려고 손을 뻗었다. 손이 닿자 한 줄기 두려움이 온몸을 흘러내려 그녀를 전율케 했다. 그럼에도 그녀는 그 물체를 놓지 않았다. 그녀는 미친 듯이 그것을 잡아당겼고 마침내 그것은 나무에서 빠져나와 그녀의 손에 들어왔다.

10분쯤 지났을 때, 루시는 울면서 목사관 응접실로 뛰어 들어왔다. 그녀의 손에는 깃털 달린 기다란 화살이 들려 있었고, 아버지가 그녀의 머리를 어루만지며 그녀를 달래고 있었다.

"그런데 애야," 그가 말했다. "왜 누구와 함께 오지 않았어? 이 안개 속을 너 혼자 온다는 걸 알았더라면… 하지만 난 린디가 널 거기 있으라고 할 줄 알았단다. 이 화살은… 보렴, 이 끝에 녹이 많이 슬어 있어. 이건 너희들이 양궁 시합을 하고 나서 버려둔, 예전의 화살인 게 분명해."

"하지만, 아버지," 루시가 울먹이며 말했다. "난 들었다고요, 그 화살이 귀 옆으로 날아가는 소리를 들었단 말이에요! 그리고 그게 나무에 부딪히는 소리를 들었어요. 내 손이 닿았을 때 화살은 여전히 진동하고 있었어요!"

"그래, 그래." 그가 말했다. "가서 자고, 그건 더는 생각하지 말아라. 안개가 사람의 눈과 귀를 이상하게 가지고 놀 수도 있단다. 아마도 넌 발밑에서 부서지는 잔가지 소리를 들었던 거야. 그러고 나서 그 나무에 박혀 있던 화살을 본 거지. 그래서 네 마음속에서는 두 가지가 서로 연동된 거고. 에고, 그래, 마음이란 놀랍게 작동한단다. … 때로는 **너무** 빨라서 우리가 해석할 수가 없을 정도로…" 그는 가장 좋아하는 주제 중 하나에 대한 몽상에 빠져들었다.

루시는 자신의 머릿속에서 솟구치는 수많은 추측으로 그와 논쟁하거나 그를 귀찮게 하지 않을 만큼은 지혜로웠다. 그가 그런 식으로 받아들이기로 한 것은 오히려 다행스러운 일이었다. 그녀는 눈물을 닦고 안녕히 주무시라며 그에게 입맞춤하고 나갔다. 그녀의 손에는 여전히 화살이 들려 있었다.

6

한동안 루시 브라운은 자기가 겪은 일을 아무에게도 말하지 않았다. 실은, 차가운 아침 햇살을 받자 그녀 자신도 과연 그 일이 일어난 것이기는 한지 의구심이 들기까지 했었던 것이다. 사실 그녀는 아직도 그 느릅나무에서 억지로 빼낸 화살을 가지고 있었다. 그러나 그녀의 아버지가 한 설명이 어쩌면 옳았던 건 아닐까? 그녀는 화살을 창문으로 가져갔다. 그리고 쨍쨍한 햇빛 아래서 주의 깊게 화살을 훑어봤다. 그러나 밝혀지는 것은 아무것도 없었다. 그것은 그냥 자기들이 양궁을 하며 사용했던 많은 화살 중 하나일 뿐이었다. 화살의 절반이 살짝 휘어져 있는 것이 눈에 띄었다. 그녀는 그것 덕분에 자기가 목숨을 부지한 것은 아닐까 하고 생각했다. 금속으로 된 화살 머리는 녹이 슬어 있었으나 심하지는 않았다. 그 화살은 바깥에 버려져 나뒹굴고 있던 것 중 하나가 아니었을 수도 있었다. 아니면 그 머리 부분이 덮개로 씌워져 있었던 것일 수도 있었다. 녹은 한 겹으로 살짝 덮여 있었는데 쇠로 만들어진 물건은 무엇이든 실내에 있어도 그 정도의 녹이 스는 수가 있었다.

실내에서도 말이다! 그러자 그녀는 자기가 그 양궁용품을 마지막으로 봤던 곳이 갑자기 생각났다. 과녁은 여전히 예전에 있던 곳인 나무들 아래 그대로 있었다. 하지만 활과 화살들은 레너드의 방 한쪽 구석에 서 있었던 것이다!

그녀의 마음은 지난번 자신이 처음이자 마지막으로 그곳에 서 있었던 순간으로 날아갔다. 테라스가 내려다보이는 그 방의 창문들은 길로 통하는 입구라고 할 만한 위치에 있었다. 목표물을 조준하기에 이상적인 장소였다. 그게 가능했을까? 그랬다, 실제로 가능했다. 만일 루시가 살인자의 비밀을 우연히 발견한 것에 놀랐다면….

　그녀는 몸을 떨면서 새로운 공포에 휩싸여 그 화살을 응시했다. 그것은 그녀의 심장을 겨냥한 것이었다. 그녀는 그 화살이 귀 옆을 쌩하고 날아가던 소리와 거대한 느릅나무 몸통에 박혀 진동하던 모습이 떠올랐다. 그 화살은 포로가 되어 그녀의 손에 들어와 있었지만, 그럼에도 그것은 죽음의 임무를 맡겨 자기를 발사시킨, 반대편에 있던 살인자의 손에 관해서는 아무것도 말해주지 못했다. 어떤 것이 너무나 명백히 존재하고 그것도 바로 전까지 있었다면 분명 단 한 사람이라도 읽을 수 있는 흔적을 남겼을 것이었다. 그러나 그 흔적은, 있다고 해도, 보이지 않았다.

　거기, 예쁜 꽃무늬 커튼이 드리워진 자신의 침실 창문 앞에 서서 앞에 있는 평화로운 목사관 정원을 바라보고 있자니 그녀의 마음은 점차 차분해지면서 명징함을 되찾았다. 그녀는 아무것도, 지금으로서는 린디에게조차 아무것도 말하지 않을 것이다. 그러나 겁에 질려 있지는 않을 것이다. 여기서 보면 저 멀리 자신이 어젯밤 그토록 설명하기 어려운 두려움에 휩싸여 달려왔던 그 길가에 쭉 늘어선 느릅나무 꼭대기들이 보였다. 그렇다, 그녀는 다시 그곳으로 돌아갈 것이었다. 그러나 이제는 아무도 믿지 않고, 아무에게도 마음을 털어놓지 않을 것이다. 아니, 그뿐만 아니라 혼자 있거나, 으슥한 곳에 있거나, 등을 돌리고 있어서 숨어 있는 그 적이 자기를 발견하도록 해서는 안 될 것이다.

며칠 뒤의 일이었다. 그들은 다시 응접실에 있었다. 하지만 오후 시간이었고, 루시는 모자를 벗지 않았다. 그녀는 표면적으로는 사소한 교회 일로 온 것이었지만, 실제로는 더 오래 계속 오지 않는다면 티가 날 것으로 판단했기 때문이었다. 또한 그녀는 궁금하기도 했다. 그날 밤 안개 속에서 일어났던 그 일이 이 집에 어떤 식으로든 영향을 미치지 않았을 리가 없다고 생각했던 것이다. 그러나 오고 나서 보니 레너드가 죽은 이후 그녀가 알고 있던 것보다 상황은 더 평화롭고 일상적이라는 것을 알게 됐다. 린디가 테이블 앞에 앉아 다과를 주도하고 있었고 존은 그녀를 돕고 있었다. 메리 데이질은 창가에 앉아 있었고, 그 무엇보다도, 그렇게 오래도록 가족들과 어울리지 않던 애런이 소파에 누워 있었다. 그녀는 창백하고 아파 보였다. 그리고 뭐라 형언하기는 어려웠지만 달라져 있었다. 늙어 보이는 것이 아니라 — 그녀는 아직 어려서 제 나이로 보이지 않기가 어려웠다 — 넋이 나간 듯했고 겁에 질리고 무기력해 보였다. 아니면, 어찌할 바를 모른다고 해야 할까? 이전에 그녀는 본연의 차분한 태도 속에서, 나름대로 고집 센 어린 생명체였다. 그녀의 영혼이 산산조각 난 것은 사랑 때문에, 심지어 가족의 비극 때문에 낙심한 탓이라고만 생각할 수는 없을 정도였다. 그런 까닭에 린디에게 너무나 의존적인 그녀의 모습을 보자니 애처로웠다. 그녀의 눈은 린디의 일거수일투족을 따라다녔고 방에 있는 다른 사람은 거의 보는 일이 없는 것 같았다. 존이 그녀에게 찻잔을 가져다줬을 때 그녀는 처음에는 그가 가까이 있다는 것조차 알지 못하는 것 같았다. 그녀의 눈은 여전히 린디에게 고정돼 있었기 때문이었다. 그러다가, 그가 부드럽게 그녀를 부르자 그녀는 놀라서 뒤로 물러났다. 린디가 일어나 그녀에게 가서 등 뒤의 쿠션을 바로 놓아주고 무릎에 덮개를 덮어주는 척하며 그녀의 원기를 되찾아 주려고 했다.

루시는 그 의문의 화살에 관해 아무 말도 하지 않겠다는 결심을 굳게 지켰다. 그러나 그렇게 하는 데는 큰 노력이 필요했다. 그녀는 잠시라도 린디와 단둘이 있을 수 있었다면 아마도 조심하는 마음 따위는 내던져 버리고 모든 이야기를 다 쏟아냈을 것이었다. 그런 일은 없었기에, 그녀는 온실에 새로 심은 국화꽃이며 이번에 포도나무에 열린 포도송이가 작년과 비교해서 얼마나 많은지, 그리고 날씨는 어떤지 등으로 이어지는 평온한 대화를 듣고 있었다. 그러는 동안 그녀는 자기가 그 이야기를 전부 지어낸 건 아닐까 하는 의구심이 다시 한번 들었다. 메리 데이질조차 대화에 간간이 끼어들었다. 다들 그녀를 대단히 존중하는 태도였다. 그녀에게 차를 제공하던 존의 눈은 그녀에게 완전히 사로잡혀 있었다. 린디는 안주인으로서의 책임감 외에는 그 무엇도 의식하지 않는 듯했다. 두 사람 모두 그녀에게 가능할 때마다 이런저런 일들에 대한 의견을 물었다. 그녀는 간단하게 대답하곤 했다. 그러나 대부분의 시간 동안 그녀는 창밖을 내다보며 자기만의 생각에 빠져 있는 것 같았다. 루시가 들어오면서 "안녕하세요"라고 인사하자 그 인사를 받아준 것을 제외하고는 메리 데이질은 더는 루시에게 눈길을 보내지 않았다.

모든 게 순조롭게 진행되고 있는 것 같았는데 갑자기 문이 휙 열리더니 랠프 드 볼터가 그들 모두 앞에 와서 섰다. 루시는 장례식날 이후로 그를 보지 못했었다. 그래서 그녀는 그의 모습에 충격을 받았다. 머리는 훨씬 더 허옇게 세어 있었지만 그의 안색은 여느 때와 마찬가지로 생기가 있었다. 그는 몸을 똑바로 펴고 서 있었다. 그러나 예전에 보였던 '친밀감'은 흔적도 없이 사라지고 없었고 혈기 왕성한 그의 힘은 폭력적으로 변한 것 같았다. 입을 열자 들린 그의 목소리는 매정하면서 분노에 차 있었다.

"아," 그가 말했다. "너희들 모두 여기 있으니 잘됐어. 내가 너희들에게 할 말이 있다."

그들은 모두 두려움에 사로잡혀서 그를 응시했다. 그가 굉장히 불쾌한 장면을 연출하려 한다는 것을 모두가 느끼고 있었다. 그를 한 번 흘깃 보고는 마치 지금 일어나고 있는 일에 자신은 일말의 관심도 없다는 듯 고개를 돌리고 다시 몽상에 빠진 메리 데이질을 제외한 모두가 그랬다. 랠프는 주위를 한 바퀴 둘러보더니 루시를 보고는 눈에 불이 켜졌고 그대로 시선이 멎었다.

"그리고 브라운 양," 그가 말했다. "**너를** 우리 집에서 보게 돼서 특히 반갑구나. 하지만 네가 참견하고, 고자질하고, 황당무계한 이야기를 지어내는 짓을 그만두지 않는다면 더 이상은 그렇게 환영할 수가 없을 것 같다."

루시가 일어났다. 그녀는 그 갑작스러운 공격에 정신이 까마득해지면서 머리가 휘청거렸다. 그러나 그녀는 있는 힘을 다 모아서, 비록 수치스럽고 화가 나서 얼굴이 빨개지기는 했지만, 가까스로 조용하게 말했다.

"저는 무슨 말인지 모르겠습니다. 하지만 환영받지 못하는 집에 계속 있는다면 큰 실례가 될 것 같습니다."

"아버지!" 린디가 크게 외쳤다. "루시, 제발 가지 마! 아버지, 저 애를 저렇게 가게 하시면 안 되죠!"

랠프 드 볼터는 루시의 작은 몸이 앞으로 나가는 모습을 어정쩡하게 바라봤다. 그의 큰 덩치가 길목을 막고 있었다. 그러나 그녀는 그를 밀고 나갈 태세였다. 그때 메리 데이질의 냉정하면서도 단호한 목소리가 들리는 바람에 그들 두 사람은 모두 꼼짝달싹하지 못했다.

"랠프, 그렇게 어리석게 굴지 말아요."

랠프는 헉하고 숨을 들이켰다. 화가 나 있던 루시조차도 놀라서 뒤를 돌아봤다. 메리가 그들을 향해 방을 가로질러 왔다.

"정신이 나가셨어요?" 그녀는 랠프에게 경멸 어린 말투로 말했다. "브라운 양은 당신이 무슨 말을 하는지도 모르고 있다는 걸 모르겠어요? 그녀에게 그렇게 말을 하면 안 되죠." 그녀는 루시를 향해 말했다. "드 볼터 씨를 용서해 줘요, 루시." 그녀가 말했다. "지금 마음속이 아주 혼란스러운 상태예요. 방금 당신에게 한 말은 그의 진심이 아니에요."

"아, 그건 아니죠. 진심이시죠." 루시가 씩씩하게 대답했다. "당신 말은, 내가 지금 그 말에 대한 설명을 들어야 한다는 거죠. 다시 말해서, 내가 여기 서서 그 말을, 거기다 보태진 내용까지 다시 들어야 한다는 거잖아요. 고맙지만, 그러지 않겠어요."

그녀는 다시 문 쪽으로 돌아섰다. 그녀를 가지 못하도록 팔을 잡은 사람은 린디였다.

"부탁이야, 루시!" 린디가 빠르게 중얼거리듯, 그래서 다른 사람들은 들을 수 없도록 말했다. "나를 두고 가지 마. … 아직은. 내가 견뎌야 할 일이 차고 넘치는데… 난 못 한다고…." 그녀의 눈에 눈물이 반짝거렸다. 린디는 쉽게 울거나 부탁을 하는 일이 없었다. 루시는 그 요청을 저버릴 수가 없었다. 그녀는 자존심을 버렸다. 또한 그게 아니어도, 호기심이 동하는 것이었다. 그녀는 돌아서서 랜프 드 볼터를 정면으로 쳐다봤다.

"제게 더 하실 말씀이 있나요?"

예기치 않게 모두들 이렇게 루시를 지지하는 것을 보고 당황스러워진 랜프는 한풀 기가 꺾여서 신경질적으로 말했다.

"이런, 세상에, 메리. **당신이** 저 애에게 설명해 줘요. 어쨌거나, 그 얘기를 내게 한 사람은 당신이었잖소."

루시는 메리를 향해 돌아섰다. "아, 알겠군요! 당신이 소문을 퍼뜨리고 다녔군요! 내가 알 수도 있었는데 —."

메리 데이질은 그녀를 차갑게 지켜봤다. "루시, 난 드 볼터 씨에게 당신이 발견한 걸 말한 거예요. 그게 다예요. 난 당신이 내게 보여준 증거를 보여준 겁니다. 그가 아는 게 옳다고 생각하지 않아요? 레너드는 그의 아들이었잖아요."

랜프가 끼어들었다. "그래, 그래. 방금 한 말에 대해서는 내가 사과하지, 브라운 양. 그러나 내가 화가 난 건… 그런 발상 때문이야. 그건 말도 안 되는 소리잖아. 그런 생각은 즉시 머리에서 지워 버려야 해. 죽은 사람이 얽힌 일을… 그렇게 염탐해서 좋은 일이 있을 수가 없어. 내 아들이 영면할 수 있도록 해다오. 그 애에게 비밀이 있었다면, 난 그걸 모르는 쪽을 택하겠다."

루시는 그를 호기심 어린 눈빛으로 지켜보며 그의 목소리에 담긴 두려운 느낌에 귀를 곤두세웠다. 그리고 생각했다. '이 사람이 그토록 수많은 위험에 용감하게 맞서며 넓은 세상을 여행했던 남자란 말인가? 그에게 무슨 일이 일어날 수 있었던 거지? 양심의 가책… 이게 그런 것인가? 하지만 그렇다면, 과연 그가 일부러 무리해서 그걸 우리 모두에게 보여주려고 했을까?'

"죄송해요." 그녀가 얌전하게 말했다. "그렇게 느끼신다면 저는, 물론, 그 말에 반대하는 어떤 말도 할 수 없습니다. 다만, 제가 생각했어야 하는 건 한 가지뿐이었어요. 그게 사실이라면… **사실이라면**… 죽은 사람에게는 자신의 명예를 회복할 권리가 있고 그걸 원할 거라는 것 말입니다. 그가 자기를 사랑했던 사람들에게 그렇게 해달라고 부탁하고 있는 것일지도 모르잖아요."

랠프는 격렬하게 반대하는 몸짓을 했다.

"하지만 그건 그냥 제 생각일 뿐이에요." 루시는 차분하게 말을 이어갔다. "그리고 바라시지 않는데 그 생각을 강요할 권리가 제게는 없습니다. 그러니까 그것 때문에 더 이상 불쾌해하지 않으셔도 돼요. 제게 그건 완전히 끝난 일이에요."

그녀는 자신이 올바른 단어를 쓴 것인지 의문스러웠다. 베리 데이질이 그녀를 한심하다는 듯 쳐다보고 있었던 것이다.

"알겠어요, 랠프?" 그녀가 말했다. "브라운 양은 너무나 협조적이에요. 그러니까 마음을 편히 가져요. 우리는 그 문제를 가능한 한 빨리 다 잊게 될 거예요. 어쨌거나, 그런다고 해서 레너드에게 뭐가 달라지겠어요? 그는 죽었고, 우리가 당혹스러운 일을 겪지 않게 된다면 그는 흔쾌히 비난을 감수할 수 있어요." 그녀는 문을 향해 걸어갔다. "됐어요, 랠프. 할 말은 충분히 하셨어요."

그녀는 자리를 떴다. 그들은 모두 그녀의 뒷모습을 지켜보고 있었다. 그녀의 모습이 사라지자 랠프는 자신감을 회복한 것 같았다.

"그럼 이해된 거지?" 그가 주변을 한 바퀴 돌아보며 말했다. "너희들 누구도 이 문제는 더는 거론하지 말거라. 서로 간에도 말이야." 그는 존이 있는 것을 처음으로 본 모양이었다. 그러더니 지독히도 경박하게 덧붙여 말했다. "그런데 존, 결혼식은 언제 하기로 한 거야? 젊은 사람들은 우리가 젊었던 시절에 비해 참을성이 더 없어졌던데 말이야. 너희들이 정하지 않으면, 내가 너희보다 먼저 하게 될 거야."

그의 호쾌한 웃음에 화답하는 웃음은 들리지 않았다. 그가 나가자 안도의 한숨 소리가 들렸다. 그러나 잠시 후 소파에서 숨 막히는 비명이 들리자 그들은 애런이 베개를 베고 창백한 얼굴로 가만히 누워 있었다는 사실이 기억났다. 그녀는 기절하고 만 것이었다.

7

"레너드가 죽은 뒤부터 애런을 잠식하고 있던," 목사 부인이 계속 말했다. "그 더디고 기이한 마음의 병이 이제 더 악화했던 거예요. 그녀가 발작하며 기절한 후 그들은 그녀를 침대로 옮겼어요. 그러나 정신이 드는 과정에서 그녀는 마치 악몽의 세계 속에 깨어난 것 같았어요. 그녀는 몸을 뒤척이며 신음했고 눈을 뜨기가 두려운 듯했죠. 그들은 의사를 불렀어요. 그러나 의사는 솔직히 어리둥절했답니다. 그녀의 몸에서 병적인 징후를 하나도 찾을 수가 없었던 거죠. 그래서 그는 한참이나 고개를 흔들고는 아주 중요한 몇 가지 질문을 하고 나서 그녀의 아버지와 따로 얘기를 나눴고 그녀에게 정신적인 이상이 생길 것이 우려된다고 그에게 말했죠. 두 사람 다 그것이 레너드의 죽음으로 인한 충격이 원인이라고 짐작했어요. … 처음 며칠간 린디와 제 어머니는 번갈아 가며 그녀 옆을 지켰어요. 어머니 말씀으로는 그녀는 잠든 상태로, 혹은 섬망 상태에서 상당히 많은 말을 했다고 해요. 하지만 무슨 말을 하는지는 분명히 알아들을 수가 없었어요. 이따금, 알아들을 수 없는 그 중얼거리는 말의 홍수 속에서 존, 혹은 린디, 혹은 루시라는 이름이 튀어나오곤 했죠. '레너드'도 한두 번 나왔는데 두려움에 질린 고통스러운 목소리였어요. 하지만 그녀는 자기 아버지나 메리 데이질은 한 번도 언급하지 않았어요. 존은 그녀의 고통에 자신이 일말의 책임이 있다고 양심의 가책을 느낀 것이 분명한지 매일같이 찾아와서 걱정스럽게 경과를 묻고 과일과 꽃들을 선물로 가져왔어요. 그렇지만 그들은 그가 그녀를 보도록 허용하는 실험은 두 번 다시 하지 않았죠.

마침내 그녀는 서서히 회복되는 것 같았어요. 어쨌거나 그녀는 점점 차분해졌어요. 잠들지 못하던 낮과 밤들 대신 긴 시간 잠이들 때도 있었고 침묵 속에 있는 시간도 길어졌어요. 그럴 때면 그녀는 한마디 말도 없이, 어떤 과거나 미래를 의식하고 있다는 징후도 없이, 무슨 생각을 하는지 생각이라는 것을 하기는 하는지 알게 해줄 단서 하나 없이 멍하니 앞을 바라보고 있곤 하는 것이었죠. 이 시기에 그들은 그녀의 마음을 어지럽히거나 그녀의 주의를 환기해 주려는 어떤 시도도 하지 않았어요. 하지만 그들은 그녀가 마음의 안정을 다시 찾은 것에 안도했고, 일주일간 변함없이 간병을 한 끝에 점차 한숨 돌릴 수 있게 됐죠. 그녀가 그들의 존재를 알아챈 기색을 보이기 시작했던 거예요. 그리고 마침내 가끔 미소를 보내며 그들의 노고에 감사를 표하자 그들은 너무나 기뻤어요. 한 번은, 처음으로 메리 데이질이 와서 자기가 밤에 그녀 옆에 있겠다고 제안했어요. 그러나 린디는, 할 수 있는 최대한의 예의를 갖춰, 이 제안을 거절했답니다. 자신의 사랑하는 여동생을 낯선 사람과 단둘이 있게 한다고? 절대 안 될 말이죠! 그리고 어머니는 느릅나무 길에서 있었던 그 이상한 경험이 생각났기에 린디의 이런 결정을 지지했어요. 메리 데이질은 어깨를 으쓱하고는 가버렸죠.

이제, 애런이 수면제의 도움 없이 다시 밤에 잠을 자게 되었을 때, 그래서 의사가 아마도 유일한 치료책일지도 모른다며 환경을 바꾸는 것을 시도해 볼 수 있을 만큼 그녀가 곧 충분히 회복될 것이라고 신중하게 말했을 때 그들의 희망을 한 번 더 무너뜨린 어떤 일이 일어났어요."

거센 돌풍이 부는 11월의 저녁이었다. 루시는 집으로 갈 준비를 하고 있었다. 애런이 아픈 동안 그녀는 환자를 돌보느라 두려움은 모두 잊고 있었다. 그러나 아직도 그녀는 어둠이 내린 후에는 동행 없이 느릅나무 길을 걸어갈 생각은 전혀 하지 않았다. 린디를 대신해서 침대 옆에서 애런을 지켜보며 밤을 지내거나 해가 있을 때 그곳을 나서곤 했던 것이다. 때로는, 린디의 제안을 받아들여 존과 동행하기도 했다. 그러나 그녀는 그들 누구에게도 자신이 왜 그토록 경계심을 지니고 있는지는 절대 말하지 않았다. 화살이 박혔던 느릅나무를 지날 때면 기억 속의 두려움이 다시 떠올라 온몸에 전율이 흘렀지만, 그녀는 그 얘기를 하고 싶은 유혹을 참았다. 낮에 혼자서 그곳을 지나다가 어쩌지 못하고 걸음을 멈췄던 날도 있었다. 화살이 박혔던 그 지점의 흔적을 발견할 수 있을지 보고 싶었던 것이다. 그러나 수령이 오래된 나무껍질은 옹이투성이였고, 그 구멍은 다시 메꿔지거나 초록색 이끼로 덮인 게 분명했다. 그녀의 모험에 대한 유일한 가시적 증거는 그녀가 집의 침실 선반에 여태껏 보관하고 있던 녹슨 화살이었다.

"시간이 늦었어." 계단을 함께 내려오면서 린디가 말했다. "금방 어두워질 거야! 저녁이 오고 있어. 그냥 여기 묵으면서 우리와 저녁을 같이 먹지 그래?"

"아냐, 아냐, 고마워." 루시는 우려 속에서 말했다. 바람이 불어와서 양쪽 계단이 만나는 지점에 있는 키 큰 창문을 천둥소리를 내며 때리고 있었다. 그녀는 땅거미가 얼마나 빨리 내려앉는지 볼 수 있었다. 그럼에도 그녀는 불안해하는 모습을 린디에게 보여주고 싶지는 않았다. "물론, 내가 오늘 밤에 애런 옆에 있어주기를 네가 원한다면 —."

"아, 아냐." 린디가 쾌활하게 말했다. "이제 더 이상 그럴 필요는 없을 거야. 그러길 바라고 있어. 실은, 메리먼 선생님이 오늘 밤에는 내가 애런의 방에서 잘 필요가 없다고 하셨어. 선생님은 그 애를 혼자 있게 하는 게 더 좋을 거라고, 그리고 나도 좀 제대로 쉬는 게 좋을 거라고 말씀하셨어."

"잘됐네." 루시는 체념하듯 말했다. 다른 방도가 없었다. 그녀는 망토의 후드를 머리 위에 쓰고 왼쪽도, 오른쪽도, 그리고 당연히 뒤쪽도 보는 일 없이 계속 달려가야 할 것이다. 그녀의 머릿속에 하나의 문구가 스쳐 지나갔다. '인적 없는 길에서 두려움에 떨며 걷는 사람처럼, 한 번 뒤돌아보고는 계속 걸으며 다시는 고개를 돌리지 않는 사람처럼. 뭐가 두렵기 때문이지? 뭐가?'

정문의 초인종을 누르는 익숙한 소리가 들렸을 때 그녀는 얼마나 마음이 놓였는지 몰랐다. 잠시 뒤 하녀가 현관으로 나가서 존에게 문을 열어줬다.

"아, 존이 왔네." 린디가 소리쳤다. "그가 너를 데려다줄 거야. 존, 자기야, 들어오기 전에 루시를 집으로 데려다주겠어요? 혼자 걸어가기에 좀 늦은 시간이잖아요."

"당연히 그러지." 존은 커다란 국화 꽃다발을 린디에게 건네고는 하녀가 받아 간 모자와 지팡이를 다시 챙겼다.

"아, 정말 예뻐요!" 린디는 안으로 굽은 하얗고 멋진 꽃송이의 쌉쌀한 향을 들이마셨다. "존, 이 꽃은 그 애한테 당신이 직접 줘야 해요. 이건 내가 아니라 애런에게 주려고 가져온 것 같은데요?" 그녀는 존의 빗나간 애정이 애런에게 내려앉지 않았다는 것을 분명히 알게 되고부터는 그 두 사람이 예전의 친밀한 관계를 회복할 수 있도록 하는 것을 최우선으로 바라고 있었다. "잠깐 들어와요. 애런이 정말 기뻐할 거예요." 그녀는 그를 다시 계단으로 가게 하려고 돌아섰다. 그는 잠시 주저하더니 따라갔다. 뒤에 남아 있던 루시는 어서 가고 싶은 마음뿐이었다.

그들은 한참 동안 돌아오지 않았다. 그러더니 존이 계단 맨 위에 다시 나타났다. "루시," 그가 흥분한 목소리로 말했다. "이리로 좀 올라와 주겠어?"

그녀는 그에게 갔다. "애런이 자기 방에 없어." 그가 말했다. "어디서도 그 애를 찾을 수가 없어. 우리는 린디의 방과 그 탑의 모든 곳을 다 들여다봤어. 그 애가 계단으로 내려오진 않았어?"

"아니에요." 루시가 말했다.

"이런!" 그는 그녀를 다시 애런과 린디의 탑으로 데리고 갔다. "그 애가 어디로 갔을 수가 있지?"

"그 애 아버지에게 물어봤어요?"

"그의 서재 문을 두드렸지만, 아무 대답도 없었어."

"그러면 미스 데이질은요?" 루시는 그를 똑바로 쳐다봤다.

"아, 난, 난 **그녀를** 방해할 수가 없어서…." 그때 그들은 메리의 방문 옆을 지나가고 있었다. 존은 두려운 눈빛으로 그 문을 곁눈질했다.

"왜요?" 루시가 묻기 시작했을 때 문이 열리더니 메리 데이질이 나왔다.

"무슨 일 있어요?" 그녀가 말했다. "목소리가 들리기에." 그녀는 마치 '그렇게 들떠서 떠들어야 하겠어?'라고 말이라도 하는 것처럼 나무라는 말투였다.

"네, 사실 일이 있어요, 미스 데이질." 루시가 시원시원하게 대답했다. "애런이 자기 방에 없어요. 그래서 린디가 그 애를 찾는 걸 도와주려고 가는 길이에요."

그녀는 메리의 빈정거리는 미소에 대처하는 일을 존에게 맡기고 성급히 움직였다. 그는 무기력하게 그녀를 바라보며 뭔가를 말하려 하는 듯했으나 마음을 바꾸고 그녀를 지나가게 내버려 뒀다. 그녀는 천천히 복도를 걸어서 멀어져 갔다. 그녀는 돕겠다고 했다가 거절당한 일이 있고 난 뒤 다시는 그런 걸 시도하지 않았다. 그러나 계단 입구에 채 가지 않아서 그녀가 루시를 불렀다.

"브라운 양."

그녀의 목소리는 낮았으나 루시는 멈추라는 명령을 받은 것처럼 돌아섰다.

"저쪽 건물을 찾아보지 그래요? 애런이 당신하고 똑같은 생각을 했을 수도 있잖아요. 어쩌면 당신이 말한 어떤 내용이 그렇게 하도록 암시했을지도 모르고요." 그녀는 잠시 말을 멎었는데 그다음 말이 나올 때까지 루시는 간이 조마조마했다. "그 애는 방금 나를 지나쳐갔는데 그쪽으로 가는 것 같았어요.”

“그런데 당신은 그 애를 멈춰 세우지 않았어요?” 루시는 깜짝 놀라 소리쳤다.

“내가 왜 그래야 하죠?” 메리 데이질은 천연덕스럽게 말했다. “그 애는 당신이 그랬던 것처럼 그 일을 원망하고 있었을지도 몰라요. 자기 아버지의 집에서 일어난 일이라서 더욱더 정의감을 가지고서 말이죠.”

“하지만,” 루시가 말했다. “그 애는… 그 애는 아프다고요. 혼자서 돌아다닐 상태가 아니에요.”

그때 존이 앞으로 나왔다. 메리 데이질은 그를 쳐다본 뒤 대답했다. “그 애는 분명 뭔가를 마음속에 담고 있어요.” 그녀가 미소를 지으며 말했다. “그러나 그건 그 애가 말할 수 없는 어떤 거고요. 그게 다예요. 그 애는 당신들 모두가 주장하려고 하는 것처럼 미친 게 아니에요. 당신들이 그 애를 계속해서 미친 사람으로 취급하면, 그렇게 될지는 모르겠지만 말이죠.”

그녀는 돌아서서 천천히 계단을 내려갔다. 존은 따라가기가 두려운 듯, 그럼에도 도망칠 수도 없다는 듯 그녀의 뒷모습을 바라보고 있었다. 루시가 그의 팔을 흔들었다.

“어서 가요!” 그녀가 말했다. “우리는 그 애를 찾아야 해요. 그 애가 레너드의 방에 혼자 있어서는 안 된다고요.”

“그렇지.” 존이 말했다. “그럼, 당연히 안 되고말고.” 그러나 루시를 따라가면서 그는, 메리가 이미 시야에서 사라져 버렸음에도, 여전히 뒤쪽을 쳐다보고 있었다.

그들은 서둘러 복도를 함께 걸어갔다. 루시는 후다닥 빠르게 걸었고, 존은 그녀 옆에서 성큼성큼 걸었다. 레너드의 방은 문이 열려 있었다. 그들은 잠시 문턱에 멈춰 서서 안을 들여다봤다. 잠옷 차림에 숄을 두른 애런이 굽실굽실한 긴 금발 머리를 양쪽 어깨에 드리운 채 레너드의 책상 밑으로 몸을 숙이고는 책꽂이를 뒤지고 있었다. 그녀 옆에는 책들이 한 무더기 쌓여 있었다.

그녀는 루시가 다가가자 몸을 돌렸다. "없어졌어!" 그녀는 마치 나누고 있던 대화를 계속하는 것처럼 숨을 들이켰다. 그러더니 일어서서 그들 두 사람을 보고는 갑자기 자기가 어디 있는지, 뭘 하고 있는지를 깨달은 것 같았다. 어쨌건, 그녀의 얼굴에는 공포의 표정이 떠올랐고 매끈한 눈썹은 깊은 고랑을 이루었다. 그녀는 손을 입에 갖다 댔다. 그리고 루시가 그녀 앞에 가기도 전에 기이한 비명을 지르더니 비닥으로 무너지듯 주저앉았다.

8

말렛 경정의 입꼬리가 빙긋 열리더니 그가 웃으며 말했다. "유령이라도 본 것처럼 말이죠. **제가** 알죠."

그들은 놀라서 그를 쳐다봤다. "세상에, 정말 희한한 일이네요." 목사 부인이 말했다. "어머니가 제게 하신 말씀이 바로 그 말이었어요. 어떻게 아신 거죠?"

"아, 글쎄요." 말렛이 말했다. "그게, 전 그냥, 아마도 그랬을 거로 생각한 것뿐입니다."

"뭘 그랬다는 거야?" 피츠브라운이 말했다.

"유령을 봤다고." 말렛이 말했다. 그는 또다시 빙긋 웃으며 파이프 담배를 피우기 시작했다. 그리고 다시 침묵했다. 그들은 모두 그가 설명해 주기를 바라면서 그를 바라보고 있었다. 그러나 아무 말도 나오지 않을 것이 분명했다. 목사 부인이 말을 이어갔다.

"그 후, 여러분이 상상하실 수 있듯이, 그 집 사람들은 아연실색한 상태가 되었어요. 처음에는 아무도 어떤 결과가 생길지 도통 예측하지 못했죠. 가엾은 애런을 자기 침대로 도로 데려가고, 의사를 부르러 사람을 보내고, 야간 간호를 의논하는 등으로 부산스러운 상황에서 모든 걸 잊고 있었으니까요. 어머니는 다시 그곳에 들어앉게 되었죠. 그리고 그들의 ― 어머니와 린디의 ― 생활이 다시 한번 애런의 병실을 중심으로 돌아가기 시작하자 두

가지 일이 서서히, 그러나 극도로 선명하게 드러나기 시작했어요. 그건, 린디가 극렬한 증오심을 갖고 메리 데이질을 대했다는 것과 랠프 드 볼터가 더욱 안 좋은 방향으로 변했다는 거였어요."

෴෴෴

애런은 다시 잠에 빠졌다. 발작을 일으키며 기절한 이후에 그녀가 정신을 차린 과정은 전혀 특별하지 않았다. 그녀는 그냥 눈을 떴고, 그들을 바라보고는 한숨을 쉬었던 것이다. 의식이 돌아오자 공포 어린 표정이 약간 돌아왔지만, 그녀는 아무것도 아니라고 했다. 두 줄기 눈물이 창백한 뺨으로 흘러내렸다. 루시는 불쌍한 마음에 눈물이 차오르는 느낌이었다. 그러나 린디는 심각하고 굳은 얼굴이었다.

의사가 다녀가고 난 뒤 린디와 루시가 교대로 애런 옆에서 밤을 보내기로 결정되었다. 그러나 얼마 동안 두 사람은 함께 앉아서 지켜보고 있었는데, 수면제가 확실히 효과를 보인 게 확인되자 소곤소곤 대화를 나누기 시작했다.

"애런은 우리가 아는 것 이상으로 우리가 하는 말을 듣고 있던 게 분명해." 루시가 말했다. "그 말들이 뇌리에 박혀서 결국에는 자기가 직접 가서 보지 않고는 못 배긴 거야."

"그리고 메리 데이질이 그러도록 도왔지." 린디가 말했다.

"아, 린디, 그렇게 확실하게 말하면 안 되지." 루시는 타이르듯 말했다. "그녀는 그냥 저 애가 지나가는 걸 봤을 뿐이고 못 가게 하지 않았던 거야."

"그래도 나쁜 건 마찬가지야." 린디가 되받았다. "그녀는 그렇게 한 걸로 이 일에 책임이 있어." 그녀는 잠시 곰곰이 생각에 잠겼다. 깜박거리는 야간 전등 빛이 그녀의 얼굴 절반에 어두운 그늘을 만들고 있었다. "난 말이야… 그녀가 우리 중 누구보다 이일에 관해 많은 걸 알고 있다고 생각해. 처음 네가 거기 갔을 때너를 발견하고 간섭한 사람이 왜 그녀였던 거지? 어쩌면 —." 어떤 가능성이 머릿속에 떠오르기 시작한 것처럼 그녀의 검은 눈이 번뜩거렸다.

"어쩌면 뭐?" 루시가 조심스럽게 말했다. 그녀는 자신의 비밀을 털어놓기 전에 린디의 추측이 어떤 식으로든 자신의 추측을 뒷받침하는 것은 아닌지 알고 싶었다.

"어쩌면 그녀가… 그녀가 우리 오빠를 죽인 사람일지도 몰라!" 린디는 흥분하기 시작했다. "난 그녀가 어떤 점에서는 책임이 있다는 걸 한 번도 의심하지 않았어. 그녀가 여기 온 뒤부터 모든게 엉망이 됐어. 하지만 어쩌면 그녀가 실제로 리볼버 권총을 들고 오빠를 쏜 건지도 모른다고 난 진심으로 생각해."

"그녀는 분명 총을 쏠 줄 모를 거야!"

"아니, 알 거야. 그녀는 뭐든지 할 수 있어. 그녀가 여기 와서 어떻게 이 집의 안주인이 되고 말았는지… 우리 아버지를 어떻게 사로잡았는지… 모든 걸 자기에게 이익이 되도록 얼마나 냉철하게 계획했는지 한번 봐. 존은 말이야, 그녀의 노예라고. 아, 아니라고 하려고 애쓰지 마. 난 존에 관해 모든 걸 알고 있어. 그녀는 레너드 오빠가 자기의 결혼을 망치고, 그래서 자기의 미래를 망칠 계획이었기 때문에 오빠를 쏜 거야. 그녀는 오로지 자기 자신만 생각하는 사람이야. 자기 앞에 방해가 되는 건 그 무엇도 허용하지 않는, 계산이 분명하고 냉정한 사람이라고."

"사랑한다고 해도?" 루시가 말했다. "어쨌든, 그녀는 레너드를 사랑했어."

"오빠가 그녀를 사랑하지 않았던 거라면 결국 마찬가지야. 오히려 그래서 그녀는 더욱더 오빠에게 분노하게 됐을 거야. 루시, 우리는 그녀를 없애야 해. **반드시 그래야 해**. 그러지 않으면, 우리 모두 다 망할 거야. 그런 느낌이 들어. 그녀에게는 뭔가가 있어. … 아, 난 정말 그 여자가 미워! 그 여자를 증오해!"

"진정해, 린디." 루시가 분개하며 말했다. 그녀 역시 메리 데이질이 싫고 그녀가 두려웠다. 그러나 그녀는, 설령 메리가 악마라고 해도, 주저 없이 그런 표현을 쓸 수는 없었다. "그렇게 말하면 안 돼. 네 말을 증명할 증거가 없잖아."

"증거라고?" 린디가 말했다. "넌 뭘 더 원해? 레너드가 문 앞에 서 있던 누군가가 쏜 총에 맞았다는 걸 알아낸 사람은 너였어. 그리고 총알이 박힌 그 책을 찾아낸 것도 너고. 그녀는 네가 거기 있는 걸 발견할 때까지 그걸 알지 못했어. 그런데 지금 어떤 일이 일어났지? 그 책이 없어졌어! 그녀가 아니라면 누가 그곳으로 다시 가서 그걸 없애고 싶었겠어? 그녀는 우리 중 누군가가 더 깊이 조사할까 봐 두려웠던 거야. 그래서 유일한 증거인 그걸 없애 버린 거라고."

한기가 루시의 몸을 타고 흘렀다. "… 그리고 앞으로는 호기심을 자제하는 게 좋겠어요. 당신은 대단히 오지랖이 넓어요"라던 메리 데이질의 차가운 목소리가 들리는 것 같았다.

"의문스러운 건," 린디가 계속 말했다. "그녀가 유일한 목격자인 너를 없애지 않은 점이야. 사람들에게 목격되지 않을 수 있다면 그녀는 그렇게 할 사람이라고 난 생각해."

루시는 헉하고 숨을 들이켰다. "어머, 린디," 그녀가 떨리는 목소리로 말했다. "그렇게 말하지는 않았으면 해."

"왜?" 린디는 바싹 주의를 집중했다.

"왜냐하면… 그게, 난 누구에게도 그런 말은 하고 싶지 않아. 어떤 사람이 그렇게 사악할 수 있다고 생각하면 견딜 수가 없어. 그리고 또 —."

"상당히 많은 사람이 그럴 수 있어." 린디가 말했다.

루시는 고개를 흔들었다. 이 문제에 대해 그들은 입장이 바뀐 것 같았다. 그러나 그녀는 털어놓고 싶은 유혹을 더 이상 참을 수가 없었다. 가만히 누운 애런의 몸을 가로질러 그녀는 린디에게 귓속말로 느릅나무 길에서 화살이 자기 옆을 몇 센티미터 빗나갔던 그 이상한 일을 말해줬다. 그리고 그 화살이 의도적으로 자기를 겨냥했다고 이제는 확신한다고 말했다.

"아직도 난 믿기지 않아, 린디." 그녀가 말을 끝맺었다. "그럼에도, 네가 말한 것처럼, 그녀가 죄를 지었다면 그녀는 내가 실제로 알고 있는 것보다 더 많은 걸 안다고 생각했을지도 몰라. 그리고 레너드의 방에서 그녀가 그 화살을 조준할 수 있었을 거라는 건 사실이야. 우리는 그녀가 아무것도 못 하는 척했지만 우리처럼 활을 잘 다룰 수 있었다는 걸 알잖아."

"그래, 맞아." 린디가 소곤소곤 답했다. "근데, 왜 내게 더 일찍 말하지 않았어? 지금까지 계속 네 목숨이 위험했던 거잖아. 그리고 지금은 애런의 목숨이 그렇지. 아버지가 네게 끼어들지 말라고 비난하면서 그렇게 난리를 치신 건 그녀가 얘기했기 때문인게 분명해."

"그녀가 부인했어도 난 당시에 의아하긴 했어." 루시가 수긍했다. "그래서 내가 너희 아버지에게 진실을 조사하고 싶지 않다면, 내 입장에서 그 일은 끝났다고 그렇게 꼭 집어 말했던 거야."

"하지만 진심은 아니었던 거야?"

"그래. 그래도 난 죽고 싶지는 않았어."

린디는 양손을 움켜쥐었다. "우리는 어떻게 해야 하지? 어떻게 해야 해?" 그녀가 큰 소리로 말했다.

애런이 꿈속에서 몸을 꿈틀거리며 신음했다.

9

다음 날 아침, 린디는 문을 두드리는 소리를 듣고 얼마 자지도 못한 상태에서 깨어났다. 하녀 한 사람이 들어왔다. 그녀의 태도를 보자 린디는 새로운 골치 아픈 일이 생겼다는 것을 직감했다.

"린디 양, 주인님이 즉시 아래층으로 내려와 주겠냐고 하시는데요? 말씀을 나누고 싶다고 하세요. 30분 뒤에 집을 나서실 거라고 하십니다."

"나가신다고? 아버지가?" 린디는 자기 귀를 믿을 수가 없었다. 그녀는 어제 일도 있고 잠을 자지 못해서 정신이 너무 멍한 나머지 "어디로 가신다는 거야?"라고 묻지 않을 수가 없었다.

하녀는 목석이 된 것 같았다. "저는 모르죠, 린디 양. 주인님은 내려오셔서 얼른 아침 식사를 만들라고 하시면서 8시 반까지 이륜마차를 바깥에 대기시키라고 하셨어요. 기차를 타시려는 걸로 생각되는데요."

린디는 자제력을 회복했다. "잘 알겠어. 금방 내려갈게."

그녀는 재빨리 옷을 입었다. 그녀는 최근에 아버지를 거의 본 적이 없어서 그에게 어떻게 말을 해야 할지 몰랐다. 한때는 그녀가 낭만적으로 우러러봤던 잘생긴 군인 같은 모습의 남자와 자신들 모두의 미래를 손에 쥐고서 딴 데 정신이 팔려 있는 이 냉혹하고 위험한 남자 사이에는 너무나 큰 차이가 있었던 것이다!

그가 있는 곳으로 들어가면서 그녀의 심장은 빠르게 뛰고 있었다. 그는 외투를 입고 장갑을 낀 채 나가기를 기다리며 조바심이 난 모습으로 벽난로 앞 카펫 위에 서 있었다.

"아, 린디." 그가 말했다. "이리 오렴. 난 며칠 동안 런던에 가 있을 거야. 그래서 네게 한두 가지 해둘 말이 있단다. 내가 없는 동안 그 일들에 관해 생각해 봤으면 좋겠다."

"네, 아버지." 린디는 점점 불안해지는 마음으로 말했다.

"나는 말이다," 그가 저돌적인 말투로 크게 말했다. "우선 결혼 전 부부 재산 계약을 하려고 한다. 그리고 그와 결부된 다른 금전적인 문제도 처리하고. 이 일들은 이제 완료 단계여서 내가 서명만 하면 돼. 하지만 나는 거기 있는 동안 네 일 역시 의논하게 될 거야."

"제 일요?" 린디가 더듬거리며 말했다.

"그래, 맞아." 그는 조바심을 내며 말했다. "네 결혼 말이다. 내… 장래 계획이 너에 관한 항목에 영향을 주지는 않을 거야. 난 원래대로 네게 증여할 계획이야. 내가 볼 땐, 아주 넉넉한 수준이란다. 어제 내가 존의 부모님을 만나러 갔었는데 ―."

"하지만, 아버지." 린디가 그의 말을 끊었다. "아버지는 이해하지 못하세요. 어떤 일이 벌어지고 있는지 모르신다고요. 그때부터…." 그녀는 '아버지가 은둔자처럼 틀어박히신 때부터'라고 말할 생각이었으나 그러지는 못했다. 그렇지만 어떤 대가를 치르더라도 진실을 말해야만 했다. "존과 제가 서로 여전히 결혼을 원하는지 전, 전 잘 모르겠어요."

그녀가 예상했던 반응이 나왔다. "뭐라고?" 랠프가 말했다. "이게 무슨 말도 안 되는 소리냐? 그는 네가 직접 선택한 사람이잖아? 넌 내게 허락해 달라고 부탁하면서 그와 결혼하는 것보다 네 인생에서 더 행복한 일이 있으리라고는 생각할 수 없다고 했어. 사랑싸움을 하는 거라면 너희들은 곧 화해하게 될 거야. 그건 그렇고, 내 볼일은 지체할 수가 없는 일이야. 넌 네가 이제 여성이지 어린아이가 아니라는 걸 깨달아야 해. 결혼은 심각한 일이란다."

"네." 린디가 작은 소리로 말했다.

랠프는 목을 긁적거렸다. "나는 한 달 반 안에 결혼할 거야." 그가 말했다. "자, 린디, 내 생각엔, 존은 다음 번에 방문하면 네게 날짜를 정하자고 할 게 거의 확실해."

"존과 얘기하셨어요?" 린디가 두려워하며 말했다.

"아니, 그건 아니야." 랠프는 짜증스럽게 말했다. "그가 아니라 그의 아버지와 얘기했지. 하지만 내가 말하고 싶은 건, 날짜는 네가 원하는 대로 정하면 된다는 거야. 앞으로 몇 달 뒤라든지, 뭐 그렇게. 난 젊은 사람들이 약혼 기간을 길게 가지는 건 반대야."

린디는 울분이 치솟기 시작했다. "그러니까, 아버지." 그녀는 몸을 똑바로 세우며 말했다. "아버지는 아버지가 결혼하시는 대로 저를 내보내고 싶으신 거군요."

"뭐, 그렇지." 랠프가 대답했다. 그러나 그녀가 예상했던 것처럼 화를 내지는 않았다. "넌 메리에게 싹싹하게 굴려고 그다지 애쓰지 않았어. 그렇지? 그녀가 안주인이 되면 네가 여기 있는 걸 원할 거로 기대하기는 어려워. 내 생각이 그렇다는 거지 그녀가 그렇게 말했다는 게 아니야. 나는 집에서 여자들끼리 옥신각신하는 걸 참으며 지내지는 않을 거야. 그러니까 네가 나가야 할 것 같다는 생각이다, 린디. 어쨌거나, 그건 그렇게 힘든 일도 아니고. 넌 그냥 네가 바라던 대로 네 집이 생겨서 이 집을 떠나는 거야. 너를 세상 속으로 내몰려는 게 아니라고. 비록 그러는 게 너한테는 좋을 거라고 가끔 생각하기는 했다만 말이다."

"하지만, 아버지." 린디가 말했다. "애런은요? 그 애는 아무 데도 갈 데가 없어요. 게다가 아프다고요, 심하게 아프잖아요. 애런은 쫓아내시면 안 돼요. 그리고 전 그 애를 돌보며 여기서 지내야 해요. 전 절대로 떠나지 않을 거예요." 그녀는 더욱 격하게 말했다. "애런에게 제가 필요한 동안에는요."

랠프는 막 성을 내며 대답하려는 것 같았다. 그러나 그는 자제력을 발휘했다. "자, 이것 봐, 린디." 그가 말했다. "넌 애런의 병을 과장하고 있어. 그래야 네가 할 일이 있으니까. 하지만 영원히 이런 식으로 갈 수는 없어. 애런은 그 애 오빠가 죽기 전까지는 강하고 건강한 아이였어. 그리고 그 애 **마음**이 그 충격에서 회복되면 다시 강하고 건강한 아이가 될 거야" 그가 '마음'이라는 단어를 살짝 강조한다는 것을 린디는 알 수 있었다. 바깥에서 말이 히힝 거리는 소리가 나자 그는 창으로 시선을 돌리며 돌아섰다. 이륜마차가 지나갔고, 현관 앞에서 마차가 철그렁철그렁 마구 소리를 내며 멎는 게 그들의 귀에 들렸다.

"실은 말이다," 그는 테이블에서 모자를 집어 들고 문으로 가며 말을 이었다. "내가 런던에 있으면서 알아보려고 하는 일 중 하나가 그거야. 난 그 애에 관해서 정신과 의사와 상담해 보려고 해. 그리고 괜찮은 의사를 찾을 수 있으면 검사를 예약할 거야. 네가 그 애를 준비시켜 주면 좋겠다. 돌아올 때 의사를 데리고 올지도 모르니까 말이야. 물론, '정신과'라는 말은 하지 말고 그냥 의사라고, 아니면 신경과 의사라고만 해. 그것도 아니면 너 좋을 대로 아무거나 말해도 되고."

린디가 그의 앞을 막아섰다. "그럼 그때는 뭘 어쩌시려고요?" 그녀가 말했다.

"글쎄, 의사가 어떤 정신적 결함을 발견한다면 그 애를 잠시 적절한 곳으로, 이런 일을 다루는 방법을 아는 사람들이 있는 곳으로 보내야겠지."

"정신병원 말씀이세요?" 린디가 말했다.

"아니야, 그건 당연히 아니지! 그 애를 제대로 관찰하고 적절하게 간호해 줄 수 있는 곳이… 그런 가정이 아주 많아. 지금 내게 이러쿵저러쿵하지 마라, 린디. 난 그렇게 결정했어."

"네, 아버지." 린디는 옆으로 물러서며 말했다.

어색하기만 했던 이 대화가 끝난 것에 안도하며 그는 그녀의 이마에 형식적으로 입을 맞추고 서둘러 나갔다. 그러나 하얗게 질린 얼굴로 잔뜩 긴장한 채 그가 떠난 자리에 그대로 서서 그의 뒷모습을 바라보던 린디를 그가 볼 수 있었다면 그는 그리 홀가분한 기분은 아니었을 것이다.

10

"다음 며칠이 어떻게 흘러갔는지," 목사 부인이 말했다. "랠프가 없었던 그 며칠간의 사정을 어머니는 알지 못하셨어요. 어머니는 제 외할아버지가 갑자기 편찮으신 바람에 집으로 불려 가셨고, 그래서 린디가 애런을 간호하는 것을 더 이상 도울 수 없었던 거죠. 그러나 그들이 편치 않은 시간을 보냈으리라는 건 상상할 수 있어요. 이제 린디와 메리 데이질 사이에 있는 사람은 아무도 없었으니까요."

린디는 자기 방이 있는 작은 탑의 지붕에 서서 메리 데이질을 지켜보고 있었다. 메리는 아래에서 겨울 햇살이 내리쬐는 테라스를 따라 걷고 있었다. 그녀의 아버지가 집을 나선 이래 그녀와 메리는 말 한마디 나누는 일도 거의 없었다. 그들은 식사 자리에 함께 앉아서 하인들이 있는 동안에는 억지로 서로에게 정중한 태도를 취했다. 두 사람만 따로 남게 되면 얼음 같은 침묵이 흘렀다. 메리 데이질은 이런 침묵의 대가였다. 그녀는 그 침묵을 통해 린디가 거의 히스테리를 일으킬 지경까지 그녀를 없는 사람 취급하면서도 그녀 자신은 차분하게 평정심을 유지했다.

'내가 저 여자를 얼마나 증오하는지!' 린디는 난간에서 움직이지 못하고 서서 생각했다. 외로움이 넘쳐흐르는 그 작고 단아한 인물을 보니 그녀의 마음속에는 도저히 이해할 수 없는 분노가 솟아올랐다. 저 여자가 이미 이 모든 곳의 안주인이라고 생각해야 한다니, 저 여자는 침입자인데! 무슨 일이… 무슨 일이든 일어나서 저 여자를 없앨 수만 있다면! 돌풍이 불어서 느슨해진 난간의 머릿돌이 떨어질 수도…. 그런 돌을 떨어지게 할 힘이 자신에게 있었다면 그녀는 그 유혹에 저항할 수 있었을까? 그녀는 자신하지 못했다.

그리고 이제, 아버지가 돌아오면 어떻게 되는 걸까? 이제 몇 주만 있으면 결혼 준비가 시작될 것이고 거기서 그녀, 린디는 틀림없이 본연의 역할을 하게 될 것이었다. 그녀는 교회에 앉아서 "여러분 중 누구라도 이 결혼을 반대할 이유나 어떤 장애물을 안다면…"이라며 성혼을 선언하는 소리를 들어야 할 것이다. 그녀는 이웃들의 호기심 어린 시선과 끝없는 소문, 지켜보는 눈빛들을 견뎌내야 할 것이다. 아버지는 언제 애런을 멀리 보내버리게 될까? 당연히 결혼식이 열리기 전일 것이다. 그는 집 안에 있는 애런의 존재로 인해 자신의 의무를 상기하게 되는 것을 원치 않을 것이다. 아마도 그는 린디 역시 내보내고 싶을 것이다. 아니면 린디는 함께 지내는 불쾌함을 이겨낼 정도로 그 쓸모를 인정받게 될까? 그랬다, 그녀가 그 집에서 계속 지낸다는 것은 오로지 편의상의 이유일 뿐이라는 것에는 의심의 여지가 없었다.

린디는 괴롭고 불안한 마음으로 계속 생각하고 또 생각했다. '이런 상태가 계속된다면 난 미치게 될 거야.' 그녀는 생각했다. 그러다가 갑자기 어떤 생각이 강타했다. '이게 아버지가 원하는 걸까? 우리 둘 다 미쳐서, 우리를 없애버리는 게?' 아니, 그는 아마도 더 쉬운 계획, 자기와 존의 결혼을 서두르는 쪽을 선호할 것이라고 그녀는 생각했다. 그는 존의 부모를 만나고 왔다. 결혼 전 재산 증여를 의논했다. 그런 생각을 하자 그녀의 뺨은 다시 한번 불타올랐다. 그 부모가 존에게 얘기했을 것이고 그는 거짓말을 해야 했거나 마음이 변했다는 것을 저도 모르게 드러냈을 것이다. 그는 그녀의 아버지가 집을 떠난 뒤부터 그녀 근처에 나타나지 않았다. 그러나 한 가지는 확실했다. 그가 한 일을 들어서 아는 이상 그녀는 절대로 그와 결혼하지는 않을 것이라는 점이다. 차라리 그들이 계획하고 있는 그 정신병원으로 애런을 따라 들어가는 쪽을 택할 것이다. 아니면 자비로운 수녀원이나 나병 환자들을 돌보는 수도원에 몸을 의탁할 것이다. 그런 수모를 당하느니 나병 환자들 속에서 일하는 게 나을 것이었다. 그녀의 아버지는 호통을 치며 고함을 지를지도 모른다. 그녀에게는 아직도 그를 놀라게 할 거리가 있는 것이다.

이제 멀지 않아 생길 일이었다. 그녀는 이런 고통을 더 오래 견딜 필요가 없을 것이다. 그녀의 아버지가 오늘 밤 돌아온다며 기차 시간에 맞춰 이륜마차를 보내라고 지시한 짤막한 쪽지가 그날 아침에 도착했던 것이다. 그녀는 아버지를 사랑했다. 어린 시절 이후 처음으로 그를 봤을 때 그녀는 그가 남자가 갖추어야 할 모든 것 — 잘생기고, 강하고, 좋은 성품 — 을 가진 사람이 틀림없다고 생각했었다. 그러나 지금 여자에게 빠져 있는 — 그녀가 볼 때 그것은 배신이었다 — 그는 가증스러워 보였다. 그리고 그녀는 자신의 꿈을 짓밟은 그를 증오했다.

작은 탑의 지붕으로 올라가는 석조 계단에 가벼운 발소리가 들리자 그녀는 깜짝 놀랐다. 애런의 머리가 나타나는 것을 보고서 그녀는 더욱더 놀라고 말았다. 애런은 창백했지만 침착했다. 그녀가 자기 방에서 나온 것은 너무나 오랜만이었기에 린디는 한 줄기 바람에도 그녀가 날아가 버리지나 않을까 하고 기겁하며 그녀에게 달려갔다. 그러나 애런은 도움이 필요하지 않았다. 그녀는 타일로 된 경사진 지붕과 톱니 모양의 난간 사이를 천천히 돌아서 린디가 서 있는 곳으로 왔다. 그녀의 밝은 갈색 머리카락이 바람에 휘날렸고 뺨에는 화색이 돌았다. 그녀는 석조물에 기대서서 정원과 나무 꼭대기들 너머 바다의 은빛 해안선을 내다봤다.

"그러니까 우리는 여기를 떠나야 하는 거지." 그녀가 마침내 말했다.

린디는 애런이 그걸 어떻게 아는 건지 의아해하면서 숨을 가다듬었다. "그래," 그녀가 황급히 말했다. "하지만 아직은 아니야. 여러 가지 일들이 조절되려면 시간이 꽤 걸릴 거야. 그리고 우리는 함께 있을 테니… 그리 나쁘진 않은 일이고 —."

애런은 먼 곳을 응시했다. "나를 속이려고 애쓸 필요 없어." 그녀가 말했다. "아버지가 어떻게 할 계획인지 난 잘 알고 있어. 아버지는 내가 미쳤다고 믿는 거야. 아니면 믿고 싶은 거고. 맞지? 아버지는 **언니가** 따라올 수 없는 곳으로 나를 멀리 보내버릴 작정을 하고 있어."

"누가 그런 말을 했어?" 린디가 격분하여 소리쳤다. 그녀는 몸을 기울여 테라스 산책로를 내려다봤다. 그러나 그곳에는 아무도 없었다. 자신도 모르게 증오의 대상이 된 메리 데이질은 그곳에 남아 있지 않았다.

"난 알아." 애런이 차분하게 말했다. "집을 나서기 전에 나를 보러 온 아버지의 목소리가 말해주고 있었고, 언니의 얼굴이 쭉 그걸 말해주고 있었어. 하지만 난 가지 않을 거야. **언니도** 나를 보내버리고 싶지 않다면 말이야."

"애런, 사랑하는 내 동생!" 린디는 경악했다. "아무것도… 이 세상 그 어느 것도… 내가 네 곁을 떠나도록 하지는 못한다는 걸 알잖아! 그런 끔찍한 말은 하지 마!"

애런이 몸을 돌려 그녀를 가만히 쳐다봤다. 긴 눈썹에 파란 눈, 창백하면서 엄숙한 모습의 지금 그녀는 천사처럼 아름답다고 린디는 생각했다. 최근 여섯 달 동안 그녀는 가늠할 수 없이 변해 있었다.

"존조차도?" 그녀가 말했다.

"뭐라고?" 린디는 한순간 그 말을 알아듣지 못했다. "아, 네 곁을 떠나는 것 말이구나. 그럼, 존이라고 해도 못 해." 그녀는 살짝 웃음을 터트렸다. "네가 그 때문에 걱정할 필요가 있다고는 거의 생각하지 않긴 하지만 말이야. 그는 너와 나를 갈라놓고 싶어 하는 낌새도 보인 적이 없어."

애런은 한 손을 린디의 팔에 얹더니 린디가 놀랄 정도로 강하게 팔을 움켜잡았다. "언니," 그녀가 말했다. "한 가지만 약속해주면 좋겠어."

"그야, 당연하지. 네가 원하는 거라면 뭐든지 약속할게." 린디가 달래며 말했다. 애런의 눈에 나타난 표정이 그녀를 긴장하게 했기에 그녀의 심장은 갑작스러운 불안감을 느끼며 빠르게 뛰었다.

"약속해 줘." 애런이 말했다. "절대로 존과 결혼하지 않을 거라고."

　린디는 깜짝 놀라서 그녀를 바라봤다. "존과 절대로 결혼하지 말라고?" 그녀가 더듬거리며 말했다. "하지만, 애런, 네가… 네가… 내게 그런 걸 요구할 수는 없잖아. 난… 아마도, 거의 분명히, 그와 결혼하는 일은 없을 거야. 그에 대해 어떻게 해야 하는지는 내가 알고 있어. 하지만 그걸 요구하는 사람이 **너여야** 해?"

　애런은 흔들리지 않았다. 그녀는 린디의 질문을 이해하지 못한 것 같았다. "결혼하지 않을 거라고 약속해 줘." 그녀는 맹렬하게 같은 말을 반복했다. "그들이, 그들 모두가 ─ 아버지, 아버지의 가족, 모든 사람이 ─ 뭐라고 하든 상관없이 하지 않겠다고. 언니가 약속하지 않는다면, 난 난간 밑으로 몸을 던질 거야."

　린디의 생각이 빠르게 움직였다. 애런이 한 말이 진심이라는 것을 그녀는 마음으로 확신했다. 그렇지만 왜… 왜지? 린디는 존을 잃는 것을 받아들이고 있었지만 그녀의 마음 깊은 곳 어딘가에는 메리 데이질이 무사히 결혼하고 나면 그가 옛날의 모습으로 돌아오지 않을까 하는 희망이 여전히 있었다. 그래서는 아니지만 그녀는 이런 약속은 하고 싶지 않았다. 그녀는 스스로 선택할 자유를 버리고 싶지 않았다. 그리고 그 모든 사람 중에서 애런이 어떻게 자신에게 그런 요구를 할 수가 있단 말인가? 아무리 상황을 감안하려고 노력해도 린디에게 그것은 특히나 부당한 요구로 여겨졌다. 그런 요구를 한다는 건 애런답지 않은, 이상한 일이었다. 바로 그거였다! 너무나 그녀에게 어울리지 않는 일이었던 것이다. 누군가의 행복을 그렇게 거친 방식으로 강탈하고 싶어 하는 것은 애런의 본성이 아니었다. 그녀는 다른 사람들이 어떤 것을 얻지 못하게 결단코 막는, 그런 사람이 아니었다. 그렇다면 그녀는 정말 변한 것일까? 그녀는 정말로 정신이 나갔는데, 린디만이 그걸 보지 못하는 사람이었단 말인가?

"약속해 줘." 애런이 손가락으로 린디의 팔을 누르며 반복해서 말했다.

린디는 갑자기 저항할 힘을 잃었다. 그녀는 기절할 것 같았다. 그들이 서 있는 곳이 높은 곳이었기에 그녀의 어지러움은 배가됐다. 그녀는 거기서 벗어나서 땅으로 돌아가기를, 이 악몽에서 벗어나기만을 원하고 있었다. 그게 뭐가 문제란 말인가? 존은 더 이상 그녀의 남자가 아니기에 포기할 필요가 없었고, 다시 그렇게 되는 일도 없을 것이었다. 애런 뜻대로 하게 해주면 된다.

"그래, 좋아." 그녀가 말했다. "약속할게." 그녀는 눈물을 쏟아냈다.

애런은 그녀를 굳은 얼굴로 지켜보며 위로하려는 시늉도 하지 않았다.

어둡고 고요한 밤이었다. 세 여자가 응접실에 앉아 있었다. 벽난로에서 일렁이는 불빛과 한 번씩 석탄 떨어지는 소리가 그 안에서 나는 유일한 소리였다. 린디는 바쁘게 뜨개질을 하고 애런은 책을 읽고 있었다. 메리 데이질은 여느 때처럼 양손을 포개고 앉아 있었다. 한 시간이 넘도록 그들 누구도 말을 하지 않았다. 이제, 저녁에 음악이 들리는 일도 더 이상 없었다. 레너드가 죽은 이후 피아노는 닫혀 있었다. 그들은 랠프 드 볼터가 돌아오기를 기다리는 중이었다.

"기차가 굉장히 늦네." 린디가 드디어 말을 했다. "이륜마차가 한 시간 전에 떠나는 소리를 들었는데." 아무도 대답하지 않았다. "물론, 기차야 종종 늦게 오곤 하기는 해." 그녀는 같이 앉은 이들을 번갈아 보며 그렇게 덧붙여 말했다. "겨울에는 특히 그렇고. 아니면 도착 시각이 바뀐 건지도 모르겠네. … 애런, 넌 이제 자러 가야 할 시간이야."

애런은 가도 좋다는 말을 기다리고 있었던 모양이었다. 그녀는 책을 덮더니 잘 자라는 인사를 웅얼거리고는 서둘러 나갔다.

린디는 하고 있던 일을 접었다. 늘 그렇듯이, 메리 데이질의 존재가 그녀를 괴롭혔다. 그녀의 뺨은 상기되어 있었고 마음속에는 여러 생각이 줄달음치고 있었다. '당신이 오기 전에 우리는 행복했어요. 떠나가 줄 수 없겠어요?'라고 말하고 안도할 수만 있다면 얼마나 좋을까!

그러나 아무 말도 나오지 않았다. 침묵이 그 어느 때보다 더 강렬해진 것 같았다. 메리 데이질은 린디의 존재를 의식하지 못하는 듯이 미동도 없이 앉아 있었다. 그녀는 자기만의 생각에 빠져 있었기에 린디를 무시하는 것조차 아니었다. 도대체 그들이 무엇을 할 수 있겠는가?

린디가 일어났다. "아버지가 오실 때까지 기다릴 건가요?" 그녀는 소심하게 물었다. "아버지가 오셔서 저를 찾으시면, 그냥 불러만 주세요."

"그렇게. 난 기다릴 거야." 메리 데이질이 말했다.

"안녕히 주무세요." 린디는 인사를 하고는 서둘러 나갔다.

다음 날 아침 일찍, 현관문을 탕탕 두드리는 소리가 났다. 손전등들이 진입로에 어른거렸고 남자들의 목소리와 히힝 거리는 말 울음소리, 빗장이 풀리는 소리가 뒤섞여 들렸다. 그러더니 여자들의 비명과 복도를 달려오는 발소리가 들렸다. 잠이 깬 린디의 눈에 보인 것은 자신을 굽어보고 있는 메리 데이질이었다. 그녀는 벌떡 일어나 앉았다.

"린디," 메리 데이질이 말했다. "충격받을 소식이 있으니 마음을 단단히 먹어야 해. 끔찍한 일이 일어났어."

"애런!" 린디가 숨을 들이켰다. 그녀의 생각은 곧바로 작은 탑으로 날아갔다. 그러자 순간적으로 그 아래 움직이지 않고 누워 있는 애런의 몸이 보였다.

"아니, 애런이 아니야." 메리가 말했다. "너희 아버지야. 아버지가 돌아가셨어. 말과 이륜마차가 오늘 아침에 진입로에서 발견됐어. 그리고 너희 아버지와 마부가 더 뒤쪽 도로에 누워 있는 게 발견됐어. 마부는 의식이 없었지만… 너희 아버지는 —."

린디는 앞을 빤히 쳐다보고 또 쳐다봤다. 그러다가 미친 듯이 웃기 시작했다. 메리 데이질은 입술을 깨물더니 방에서 나갔다.

11

랠프 드 볼터의 죽음은 그 시골 마을을 온통 휘저어 놓았다. 그의 아들이 죽은 뒤, 그리고 예정된 결혼을 앞두고 너무나 급작스럽게 벌어진 일이었기 때문이었다. 사인 규명 심리에서는 그가 벌써 교회에 결혼을 예고해 놓았다는 것이 밝혀졌다. 사망 원인에 관한 유일한 증인은 마부인 백스터였는데, 그는 사실 증인이라고 부르기도 어려웠다. 사고가 났을 때 그 자신이 이륜마차에서 튕겨 나간 데다가 더 기억하고 있는 것도 없었던 것이다. 그럼에도, 그가 말해준 이야기만으로도 평결을 내리기엔 충분했다.

그는 린디가 전해준 주인의 지시에 따라 9시 20분 도착 예정인 기차를 맞으러 역까지 이륜마차를 몰고 갔다. 기차는 조금 연착했는데, 연착 시간은 10분가량으로, 그 이상은 아니었다. 드 볼터 씨는 예정대로 도착했다.

"기차에서 내린 다른 사람이 있었습니까?" 검시관이 말했다.

"네." 백스터가 말했다. "마을 주민 한두 명이 내렸습니다." 드 볼터 씨가 바로 나와서 마차에 탔기 때문에 그는 그 사람들이 어찌 됐는지는 알지 못했다. 그러나 그들은 아마도 다리를 건너 다른 길로 갔을 것이었다. 왜냐하면 다음 날 아침까지도 사고 현장을 지나간 사람이 아무도 없었기 때문이었다.

"그렇군요." 검시관이 말했다. "그러면 드 볼터 씨는 9시 반경에 당신을 만난 거네요. 그다음엔 어떤 일이 있었나요? 당신이 마차를 몰고 그는 당신 옆에 앉았나요?"

"아닙니다." 백스터가 바로잡았다. "드 볼터 씨가 고삐를 잡았습니다. 그분은 언제나 그렇게 하셨죠. 저는 그분을 마중하러 나갈 때를 제외하고는 마차를 몬 적이 없었습니다. 제가 고삐를 내주면 그분이 마차를 모셨죠."

"속도를 많이 냈습니까?" 검시관이 말했다. "드 볼터 씨는 말을 빠르게 몰았습니까, 아니었습니까?"

"항상 그러셨죠." 백스터가 말했다. "그렇지만 이번에는 아니었어요. 그분은 습관처럼 고삐를 잡았고 옆의 채찍 통에는 채찍이 있었습니다. 하지만 제가 기억하는 한, 채찍은 전혀 쓰지 않았어요. 그분은 피곤해 보였습니다. 그게 아니면 뭔가 마음속의 생각에 골몰하신 것 같았어요. 처음 얼마간 우리는 상당히 천천히 움직였어요. 제 의견을 듣고 싶으시다면, 드 볼터 씨는 최근에, 당연히, 제정신이 아니셨어요."

검시관이 그를 제지했다. "아뇨, 증인, 추측은 안 됩니다. 우리에게 사실을 말해주세요."

백스터는 진술을 계속했다. "그런데 주인의 손이 예상 밖으로 느슨한 것을 알아챈 말이 갑자기 스스로 속력을 내기로 했던 겁니다. 드 볼터 씨가 안 계신 며칠 동안 그 말은 빈둥거리고 있었거든요. 그리고 먹이를 잔뜩 먹어서 힘이 뻗치는 상태였고요. 얼마 안 가서 마차는 훌륭한 속도로 도로를 질주하고 있었어요."

"그날 밤은 어두웠죠?" 검시관이 끼어들었다. "당신이 역으로 마차를 몰고 갔을 때 달이 보이지 않았다고 말한 걸로 아는데요?"

"그렇습니다." 백스터가 말했다. "그러니까… 제가 역으로 갈 때는 달이 없어서 아주 캄캄했던 게 맞습니다. 하지만 돌아올 때는 달이 떠오르고 있었어요. 아주 크고 노오란 보름달이었죠. 그래서 길은 상당히 선명하게 보였습니다." 그러나 그랬다고 해서 더 안전했던 것은 아니라고 그는 말했다. 잘 볼 수 있게 된 만큼 말은 더 빨리 달릴 수 있었던 것이다. 그렇지만 길가에는 나무들이 있어서 그 그림자가 굉장히 어지러웠다. 그리고 그 그림자들 때문에 말이 실제로는 뒷걸음질을 치려고도 했었다. 밤 날씨는 추웠지만 적어도 바람은 없었고, 그래서 바람에 나뭇가지들이 휘청거리는 일은 없었다.

"그러면 당신들은 적당한 속도로 가고 있었고 드 볼터 씨는 말이 알아서 가도록 하고 있었군요. 이제 사고 얘기로 가 봅시다. 할 수 있는 한 상세하게 기억해 보도록 하세요. 어디서 사고가 난 거죠?"

"대문에서 대략 500미터쯤 앞이었습니다." 백스터는 그런 바보 같은 질문에 자기가 대답해야만 하는 이유를 모르겠다는 듯 말했다. "그래서 사람들이 우리를 일찍 발견하지 못했던 거겠죠. 큰길에서 벗어나서 길 아래쪽이니까요. 체트워드 롯지의 정문으로 들어가는 경우가 아니면 사람들이 그쪽으로 오는 일은 거의 없습니다. 이 지역 전체에서 인적이 가장 드문 곳이죠."

"그럼 이제," 검시관은 양손을 포개고 몸을 앞으로 기울였다. "무슨 일이 일어났는지 정확히 말해주세요."

백스터는 심호흡을 했다. 그래, 그거였다. 정확히 무슨 일이 있었던 걸까? 그들이 순조롭게 길을 달려가고 있던 어느 순간이었다. 금방 왼쪽으로 크게 돌아서 진입로의 철문을 통과할 예정이었다. 그런데 다음 순간 ―.

"그게 말이죠," 백스터가 말했다. "모든 일이 순식간에 일어났습니다. 드 볼터 씨가 갑자기 벼락을 맞은 것같이 ―."

"어느 순간이라고 했는데," 검시관이 날카롭게 말했다. "그게 무슨 뜻이죠? 번개가 친 건 아니지 않습니까? 그날 밤은 고요했다고 당신이 말했는데요?"

"네, 그렇습니다." 백스터가 괴로워하며 말했다. "저는 어떤 순간을 말한 게 아니었습니다. 그저 갑작스러웠다는 뜻입니다. 그분이 한 방 맞은 것처럼 앞으로 고꾸라졌어요. 그러자 말이 나무를 향해 돌진했고요. 저는 고삐를 잡으려고 했지만 그러지 못했어요. 제가 알게 된 그다음 일은 마차가 나무를 들이받았다는 겁니다. 나무가 박살 나는 소리가 들렸고 우리는 둘 다 밖으로 튕겨나갔습니다. 그게 제가 아는 전부입니다. 저는, 말하자면, 옆으로 떨어졌지만 드 볼터 씨는 앞으로 떨어져서 머리를 나무에 강타한 게 분명합니다. 그 후 정신이 들었을 때 제가 들은 소리는 그분의 머리가 박살이 나서 마치 ―."

검시관이 그를 다시 한번 제지했다. 이번에는 미소를 띠고 있었다. "그 후에," 검시관이 그의 기억을 일깨워 줬다. "당신은 정신이 몽롱해졌죠. 당신은 열여덟 시간 뒤에 집에서 의식을 회복했습니다. 그리고 목숨을 건진 것에 대해 신께 감사했겠죠. 자, 백스터… 이제 가도 좋습니다."

검시가 행해졌고, 두 남자가 도로에 누워 있는 것을 발견하고 정원사를 깨운 마을 일꾼의 증언이 있었다. 말은 부서진 이륜마차를 뒤에 끌고서 진입로 가에서 조용히 풀을 뜯고 있었다. 마을의 의사는 검시관에게 드 볼터의 상처로 볼 때 그가 즉사했을 것이라고 장담했다. 그러나 그의 머리가 깨진 것은 나무에 부딪힌 탓이 아니었다. 마차가 부딪쳐 부서진 커다란 느릅나무 몸통에는 피가 전혀 묻어 있지 않았다. 그러나 근처에 울퉁불퉁한 큰 돌이 하나 있었고 그것이 상처를 설명해 줄 것이었다.

그렇게 해서 심리 결과는 "사고사"로 기록됐고, 마을 사람들은 마음을 가라앉히고 그들의 눈앞에서 이제 새롭게 벌어지고 있는 체트워드 롯지의 이상한 상황을 지켜보게 됐다. 다음에는 어떤 놀라운 일이 생길 것인가? 그들은 새로 만든 묘지 주변에 잔디를 다지면서 이런 일은 항상 삼삼오오 무리를 지어 일어나는 법이라고 말했다. 그러면서 그들은 이제는 시들어 버린 화환 무더기에 붙은 근조 카드들을 뒤집었다. 린디와 애런이 보낸 화환의 카드에는 린디의 굵은 손 글씨가 잉크로 씌어 있었다. 카드는 누렇게 변색되고, 검은 잉크는 갈색으로 바래 있었다. 그러나 메리 데이질이 보낸 화환에는 명함만 붙어 있을 뿐, 검은 테두리도, 사랑과 슬픔을 표현하는 어떤 말도 없었다. 그저 그녀의 이름이 새겨진 명함일 뿐이었다. 모두들 그 카드가 비정하다고 생각했지만, 그들은 또한 어떤 말을 써놓아도 부적절해 보일 것이라는 데도 의견을 같이했다. 그렇지만 지금 상황에서 그녀가 그곳에 있는 것보다 더 부적절해 보일 수 있는 것이 무엇이 있을까? 마을 사람들의 차 마시는 시간은 무성한 소문으로 채워졌고 아버지를 여읜 딸들을 동정하는 말이 흘러넘쳤다.

제3부

1

"자, 그럼!" 목사 부인이 말했다. "이웃 사람들 모두가 다음에 무슨 일이 일어날지 얼마나 궁금해했는지 상상할 수 있겠죠. 랠프 드 볼터의 유언장이 초미의 관심사였어요. 유언장의 내용이 알려지기 전에 온갖 종류가 유언비어가 떠돌았답니다. 어떤 사람들은 그가 자신의 전 재산을 메리 데이질에게 남겼다고 했고, 또 다른 사람들은 그의 자식들이 그녀와 공동으로 상속을 받았지만 그들 세 사람이 그 집에 모두 함께 산다는 조건이 붙었다고 했죠. 그리고 다른 많은 이상한 조건들을 지어내며 랠프가 여자에게 홀려 정신이 나간 탓이라고들 했어요. 당연히도, 모든 사람이 정말 이상하다고 여긴 것은 그가 재산 관련 사안들을 재조정하려 한다는 목적을 밝히고서 런던으로 간 직후에 이 끔찍한 사고가 일어났다는 것이었죠. 그래서 몇몇 사람들은 두 일 사이에 어떤 연관이 있는 게 틀림없다고 은근히 악의적인 암시를 하기도 했고요. 그즈음, 메리 데이질의 어머니에 관한 진실이 알려져서 사람들은 그녀를 의심의 눈초리로 보기 시작했어요. 그게 아니라면, 그녀가 모습을 보이기만 해도 그렇게 했을 거예요. 그녀의 어머니는 살인자야! 그녀가 오고 나서 1년 안에 그 집에서 두 사람이 죽었어! 틀림없이 무슨 연관이 있는 거야! 그들은 열심히 그 연관을 찾아내거나 지어냈어요. 그랬기에 랠프가 그의 재산을 메리 데이질에게 남긴 것으로 밝혀졌다면 그녀의 인생은 매우 불미스러워졌을 거예요.

하지만, 당연히도, 그는 그러지 않았어요. 그는 결혼하기 전에 죽는다는 생각은 한 적이 없었기에 메리를 위해 그가 준비한 모든 것은 그녀가 아내가 되고 난 다음의 일이었죠. 그래서 그의 전 재산은 — 레너드는 죽었기 때문에 — 린디와 애런에게 분할됐죠. 그렇지만, 그는 이미 메리의 생일 선물로 미얀마 루비 광산의 주식을 일부 증여한 것 같았어요. 거기서 나오는 수입이 그와 결혼하기 전에 그녀가 쓸 수 있는 푼돈이었을 거예요. 이제 그녀가 살아가기 위해 가진 돈은 이게 전부가 된 거죠."

잠시 말이 중단됐다. "불쌍한 여자!" 피츠브라운이 말했다. "그렇게 해서 린디와 애런이 그 상황의 주인공이 됐군요. 그녀는 떠나야 했을 것 같은데요?"

"아뇨." 목사 부인이 말했다. "정말 이상하지만, 그건 아니었어요. 물론, 모두들 린디가 지체 없이 그녀를 내쫓을 거로 생각했죠. 그러나 그렇지가 않았어요. 장례식에 왔던 모든 사람이 떠나고 흥분이 가라앉았을 때 메리 데이질이 여전히 거기 있다는 걸 알게 된 거죠. 애런은 친척들과 함께 지낼 수 있도록 멀리 가 있게 됐어요. 그녀가 그 재앙의 집에 머무른다면 온전한 정신으로 있는 것을 책임지지 못한다고 의사가 말했기 때문이에요. 린디는 그녀와 함께 가기를 원했지만 의사는 사람도, 환경도 완전히 바뀌는 게 좋다고 조언했답니다.

그렇게 해서 이제 메리 데이질과 그녀의 철천지원수인 린디가 그 커다란 집에 단둘이 남아서 최선을 다해 서로 간의 반목을 해결해야 했던 거예요."

"하지만," 피츠제럴드가 말했다. "부인께서는 메리 데이질이 왜 나가지 않았는지를 아직 설명하지 않으셨잖아요."

"아," 목사 부인이 말했다. "그 문제에 관해서는 제가 알지 못해요. 추정하건대, 그녀가 원하지 않았기 때문이 아닐까 하지만…."

그해 겨울은 길었다. 이제 4월 초가 됐지만 동쪽에서는 여전히 차가운 바람이 불어왔고 잔디와 풀, 그리고 나무들은 메말라 있었다. 린디는 그녀의 작은 탑 창문에 서서 잔디밭을 내다보며 이 모든 일이 어떻게 끝이 날지를 생각하고 있었다. 이제 그녀는 먼 거리에서 그 두 사람이 멀어져 가는 모습을 항상 지켜보고 있는 것 같았다. 그녀는 왜 강경하게 조치할 수 없었던 것일까? 사람들은 항상 그녀가 강하다고 했다. 그녀는 성격이 강한 얼굴이라고 그들은 말했다. 약자를 보호하기 위해 태어난 사람같이 생겼다고 했다. 루시 같은 친구가 조언한 것처럼 왜 그때 "당신이 여기를 떠났으면 좋겠어요. 제발 상황을 정리하고 나가 주겠어요?"라고 말할 수 없었던 것일까?

다 소용없는 일이었다. 그녀는 그럴 수가 없었다. 메리 데이질이 집으로 들어온 그 순간부터 그녀는 그들 모두에게 — 사랑이든, 두려움이든 — 최면을 걸었다. 그녀는 자기를 사랑했던 사람들을 파괴했고, 자기를 증오했던 사람들을 마비시키고 그들의 의지를 상실케 하고, 심지어 말도 잃게 했다. 아직도 린디는 그녀가 있든 없든 그녀 생각에 사로잡혀 있었다. 그녀가 있으면 린디는 뺨이 화끈거렸고, 말을 더듬었고, 움직임은 경직되었다. 그녀가 없으면 린디는 아무 생각도 할 수가 없었다. 그녀에게 레너드는 이제 희미한 기억에 불과했고, 아버지는 비록 좀 더 생생하기는 하지만 상실감을 주는 존재였다. 비록 그녀는 아버지를 사랑한다고 믿었지만, 아버지의 상실을 생각하면 기가 막힐망정 슬프지는 않았다. 애런… 그녀는 애런이 생각나면 황급히 그 생각을 지워 버렸다. 애런은 당시에, 정신적이건 신체적이건, 건강을 회복하지 못했는데 린디의 애달픈 연민은 모두 소진돼 버렸기 때문이었다. 그녀는 애런이 더 이상 집에 없는 것이, 그래서 자기를 지켜보고 이상하게 굳어버린 자기의 가슴을 발견하지 않게 된 것이 좋았다. 지금은 마냥 메리 데이질 곁에서 맴도는 존에 관해 말하자면, 그녀는 사랑이라는 게 어떤 것인지, 평범한 행복을 누리며 평범하게 서로 돌보는 삶을 기대한다는 것이 어떤 것인지 떠올릴 수가 없었다. 그는 그녀에게 전혀 존재하지 않는 사람 같았고, 그가 지금 과시하듯 보여주는 헌신에 대한 그녀의 유일한 반응은 어깨를 으쓱하며 경멸을 표하는 것이었다. 그러나 메리 데이질은… 아, 메리 데이질! … 린디는 그녀에게 나가라고 하기는커녕 온갖 수단을 다 써서 그러지 못하게 하려 했던 것이 사실이 아니었던 가? 루시는 예의 그 거슬리는 독선적인 말투로 "내가 네 입장이 었다면 난 그녀의 짐을 싸서 역으로 보내버렸을 거야"라고 했었 다. 가엾고 멍청한 참견쟁이 루시! 그녀는 린디가 어느 날 집에 들어왔을 때 메리 데이질의 짐이 현관에 놓여 있는 것을 봤다면 느낄 완전한 낭패감을 정녕 모른단 말인가?

아, 메리 데이질은 그렇게 쉽게 빠져나가서는 안 되는 것이었다. 그녀가 그 모든 무관심과 차가움으로 린디의 자존심과 영혼, 그리고 마음을 짓밟은 대가를 치르게 될 때가 올 것이었다. 린디가 자기의 적을 거기, 손이 닿는 곳에 머무르게 하면서도 어떠한 낌새도 드러나지 않게 할 수 있다면 그녀에게 기회가 올 것이었다.

그러나 린디가 깨닫지 못한 것이 있었으니 그것은 그런 계획을 세울 필요가 없었다는 점이었다. 메리 데이질은 떠날 생각이 없었다. 친구들 속에서 살든, 적들 속에서 살든, 그런 것은 그녀에게 전혀 문제가 되지 않았다. 그녀가 갈망하는 것은 여기서 지내는 것, 그게 다였다. 이곳은 짧은 순간, 기만적이기는 했지만 그녀에게 따뜻하게 내리쬔 한 줄기 햇살이 있던 곳이었다. 그리고 그녀는 저 잔인하고 이상한 바깥세상과 절대로 다시 대면하는 일이 없기를 갈망했다. 그녀로서는 이 피난처를 위해서라면 린디의 적개심을 매일 보는 것쯤이야 치러야 할 작은 대가로 여겨질 뿐이었다.

2

메리 데이질은 강변 길을 걷고 있었다. 그녀의 옆에는 존이 있었다. 강물이 돌맹이들 위로 잔물결을 일으키며 흘러가고 있었다. 겨울에는 흔치 않던 오랜 가뭄으로 강물이 말라 있었기에 그 섬까지 건너가는 것은 쉬울 터였다. 그러나 지금 강가에는 얼음이 남아 있고 섬의 키 큰 풀들은 강풍 앞에 고개를 숙이고 누렇게 시들어 있었다. 매일 아침 그녀는 이곳을 걸었고 존이 그녀와 함께 왔다. "같이 가도 될까요?" 처음에 그가 물었을 때 그녀는 무심하게 대답했었다. "그렇게 하고 싶다면 내가 막을 수는 없죠." 그녀의 침묵에 ― 그가 말을 걸지 않는 한 그녀는 입을 여는 법이 없었다 ― 끈기 없는 애인이라면 주눅이 늘었을 법도 한데 그는 오고 또 왔다.

소나무 꼭대기에서 바람이 울었다. 메리 데이질은 언제나 그러는 것처럼 걸음을 멈추고 건너편 섬을 바라봤다. 시린 바람이 얼굴을 할퀴는데도 그들은 오래도록 아무 말 없이 거기 서 있었다. 불현듯 존이 말했다.

"저기로 건너가고 싶어요?"

메리 데이질이 놀라며 고개를 돌려 그를 쳐다봤다. "가끔은요." 그녀가 조용히 말했다.

"내가 데려가 줄게요." 그가 열성적으로 말했다. "오늘 강이 얼마나 얕은지 한번 봐요. 내가 데려다줄 수 있어요. 다치지 않도록 하겠다고 약속하죠. 난 당신을 위해서라면 뭐든지 할 거예요, 메리."

그녀는 여전히 흥미롭다는 듯 그를 관찰하고 있었다. 희미한 미소가 일며 그녀의 입술이 달싹였다. "당신이 왜 그래야 하죠?"

그는 말없이 그녀를 응시했다.

"내가 왜 저기로 가고 싶은지 아나요?" 그녀가 계속 말했다.

"네, 압니다."

"그런데도 나를 데려가고 싶다고요?"

"난 당신을 위해서라면 뭐든지 할 거예요." 그가 반복해서 말했다. "난 그걸 증명해 왔어요. 안 그래요?"

그들은 검고 미끄러운 강둑을 빙 둘러 내려가서 물가에 이르렀다. 그는 그녀를 조심스럽게 안아 들고 물결을 헤치며 강 속으로 나아갔다. 몸이 얼어붙을 정도로 차가운 강물이 그의 발목 부근을 찰랑거렸고 둥근 조약돌들이 발밑에서 굴러갔다. 그러나 그는 넘어지지 않고 쭉 걸어갔다. 그녀의 무게는 그에게 아무것도 아닌 것 같았다. 그는 소중한 도자기 장식품을 다루듯 그녀를 건너편에 조심스럽게 내려서게 했다. 그녀는 그에게 고맙다고 하지 않았다. 그녀는 그를 외면하고 돌아서서 섬 꼭대기를 향해 걸어갔다. 그리고 마치 뱃머리에 서서 강의 상류를 응시하는 것처럼 오랫동안 거기 서 있었다.

결국 그가 말을 했다. "이제 가야 해요, 메리. 이렇게 바람이 부는데 더 서 있다가는 감기 걸릴 거예요."

그녀는 돌아서서 약간 아래쪽 바위 위에 앉아 있는 그를 내려다봤다. "아뇨." 그녀가 말했다. "아직은 돌아가지 않을래요. 그렇지만, 당신은 가야 해요.”

“하지만, 메리, 당신 혼자서는 돌아갈 수 없어요.”

“아뇨, 난 아주 잘 갈 수 있어요. 좀 전에 당신이 말한 것처럼 강물은 아주 얕아요. 제발 나 혼자 여기 있게 해줘요.” 그녀의 목소리는 좀 더 날카로워져 있었다. 예전에 그는 채찍질을 두려워하는 개처럼 그녀의 그런 목소리를 두려워했었다. 그는 일어나서 그녀에게 다가갔다.

“메리,” 그가 말했다. “이 일은 끝이 나야 해요.”

그녀는 무슨 말인지 이해하지 못해 그를 바라봤다. 그가 그녀의 손목을 잡았다.

“충분히 오랫동안 나를 갖고 놀았잖아요.” 그가 말했다. “당신이 이런 식으로 노예처럼 나를 대하는 걸 내가 왜 그냥 뒀다고 생각해요? 당신은 내가 영원히 기다릴 거로 생각하는 겁니까?”

그는 그녀의 손목을 가볍게 쥐고 있었다. 그녀는 고개를 돌리려고 하기는 했지만 가만히 그의 말을 듣고 있었다. 그는 점점 더 거칠게 말했다.

“난 당신을 위해서 모든 걸 포기했어요. 린디도, 내 생활도, 친구도, 심지어 가족까지도요. 당신 때문에 내가 어떤 일을 겪었는지, 지금 어떤 일을 겪고 있는지 당신은 몰라요. 우리 집에서나 집 밖에서 내게 말을 거는 사람이 단 한 사람도 없을 지경이라고요. 그들은 내가 결딴났다고 생각하죠.” 그가 웃음을 터트렸다. “그들이 맞아요. 하지만 그들은 내가 뭘 하고 있는지… 그리고 그게 얼마나 가치가 있는지 모르죠.”

그는 그녀가 동의하기를 기대하는 듯 열렬한 눈빛으로 그녀를 응시했다. 마침내 그녀가 말했다.

"미안해요, 존. 당신과 같이 오지 말았어야 해요. 하지만 당신을 멀리하는 게 너무 매정한 처사라고 생각했던 거예요. … 게다가 난 사람들의 마음을 아프게 하는 데는 좀 진력이 났어요."

그는 그 말이 들리지 않는 것 같았다. "당신은 나와 결혼하게 될 겁니다. 반드시 그래야 해요. 우리 가족에 대해서는 걱정하지 말아요. 그들은 다 받아들이게 될 거예요. 그리고 당신이 생각하는 게 돈이라면… 내게는 우리가 살아갈 수 있을 만큼 충분한 돈이 있어요. 당신에게는 누군가 돌봐줄 사람이 필요해요. 당신을 가로막는 건 아무것도 없어요. 이제… 이제 당신은 자유예요."

메리 데이질이 고개를 돌렸다. "자유!" 그녀가 한 말은 그게 다였다.

그는 서둘러 말했다. "물론 난 당신이 레너드의 아버지와 약혼한 다음에… 한동안 레너드를 사랑했다는 걸 알고 있어요. 당신은 그걸 어찌할 수가 없었던 거예요. 하지만 그가 당신을 속이고 있었다는 걸 알았잖아요? 그는 심지어 내게 자기가 뭘 하려는지… 어떻게 증명할 건지 말하기도 —."

그는 그녀를 올려다봤다. 그녀의 얼굴에는 그의 말을 제지하는 뭔가가 있었다. "메리," 그가 말했다. "나와 결혼해 주지 않는다면 난 자살해 버릴 겁니다. 맹세해요."

그 말에 그녀가 다시 그에게로 고개를 돌렸다. 미소 같은 것이 어려 있었다. "그건 안 돼요." 그녀가 말했다. "당신이 그러면, 사람들은 내 책임이라고 말하겠죠. 심지어 내가 당신을 쐈다고 할지도 몰라요. 내가 레너드를 죽였다고 말하는 사람들이 있다는 걸 난 알고 있어요. 예를 들면, 루시 브라운이 그렇죠. 그리고 린디와 애런, 그 애들의 말을 들은 모든 사람이 그렇죠. 어쩌면 당신도 그럴지 모르고요."

"아뇨, 아니에요." 존이 말했다. "난 아닙니다."

"왜요?" 메리 데이질이 말했다. "어쨌든, 우리 어머니는 살인자였잖아요. … 자 이제 제발 가주겠어요?"

존은 바람이 휘몰아치는 가운데 섬의 제일 높은 곳에 서 있는 그녀를 두고 떠났다. 얕은 물을 건너 강둑에 닿았을 때 그는 돌아서서 그녀를 봤다. 그런 다음 조용히 그곳을 빠져나갔다.

3

루시는 응접실에 앉아 있었다. 그녀는 모자와 외투를 벗지 않은 상태였고 의자 옆에는 식료품이 든 장바구니가 놓여 있었다. 린디가 들어오자 그녀는 반쯤 일어섰다. 순간적으로 모르는 사람이 들어온다고 생각했던 것이다. 린디는 간호사처럼 격식을 갖춘 차림새였다. 그녀의 태도에는 권위가 넘쳐났다.

"아, 린디!" 루시가 말했다. "그게 사실이야? 정말로 심각한 상태야?"

"그래," 린디는 사무적으로 대답했다. "아주 심각해. 양측성 폐렴이야. 그리고 의사는 그녀의 심장이 약하다고 해."

"아, 저런, 네가 얼마나 끔찍할지!" 루시는 린디에게 측은지심이 들었다. "어쩌다 그렇게 된 거야? 난 오늘에야 처음으로 그 소식을 들었어. 그렇지 않았으면 더 일찍 왔을 텐데."

"모르겠어." 린디가 말했다. "강에서 산책하며 밖에 나가 있다가 감기에 걸린 것 같아. 신발과 스타킹이 다 젖어 있었어."

"그러면 네가 그녀를 간호해야 하는 거야? 아, 이게 무슨 업보람! 그렇게 널 괴롭혀 놓고서, 그녀는 어떤 느낌일지."

"아무 느낌도." 린디가 무뚝뚝하게 말했다. "그녀는 아무것도 못 느껴. 심하게 아프거든."

루시는 눈이 휘둥그레졌다. "네가 마음을 단단히 먹어야겠구나. 가엾은 애런이 여기 없어서 너로서는 다행이겠다."

"그래." 린디가 말했다.

"하지만 도와주는 사람이 없으면 너도 병이 날 거야. 네가 좀 쉴 수 있도록 내가 와서 하룻밤 그녀 옆에 있을까?" 그녀는 왠지 머뭇거리는 목소리였다. 이번에는 그렇게 봉사하고 싶은 열의를 느끼지 못하고 있는 것이 분명했다. 갑자기 그녀와 린디는 깊은 협곡의 맞은편에서 서로를 차갑게 바라보고 있는 낯선 사람이 된 것같이 여겨졌다.

"아니, 고맙지만 괜찮아." 린디가 말했다. "내가 잘 대처할 수 있어. 낮 동안에는 내가 그녀를 간호하고 밤에는 마을에서 도와주러 오는 사람이 있어. 의사는 그 정도면 됐다고 해."

루시는 그녀의 목소리에 깃든 날카로운 느낌을 알아차렸다. 그녀는 정신을 가다듬고 장바구니를 집어 들었다.

"네가 제일 잘 알겠지." 그녀가 말했다. "네가 보답을 받길 바랄게."

메리 데이질은 일주일 뒤 사망했다.

4

"그렇게 메리 데이질은 죽었어요." 목사 부인이 말했다. "전체적으로 보면, 그게 최선이었다고 모두들 생각했어요. 그녀는, 여러분이 아시다시피, 교회 묘지 제일 끝 한 귀퉁이에 묻혔죠. 그녀의 장례식에 친척이 왔다든가, 아니면 누군가 묘지를 방문했다는 얘기조차 저는 들은 적이 없어요.

린디가 체트워드 롯지의 안주인이 됐죠. 그리고 얼마 후 애런이 다시 그녀 곁으로 돌아왔고요. 애런은 상당히 쾌유한 것 같았어요. 그렇게 그들은 그곳에서 함께 살아온 거예요. 어머니는 얼마 안 있어 아버지를 만나 약혼하셨고, 그다음엔 결혼해서 이웃 마을로 가셨어요. 그래서 어머니는 그 두 자매를 거의 보지 못하셨고요. 그리고 사실, 몇 년 동안 그 자매들은 교회와 묘지를 가는 일을 제외하고는 그 집에서 거의 나오지 않았어요. 세월이 흘러 그들의 이야기를 아는 마을 사람들이 죽거나 마을을 떠나고 그 일을 잊게 되자 그들은 좀 더 모습을 드러내기 시작했어요. 가끔 그곳에서 다과회가 열리기도 했고 여름에는 정원에서 파티를 하기도 했죠. 지금도 그렇고요." 그녀는 웃음을 터트렸다. "드 볼터 자매의 초대장은 명령이거든요. 정말이에요."

"그분들은 우리 지역 자선단체들에 매우 넉넉하게 기부하고 계십니다." 목사가 그 말을 나무라듯 말했다.

목사 부인은 뜨개바늘을 바늘집에 찔러 넣었다. "자," 그녀가 말했다. "이게 그 이야기의 끝이랍니다. 무슨 일이 있었는지 아무도 알 수가 없으니 썩 흡족한 이야기는 아니었을 거예요. 제가 말씀드린 것처럼, 저희 어머니는 레너드의 죽음이 자살이라고는 절대 믿지 않으셨어요. 하지만 어머니조차도 다른 사람들을 따라서 드 볼터 씨가 사고로 죽은 게 아니라고 주장하지는 못하셨죠. 비록 그 일이 기이하게 여겨지기는 했지만 말이에요. 그리고 메리 데이질의 경우 —."

"아니, 말렛," 말렛이 일어서자 목사가 유쾌하게 말했다. "뭐 생각난 게 있나요? 아니면 그냥 달빛 때문에?"

말렛은 고개를 내저었다. "가엾은 여자예요!" 그가 말했다.

목사가 그에게 막 다른 질문을 하려는데 피츠브라운이 끼어들었다.

"하지만 부인은 우리에게 데스펜서 청년이 어떻게 됐는지는 말해주지 않으셨는데요. **그는** 메리 데이질의 죽음을 어떻게 받아들였나요?"

"그것도 제가 여러분께 말씀드릴 수가 없는 일인 것 같아요." 그녀가 대답했다. "그건 알 길이 없답니다. 하지만 그가 돌아와서 린디와 결혼하지 않았다는 건 확실해요. 어머니는 그가 외국으로 나갔고 거기서 죽은 걸로 알고 있다고 하셨어요. 어떤 사람들은 그가 목회자가 됐다고 하고, 또 어떤 사람들은 나환자 수용소로 가서 일하게 됐다고 했죠. 하지만 아무도 그가 간 곳이 중국인지, 아프리카인지, 혹은 저 먼 태평양의 어떤 섬인지 분명히 알지 못했어요. 그의 가족은 그 마을을 떠났고, 그래서 알 길이 없어진 거죠."

에필로그

1

1년 뒤, 또다시 포근한 비가 흩뿌리는 11월의 저녁이었다. 목사관 응접실에는 피츠브라운과 말렛 경정, 그리고 목사와 그의 아내가 브리지 게임을 하며 앉아 있었다. 서로 생각을 주고받으며 함께 나누었던 그 기이한 이야기 덕분에 그들 간에는 돈독한 유대감이 형성돼 있었다. 비록 최근에는 그 이야기를 하는 일이 거의 없었지만, 그 일은 그들의 우정에 보이지 않는 밑바탕이 되어 있었다. 먼지와 담배 연기 냄새가 자욱한 이 아늑한 방은 함께 어울리는 사람들을 위한 작은 오아시스였다. 그러나 바깥에는 호젓한 묘지와 그 묘지에 얽힌 기억들이 빛과 생명이 있는 그 매력적인 세계 속으로 들어오고 싶어 배회하고 있는 것이었다. 피츠브라운의 마음속에는 말로는 표현하기 어려운 이 같은 생각들이 한 번씩 스쳐 지나가곤 했다. 그리고 그런 이유로 그의 친구들과 갖는 견고하고 유쾌한 모임이 한층 더 가치 있어진 것이었다.

"맞아요." 말렛이 카드를 섞어서 나눠주기 시작하자 목사가 고개를 가로저으며 말했다. "가엾은 애런의 상태가 빠르게 나빠지고 있는 것 같아 걱정이에요. 일주일을 버틸 수 있을지 의문입니다."

"흠," 말렛이 말했다. "어디가 안 좋은데요?"

"폐렴인 것 같아요." 목사가 말했다. "그리고 심장이 아주, 아

죽음을 걷는 여자

217

주 약해져 있어요." 피츠브라운이 날카롭게 쳐다봤다. 목사는 계속 말했다. "그분 연세에는, 아시다시피 ─."

"린디는 어떻게 견디고 있어요?" 목사 부인이 말했다. "내가 오늘 아침에 그곳에 전화했지만 그녀는 나를 만나지 못하겠다는 말을 전했어요. 가엾기도 하죠! 그들은 항상 서로에게 너무나 헌신적이었어요. 린디는 애런이 없으면 뭘 해야 할지 모를 거예요. 비록 그녀는 항상 강인한 마음의 소유자였지만 말이죠." 그녀는 손에 카드들을 들고 살피기 시작했다. "**당신은** 그녀를 만나 봤어요, 여보?"

"그래요, 봤어요." 목사가 말했다. "오늘 오후에요. 애런도 잠깐 보도록 해줬어요. 하지만 애런이 나를 알아본 것 같지는 않아요. 그녀는 ─ 어떻게 표현해야 할까요? ─ 지난 1년 동안 마음속에 어린아이가 있는 상태가 됐어요. 그녀는 항상 침착했죠. 하지만 지금은, 모든 생각이 이 세상을 떠나 있는 것 같아요. 그녀는 그냥 눈을 크게 뜨고 미소를 지으며 거기 누워 있었는데, 현재를 전혀 모르는 것 같더군요."

"무슨 생각을 하고 있을지 궁금하군요." 피츠브라운이 말했다.

거의 11시가 가까운 시간이었다. 마지막 판이 끝나가고 있었다. 벽난로 불은 이제 붉게 타오르기보다는 회색 잿빛에 더 가까웠다. 그러나 실내는 따뜻했고 담배 연기가 자욱했다. 브리지 게임에 완전히 몰입해 있던 사람들은 목사관 책상 위에서 전화벨이 날카롭게 울리자 모두 깜짝 놀라고 말았다. 목사가 의자 뒤로 몸을 기대고 수화기를 집어 들었다.

"여보세요?" 그는 짜증스럽게 말했다. 그러다가 귀를 기울이더니 고개가 앞으로 숙여지고 목소리가 변했다. "네, 알겠습니다. 곧바로 그리 가겠습니다." 그는 수화기를 도로 내려놓고는 주위를 빙 둘러봤다.

"미스 드 볼터의 운전기사예요." 그가 말했다. "애런의 상태가 갑자기 나빠져서 브로헤터에서 온 자신들의 주치의에게 연락을 취하려고 했지만 그는 마침 나가고 없답니다. 바로 올 수 있는 의사가 있을까요?"

그들은 모두 피츠브라운을 쳐다봤다.

"천우신조인걸요." 목사 부인이 말했다.

"한잔하는 게 좋겠는걸, 친구." 말렛이 웃으며 말했다.

"내 차에 시동을 걸겠네." 피츠브라운이 말했다.

"아닙니다." 목사가 말했다. "우리를 태우러 차가 곧 올 겁니다. 그녀는 저도 같이 오기를 원하는 것 같아요. 사실 우리는 샛길로 가면 걸어서도 5분이면 그곳에 갈 수 있어요. 차를 타고 앞쪽 길로 가는 거나 걸리는 시간은 거의 같죠. 하지만 드 볼터 자매와 관련된 모든 일은 제대로 된 격식대로 이루어져야 하죠. 죽는 것조차 그래요."

몇 분 뒤, 바깥에서 자동차 소리가 들리더니 전조등 불빛이 창을 통해 번쩍였다.

"경정님은 여기 계실 건가요?" 목사 부인이 물었다.

"부인께서 괜찮으시면, 그래야 할 것 같군요." 말렛이 말했다. "저는 피츠브라운의 차로 여기 왔거든요. 하지만 오래 걸리지는 않겠지, 피츠브라운?"

현관 벨이 울렸다. 목사가 얼른 나갔다.

"그럼, 물론이지." 그를 따라가며 피츠브라운이 말했다.

목사 부인은 남아 있는 손님에게 시선을 돌렸다. "위스키 한 잔 더 하시겠어요, 경정님?"

"감사합니다, 부인." 말렛이 말했다. "그리고 크리비지 게임 한 판 어떠세요? 꽤 어울릴 것 같은데요?"

목사 부인은 벽난로에 장작을 넣기 시작했다.

2

그들이 돌아온 것은 다음 날 새벽 3시였다. 목사 부인은 자러 가고 없었다. 말렛은 다른 의자에 발을 올리고 신문으로 얼굴을 덮고는 조용히 코를 골고 있었다. 바깥에 커다란 검정 리무진이 부드럽게 굴러 들어와서 피곤에 절어 초췌하고 창백한 승객 두 사람을 내려놓았다.

목사 부인이 계단 위로 나왔다.

"다 끝났어요?" 그녀가 나지막이 말했다.

목사는 고개를 끄덕였다. "내려오겠소, 여보? 당신에게 할 말이 있어요."

말렛은 놀라서 잠이 깨서 신문 밑에서 눈을 깜박이며 얼굴을 내밀었다. "무슨 일이죠?" 그가 말했다.

"그 이야기의 후속편이야." 피츠브라운이 말했다.

그들은 전에 그랬던 것처럼 목사 부인을 중심으로 둘러앉았다. 이제 그들은 피츠브라운을 보고 있었다.

"우리가 도착했을 때," 그가 말을 시작했다. "우리는 커다란 방으로 — 제 생각엔 응접실 같았어요 — 안내됐습니다. 벽난로는 없었어요. 거기서 우리는 외투를 입은 채 한참을 앉아 있었는데 아무 일도 일어나지 않았죠. 저는 바로 환자를 보러 오라고 할 줄 알았는데 집 전체에 정적이 흐르고 있었어요. 그래서 문으로 가

봤지만 아무 소리로 들을 수 없었고요. 사람을 찾으려면 어디로 가야 할지 모르겠더군요. 평범한 집에서라면, 그리고 제 환자라면, 저는 그냥 위층으로 올라가서 직접 방을 찾았을 거예요. 하지만 그렇게 크고 어두운, — 복도나 계단에 전등도 없었어요 — 그리고 텅 빈 것 같은 그 집에서 아무도 없이 혼자 돌아다니고 싶은 생각은 들지 않더군요. 특히나 저를 공식적으로 와달라고 요청한 것도 아닌 만큼 말이죠."

"**당신은** 어디로 가야 하는지 알잖아요, 여보." 목사 부인이 말했다. "당신이 모시고 갈 수 있었을 텐데."

"그래요, 맞아요, 여보." 목사가 사과하듯 말했다. "하지만 우리가 거기 앉아 있을 때 우리를 엄습해 온 이상한 느낌을 뭐라고 설명할 수가 없네요. 우리가 개입해서는 안 되는 어떤 일이 진행되고 있다는 느낌이었죠. 그리고, 당연히, 우리를 금방 부를 거로 생각하고 있었거든요."

피츠브라운이 다시 이야기를 넘겨받았다. "어쨌든, 우리가 막 나가야 하지 않을까 생각하고 있을 때 마침내 소리가 들렸어요. 우선 머리 위에서 달리는 발소리가, 그다음엔 목소리가요. 그러더니 문이 열렸고 —."

"린디 드 볼터가 나타났죠." 목사가 끼어들었다. "그녀는 문 앞에 서 있었어요. 그녀가 얼마나 키가 크고 자세가 올곧은지 당신은 알 거예요. 그녀는 머리는 백발이지만 눈썹은 아직 검었고, 그래서 지휘관의 풍모가 느껴지는 거예요. 그녀는 백지장처럼 하얬어요. 그녀는 뻣뻣하게 몸이 굳어서 거기 서 있었지만 난 그녀의 몸이 흔들리고 있는 걸 볼 수 있었어요. 피츠브라운이 황급히 그녀에게로 갔죠.”

“‘그분은 어디 계십니까? 저는 의사입니다.’라고 제가 말했죠.” 피츠브라운이 말을 이었다. “그녀는 저를 멍한 눈빛으로 쳐다보더니 ‘너무 늦었어요. 제 동생은 죽었습니다’라고 하더군요.”

“저는 그녀를 의자에 앉혔어요.” 목사가 말했다. “그녀는 잠시 눈을 감은 채로 그대로 있었지만 실제로 기절한 건 아니었어요. 피츠브라운이 그녀에게 냄새나는 뭔가를 줬고 그걸로 그녀는 다시 살아난 것 같더군요. 그리고 그녀가 말했어요. ‘목사님과 단둘이 얘기를 하고 싶습니다’라고요.”

“나는 ‘그냥 말씀하세요, 미스 린디. 걱정하지 마세요. 이 젊은 분은 의사예요. 게다가 당신의 사연을 알고 있어요’라고 말했죠.” 그러고 나자, 그녀는 피츠브라운을 더 이상 신경 쓰지 않았어요. 그녀는 내게 말을 했고, 그는 뒤쪽에 앉아 있었죠. 우리는 가엾은 린디가 하는 말을 여태까지 계속 듣고 온 거랍니다. 처음에 그건 뒤죽박죽 연결이 안 되는 이야기였어요. 나중에 난 그 이야기의 대상을 서서히 알게 됐죠. 이런 이야기였어요.

“이 오랜 세월 동안 왜 내게 말하지 않고 혼자만 간직하고 있었는지! 난 그 애의 모든 생각을 다 안다고 믿었어요. 그런데 그 애는 나를 위해서 그렇게 했다고 말했어요. 하지만 그렇다면, 물론 나도 역시 그 애를 속였죠. 난 그 애의 불쌍한 뇌가 그런 비밀의 무게를 견딜 수 있다고는 한 번도 생각하지 않았으니까요. 난 그 애가 자기 비밀을 거의 무덤까지 가져갈 수 있다는 걸 몰랐어요.

이제 보여요, 그 모든 게 보여요! 우리 모두가 정신이 나갔다고 생각했을 때 그 애는 실제로 그랬던 거예요. 하지만 우리는 아무도 그 이유를 몰랐어요. 아, 애런, 애런, 왜 내게 말하지 않았어? 그때 난 그걸 견뎌낼 수 있었을 거예요. 난 어렸고… 회복됐을 거라고요. 하지만 지금은, 내게 남은 시간이 얼마 없는 지금은, 내가 그걸 생각하면서 어떻게 견딜 수 있겠어요?"

"난 그녀가 정신을 차릴 수 있게 하려고 애썼습니다." 목사가 말했다. "그녀는 끔찍하게 절망스러워했어요. 그녀는 속사포처럼 말을 쏟아내고 있었고 눈에는 — 여전히 검고 또렷한 눈이었어요 — 고통이라고밖에는 묘사할 수 없는 것이 가득했죠. 난 그녀에게 최대한 부드럽게 물었어요. '뭐가 그렇게 괴로운지 제게 말하세요. 신은 자비로우십니다. 용서를 구하기에 늦는 때란 결코 없어요.' 그러나 그녀는 그 말이 들리지 않거나 이해하지 못한 것처럼 그냥 계속 말을 했어요. '그녀가 여기 왔죠. 우리는 그녀를 파괴자로 생각했어요. 하지만 그녀 자신이 무너지고 말았어요. 나는 그저 그렇게 생각했어요. 그럴 권리가 있다고 생각했죠. 그녀가 내게, 그리고 내가 가진 것들에 한 짓을 한번 보세요. 그녀가 그들을 실제로 죽이지는 않았다고 해도 그들이 죽은 건 그녀 때문이라고 난 생각했어요. 그녀는 그들 모두를 장악했고, 그리고 그들을 말살했어요. 그래서 결국은 내가 그녀를 죽인 거예요.'"

목사는 청중을 한 바퀴 둘러봤다. "내가 말했죠. '미스 린디, 지금 무슨 말을 하는지 알고 계십니까? 당신은 제게 한 인간의, 당신이 베풀어 품고 있던 한 인간의 죽음이 당신 책임이라고 말하려고 하는 건가요?'

그러자 그녀는 고개를 돌려 아주 차분하게, 거의 업신여기는 듯한 태도로 나를 쳐다봤어요. '그래요.' 그녀가 말했어요. '제가 하는 말이 그거예요. 그렇게 놀라 기겁한 표정 짓지 마세요, 어리석은 양반. 내가 당신에게 말하는 이유는 당신이 내가 말할 수 있는 유일한 사람이기 때문이에요. 난 누군가에게 말을 해야 해요. 어쨌든, 내가 그런 비밀을 혼자서 50년 동안 간직할 수 있었다면, 내게 남은 생의 몇 년 동안 당신은 분명 그렇게 할 수 있겠죠? 뭘 약속해 달라고 당신에게 부탁하는 게 아닙니다. 원하시면 아무에게나 말하세요. 나는 아무렇지도 않아요. 나 같은 늙은 여자를 굳이 처벌받게 하려고 할 사람은 아무도 없을 거예요.' 그녀는 묘하게 웃었어요. '수많은 세월이 흘렀으니 어차피 증명할 수가 없겠죠.'

고백건대, 난 그렇게 냉혹한 그녀를 보고 충격을 받았습니다. 그때 피츠브라운이 어둑한 곳에서 앞으로 나왔어요. '당신이 메리 데이질을 죽였다는 말인가요?' 그가 말했죠."

피츠브라운이 끼어들었다. "그러자 그녀는 고개를 돌려 저를 쳐다봤어요." 그가 말했다. "등줄기에 기묘한 전율이 흘러내리더군요. 그래도 전 그녀의 눈을 똑바로 바라봤어요. 목사님 말씀대로 아주 검고 또렷한 눈이었어요. 그녀는 저를 아래위로 훑어보고는 '당신은 의사라고요?'라고 했죠. '그렇습니다.' 제가 말했어요. '그럼 본인이 한 질문에 스스로 대답할 수 있어요.'

'무슨 말인지 모르겠군요.' 제가 말했어요.

그녀는 이렇게 말했죠. '당신이 방금 내가 메리 데이질을 죽였냐고 물었잖아요? 그런데 내가 당신에게 내가 그랬다고 말하면

요? 당신에게 병세가 위중한 환자가 한 사람 있다고 해보죠.'

'양측성 폐렴요.' 제가 거들었어요.

'맞아요.' 그녀가 말했죠. '양측성 폐렴이에요. 누구의 잘못이 아니라 본인이 잘못해서 걸린.'

'그건 제가 모르죠.' 제가 말했지만 그녀는 자기 말을 계속했어요.

'그리고 당신에게는 밤낮으로 열심히 환자를 간호하는, 혹은 그렇게 보이는 간호사가 있었다고 해봐요. 그녀는 환자의 곁을 한시도 떠나지 않았어요. 물론, 그걸 다른 식으로 보고 불침번을 섰다고 할 수도 있어요. 하지만 그런 생각은 절대 들지 않았을 것 같군요. 그래요, 당신의 동료 의사도 그런 생각을 하지 않았어요.'

'그런데 당신은 뭘 한 겁니까?' 제가 물었죠. '그녀를 독살했나요?'

'아뇨.' 그녀가 말했어요. '아니에요. 내게 그건 가능하지 않은 일이었어요. 나는 천성도 그렇고, 양육 과정도 그렇고, 폭력적인 일을 하지 못하는 사람이었어요. 게다가 그럴 필요가 없었어요. 난 그저… 의사의 지시를 따르지 않았을 뿐이에요. 그는 그녀가 살아나려면 세심한 간호가 필수적이라고 했어요. 난 그녀 옆에 머물러 있었지만 그녀를 간호하지는 않았어요. 그가 내게 하라고 하는 일들을 하나도 하지 않았죠. 그가 준 약은 조금씩 조금씩 부어 없애버렸어요. 내 기억에… 심장약이, 강심제가 하나 있었어요. 그녀의 심장이 굉장히 약하다고 의사가 말했죠. 난 그녀에게 그 약을 전혀 주지 않았어요. 의사는 그 약이 효과가 없다는 것을 알고는 더는 도울 게 없다고 생각했고요. 그는 '치료에 반

응하지 않는다'고 했어요.'

'굉장한 위험을 무릅쓴 거군요.' 제가 말했죠. '그녀가 상당히 회복해서 의사에게 당신이 어떤 짓을 했는지 말했으면 어쩔 뻔했 나요? 그녀가 대부분의 시간 동안 너무나 기력이 없었다는 건 알 겠어요. 하지만 사람들은 갑자기 기력을 회복하는 경우가 종종 있답니다. 특히 죽어가고 있을 때 말입니다.'

'그래요.' 그녀가 말했죠. '그건 사실이에요. 내 여동생은 죽어 가고 있었지만 내게 말을 할 기력을 찾았으니까요. 하지만 메리 데이질은 말을 하지 않으리라는 걸 난 알았어요. 그녀는 아무 미 련이 없었어요. 더는 살고 싶어 하지 않았죠. 당시에 난 그녀가 자신이 죽을죄를 지었다는 걸 알기 때문에 그런 것으로 생각했 고요.'"

"오래도록 침묵이 흘렀어요." 목사가 말했다. "피츠브라운은 자기가 있던 곳으로 되돌아갔고 그녀는 생각에 잠겨 있었어요. 마침내 내가 그녀에게 과감하게 물었습니다. '미스 린디, 당신은 무엇 때문에 마음을 고쳐먹은 겁니까?'

그녀는 고개를 돌려 나를 한참 쳐다봤어요. 너무 오래 보고 있어서 난 그녀가 말하지 않기로 정한 건 아닐까 궁금했죠. 그 러더니 그녀는 자리에서 일어났어요. '나를 따라오세요'라고 말 하더군요.

우리는 그녀를 따라 넓은 계단을 올라가서 복도를 따라 걸어 갔습니다. 그녀의 아버지가 있던 시절에서 시대가 변했기에 오래 된 이런 대저택들은 옛날처럼 유지될 수가 없답니다. 하지만 난 모든 게 쇠락해 가고 있는 모습을 보고 충격을 받았어요. 아래

층은 그들의 부를 과시할 만큼 상당히 잘 유지돼 왔습니다만 거기 2층은 벽에 습기가 차 있고 한때는 멋있었던 붉은 카펫은 좀이 슬어 벌집처럼 숭숭 헤져 있었어요. 금박 장식품들은 색이 바랬고 거울은 곰팡이가 덕지덕지 앉아 있었어요. 난방이 제대로 되지 않은 대저택의 눅눅한 한기는 대단히 강렬한 느낌을 주더군요.

그녀는 우리를 애런이 누워 있는 방으로 데려갔습니다. 피츠브라운이 그녀를 검사했죠. 몸에는 아직 온기가 남아 있었지만 그녀는 죽어 있었어요. 갓 소천한 사람들이 종종 그런 것처럼 얼굴에는 평화로운 미소가 깃들어 있었죠.

'저 애는 저기 누워서 웃고 있네요.' 우리는 린디가 애통하게 말하는 소리를 들었어요. '저 애는 이 무거운 짐을 나 혼자 지고 있도록 나를 남겨두고 떠났어요. 마지막에 그 짐을 내려놓고요.'

피츠브라운이 기계적으로 침대 옆 테이블 위에 놓인 약병을 집어 들고 그걸 바라봤죠. 린디가 일그러진 미소를 지었어요. '아, 아니에요, 의사 선생. 내가 **저 애를** 방치했다고 의심할 필요는 없어요. 내가 저 애 대신 저기 누워 있을 수 있다면 기꺼이 내 목숨을 바칠 거예요. 난 모든 지시를 다 이행했어요. 밤낮으로 저 애를 간호했죠. 하지만 이번에는, 해내지 못했어요.'

그런 다음 그녀는 우리를 데리고 방에서 나와서 조용히 문을 닫았죠. 우리는 그녀를 따라 다시 복도를 지나 현관으로 갔어요. 그녀가 우리에게 하려고 했던 말을 다 들었다고 생각했죠. 난 떠날 채비를 하고 있었지만 피츠브라운이 갑자기 말을 내뱉었습니다. '그런데, 미스 린디, 왜 마음이 바뀌어서 메리 데이질 얘기를

하신 거죠?'

난 이 말이 그녀에게 역효과를 낼까 걱정이 됐어요. 하지만 그녀는 그를 친구로, 그게 아니면 최소한 내가 아니라 그를 고해 신부로 받아들인 것 같더군요. 그녀는 그를 평가하듯 한참이나 이리저리 살펴봤어요. 그러더니 진짜로 미소를 짓더군요. 그가 마음에 들기 시작했다는 게 보였어요. 잠시 뒤 우리는 모두 응접실에 다시 돌아와 있었어요. 하지만 이번에는 뒤로 물러나 앉아 있었던 게 나였죠. 그녀는 피츠브라운에게 나머지 사연을 이야기했어요. 그리고 이제 그녀는 더는 횡설수설하지 않았습니다. 그녀는 조용조용 이야기를 했죠. 이 얘기는 피츠브라운이 직접 하는 게 좋겠습니다."

3

피츠브라운이 말했다. "전 그녀에게 많은 걸 물었죠. 제가 알고 싶었던 모든 것을요. 그녀는 이제 대답할 마음의 준비가 된 것 같았어요. 이제 그녀는 저를 모르는 사람처럼 대하지 않았어요. 제가 말했죠. '당신은 왜 그토록 메리 데이질을 미워했던 겁니까? 그녀가 당신의 오빠를 죽였다고 생각했나요?'

그녀는 제가 자기들의 사연을 알고 있는 것에 놀라는 반응을 보이지 않았어요. 그녀가 말했죠. '아뇨. 난 그렇게 바보 같은 이야기들은 전혀 믿지 않았어요. 루시가 말했던 온갖 말도 안 되는 소리에도 불구하고 난 항상 오빠가 자살했다고 생각했어요. 오빠는 그러고도 남을 사람이었어요. 난 오빠가 메리 데이질을 사랑했다고 믿었어요. 그는 그녀의 사랑을 얻지 못해서 자살했다고, 그렇게 난 생각했던 거예요. 루시는 본인이 오빠를 사랑하고 있었어요. 그녀같이 어리석고 어린 여자애가 레너드 오빠 같은 사람들이 무슨 생각을 하고 어떤 걸 느끼는지 어떻게 알겠어요? 오빠는 파악하기 정말 힘든 사람이었어요. 우리 중 누구도 오빠를 제대로 이해할 수가 없었죠. 어쩌면 메리 데이질만이 예외였을지도 몰라요.'

'그러면 화살은요? 루시 브라운이 누군가 어둠 속에서 자신에게 화살을 쐈다고 한 걸 기억하시죠?'

'난 그녀가 지어낸 이야기로 생각했어요. 목석같이 둔한 이런

사람들은 뭔가 불안한 일이 있으면 다른 어떤 사람보다 훨씬 더 귀가 얇아지거든요.'

'아버지가 그 일에 책임이 있을지도 모른다고는 전혀 생각하지 않았습니까?'

'했죠.' 린디가 말했어요. '그렇게 생각하기도 했어요. 아버지는 난폭한 남자였죠. 만약 레너드 오빠가 당신을 속이고 있다고, 혹은 우연일지라도 당신의 경쟁자라고 생각했다면 아버지는 오빠를 쉽게 죽였을지도 몰라요. 하지만 난 그런 생각 역시 접었어요. 총을 직접 쏜 사람이 그 누구라고 해도, 아버지를 진짜 파멸시킨 사람은 내게 메리 데이질이었어요. 그 한 가지 사실 때문에 난 진실에는 거의 무관심했어요. 지금까지도, 마음속으로는 그게 자살이었다고 항상 믿었고요.'

'그리고 당신 아버지는요? 그분의 죽음이 단순한 사고가 아니었을 거로 생각할 만한 이유는 전혀 없었습니까?'

'네.' 그녀는 '네'라고 대답했지만 그 문제에는 더 관심이 없다는 것을 알 수 있었어요. 그녀는 기계처럼 대답하면서 제 뒤쪽을 보고 있었습니다. 응접실 안은 춥고 눅눅했어요. 그랜드 피아노가 눈에 들어와서 이런 공기가 피아노에 좋지 않을 거로 생각한 게 기억나는군요. 전 그 피아노 소리가 지금은 과연 어떨지, 레너드가 자기 생의 마지막 날 밤에 거기 앉아서 피아노를 치고 루시 브라운이 어둠 속에서 그를 지켜보고 있던 그 날 이후로 숱한 세월이 흐른 뒤인 지금은 과연 어떨지 궁금하더군요. 미스 린디는 춥다는 걸 지각하지 못하는 것 같았어요. 그녀는 금박 의자에 꼿꼿하게 똑바로 앉아 있었죠. 그녀는 목에 고급스러운 금목걸이를 하고 있었어요. 로켓 펜던트가 달린 목걸이였죠. 전 그녀가 여태 존 데스펜서의 사진을 그 안에 지니고 있는지 궁금했어요. 그녀를 지켜보고 있으니 그녀의 입술이 움직이는 것이 보였어요. 처음에는 말이 잘 들리지 않았어요. 그녀는 들릴 듯 말 듯 말을 했지만, 조금 있으니 들리더군요.

'아뇨… 아뇨, 그런 생각을 했어요. 그것 때문에 원망했고요. 난 내게 그런 요구를 하는 건 부당하다고 생각했어요. 그 요구를 들어줬지만, 원망하는 마음이 있었죠.' 그녀는 자신의 견해에 대한 평가를 원하는 듯이 저를 향해 고개를 돌렸어요.

'뭘 원망했다는 겁니까, 미스 린디?' 제가 그녀에게 물었죠. '뭘 들어줬다는 거고요? 메리 데이질 말씀을 하시는 거 아닌가요?'

그녀는 조바심이 나는지 이맛살을 찌푸렸다. '아뇨, 내 여동생 얘기예요. 난 그 애가 내게 그런 약속을 해달라고 요구하는 게 정당하지 않다고 생각했다고요. 그 애가 그를 사랑했다는 건 알고 있었어요. 하지만 내가 생각할 때는, 바로 그래서 그 애는 그런 걸 요구해서는 안 되는 거였거든요.'

'그와 결혼하지 않겠다고 약속하라고 요구한 것 말씀이신가요?'

'난 그 애가 나약한 것 역시 좀 참기 어려웠어요. 그 애가 비명을 지르거나 기절하고, 혹은 우리의 힘든 상황을 직시하지 못할 때마다 난 생각했죠. '내가 너처럼 나약했다면 우리는 어떻게 되겠어?'라고 말이에요. 난 그 애를 위해서라면 어떤 일이든 할 마음이었어요. 나 자신의 행복을 희생시키는 것도요. 그런데 그 애는 그를 만나 몇 마디 극히 관례적인 말을 하는 것조차

하지 못했다고요! 난 항상 나약함을 경멸해 왔어요.' 그녀는 살짝 웃었다. '나약한 애런! 네가 그토록 강하지 않았더라면 얼마나 좋았을까!'

그 이상한 말에 제 마음속에 의문이 솟아났죠. '미스 린디,' 제가 말했어요. '**애런**이 레너드의 죽음과 어떤 연관이 있다는 뜻은 아니겠죠? 결국, 그녀는 그곳으로 돌아갔잖아요. 그녀가 그의 방 책상 뒤에서 그 책을 찾고 있는 걸 그들이 발견했고요. 그리고 당신들이 거기 있는 그녀를 발견했을 때 그녀는 지독하게 흥분했죠. 그녀는 그 후 오랫동안 아팠던 것 아닌가요?' 전 꽤 흥분하게 됐습니다. '그녀가 했던 그 모든 기이한 행동이 결과적으로 그걸로 설명되잖아요. 당신들 모두가 자기를 의심한다고 그녀가 생각했다면 특히 더 그렇죠. 루시가 아마추어 탐정 놀이를 하는 걸 알고서 루시에게 화살을 쏜 사람도 그녀일지 모르죠. 하지만 왜⋯ 왜 그녀가 자기 오빠를 죽여야 했던 거죠? 동기가 없는데⋯.'

미스 린디는 이 모든 말들을 조금이라도 듣고 있는 것 같지 않았어요. 그녀는 제가 말을 끝낼 때까지 기다리고 있었죠. 아마도 그녀는 제가 말을 계속하는 동안에도 저와는 무관하게 자기 자신과 나누던 대화를 계속하고 있었던 건지도 모릅니다. 어쨌거나, 그녀가 말하는 소리가 들렸어요.

'존⋯ 존.'

그녀의 눈에 공포가 어리더니 눈이 다시 커다래졌어요. 그녀는 얼굴을 손에 파묻었습니다. 처음으로 그녀가 몸서리를 쳤어요. 그러자 목사님이 뭔가가 바뀐 것을 알아차리고는 그녀에게로 돌아와서 그녀의 어깨에 손을 얹으셨어요."

목사가 다시 말하기 시작했다. "맞아요, 내가 그녀의 어깨에 손을 얹었죠. 난 '미스 린디, 말씀해 주세요. 조금 전, 당신의 여동생이 사망하기 전에 당신에게 한 말이 그거였나요? 당신의 오빠를 쏜 사람이 존 데스펜서였다고? 두려워하지 말고 말씀하세요. 이제 그는 죽은 지 오래된 사람입니다. 존 데스펜서가 그를 쐈고 당신의 여동생이 그를 봤던 거군요. 그렇지 않습니까?'

대답이 없었어요. 그녀는 얼굴을 손에 묻고 거기 앉아 있었습니다. 우리는 말을 할 수는 있었지만 그 이상은 아무것도 할 수 없었죠. 그래서 우리는 그녀를 두고 나왔어요. 오늘 내가 다시 가 볼 겁니다. 그녀가 어떤 신호를 주지 않는 한 난 아무 일도 일어나지 않은 척할 거예요."

4

"존 데스펜서라니!" 목사 부인이 말했다. "그러니까 결국은 그 사람이었군요. 아무도 의심할 생각조차 하지 못했던 사람인걸요."

"잠깐만요," 말렛이 의자에서 구시렁거렸다. "저는 쭉 그를 의심했답니다."

"흥!" 피츠브라운이 말했다. "그렇게 말하는 건 쉽지. 지금에 와서는 말이야. 자넨 추리 소설을 읽는 사람들과 똑같군그래. 관련된 사람들 모두를 의심하다가 범인이 명백해지면 '결국 내가 맞았어'라고 말하는 거잖아."

"그건 그래." 말렛이 인정했다. "내가 존 데스펜서를 콕 집어낸 건 물론 아니지. 이렇게 시간이 흐른 상황에서는 그럴 만한 충분한 증거가 없었으니까."

"억울하겠군그래." 피츠브라운이 야유했다.

"하지만," 말렛은 전혀 개의치 않고 말을 이어갔다. "저는 한 가지 점에서 여러분과 달랐어요. 저는 때에 따라 그 아버지를, 린디, 애런, 메리 데이질을, 또 심지어 루시까지도 의심했지만, 존이 그 이야기에서 사라진 순간 그를 생각하는 것을 잊지 않았어요. 그런 까닭에 저는 여러분 어느 누구보다도 그가 범인인 근거를 더 잘 준비해 놓을 수 있었다고 감히 말하겠습니다. 예를 들어, 전 루시가 자신이 발견한 일을 알렸을 때 그가 그 자리에 있었다는 것에 주목했고 그녀가 그 가로수길을 미친 듯이 달려갔던 날 밤에 그가 그 집에 있었다는 점도 주목했어요. 의심할 여지 없이 그는 레너드의 서재가 테라스 너머 그 길로 화살을 쏘기 아주 쉬운 곳이라는 걸 어느 누구보다 잘 알았어요. 그리고 활과 화살이 보관되어 있던 곳도 알고 있었죠. 저는 또 루시가 그 문제는 접어 버리겠다는 의사를 표명했을 때 그가 그곳에 있었다는 점도 주목했죠. 물론, 여러분과 마찬가지로 저도 그게 자살이라고 생각했던 게 사실이었어요. 하지만 루시 ─ 부인의 어머니시죠, 실례를 용서하세요 ─ 가 결국 옳았던 겁니다."

목사 부인은 한숨을 내쉬었다. "그러니까 애런이 그를 본 거였군요! 얼마나 끔찍했을까요! 그걸로 그녀의 모든 행동이, 졸도한 것, 존이 가까이 갈 때마다 공포에 떤 것 등이 다 설명되는군요. 그리고… 그리고, 당연히도, 바로 그런 이유로 그녀는 린디에게 그와 절대로 결혼하지 않겠다고 약속하라고 한 거였고요. 이기심에서 그랬던 게 전혀 아니었어요. 그런데 그녀 자신이 얼마나 존을 사랑했는지, 그리고 그에게 기만당했었다는 걸 생각해 보면, 저는 그녀가 여전히 그를 사랑했던 것 같아요. 그래서 그가 범인이라는 걸 밝히지 못했던 거고요. 그녀가 할 수 있었던 최대한의 일은 린디를 그로부터 구하는 것이었어요."

피츠브라운은 이 부분은 무시했다. 그는 다시 잠들려는 기미를 보이는 말렛을 향해 몸을 기울였다.

"하지만, 이것 봐, 말렛!" 그가 말했다. "그 아버지의 죽음은 어떻게 설명할 건가? 내가 볼 때 누구라도 항상 범죄 가능성을 의심했을 것 같아. 하지만 데스펜서가 그 일에 어떻게 관련될 수 있었는지 알기는 어려워."

말렛이 몸을 일으켰다. "아, 나야 모르지." 그가 나른하게 말했다. "랠프 드 볼터는 런던으로 떠나기 전에 데스펜서의 부모를 보러 갔었지 않나? 그는 그들에게 딸 린디의 결혼에 관한 재산 증여 계획을 얘기했어. 즉, 그 젊은이를 도망가지 못하게 단단히 묶기 위한 계획을 말이야. 추정컨대, 이 모든 일의 동기는 메리 데이질을 향한 데스펜서의 열정이었어. 그래서 레너드를 죽인 거고. 그는 레너드가 자기를 배신한 걸 알았어. 아니면, 알았다고 생각했든지. 그는 질투심 때문에 — 질투심은 감각을 예민하게 하지 — 레너드의 의도가 무엇이든 간에, 그가 결국은 그녀를 사랑하게 될 거라는 걸, 벌써 사랑하게 된 게 아니라 해도 말이지, 그리고 그녀가 레너드를 사랑한다는 걸 알았어. 한 번 범죄를 저지르면 또 저지르게 돼 있지. 어쨌거나, 그녀가 랠프 드 볼터와 결혼한다면 첫 번째 범죄가 무의미하게 돼버려. 그는 친구를 살해했는데도 아무것도 얻지 못하는 거야. 그가 드 볼터를 제거하면 메리의 예비 남편을 죽이는 건 물론이고 린디의 속박에서 벗어나게 되는 거야. 그는 그 집에 들렀다가 드 볼터가 몇 시에 돌아오는지 알게 된 게 틀림없어. 캄캄한 밤중에 어두컴컴한 길모퉁이에서 이륜마차를 기다리고 있다가 마차를 모는 사람을 겨냥해서 돌을 던지는 것보다 더 쉬운 일이 있을까? 그게 효과적이지 않다면, 뭐가 더 치명적이겠어? 내가 맞는다고 가정하면 일은 이렇게 된 거였어. 그는 돌을 던져 드 볼터를 맞혔고 이륜마차는 나무를 들이받았지. 마부는 떨어지면서 정신을 잃었거나 뒤에서 한 방 강타당했을 수도 있어. 그런 다음 데스펜서는 커다란 돌로 드 볼터의 머리를 깨부순 거야." 말렛이 하품을 했다. "전래 설화에서 가끔씩 증거가 보존

되는 방식을 보면 신기하단 말이지." 그가 말했다. "바위 속 화석 같은 것도 그렇고. 난 부인이 어머니에게서 직접 들었던 약간의 증거를 반복적으로 말하는 데 주목했어. 그분도 마찬가지로 사인 규명 심리에 있었던 누군가에게서 그걸 들었겠지. 다시 말해, 이륜마차가 충돌했던 나무에는 혈흔이 전혀 없었지만 근처에 울퉁불퉁한 돌이 있었고 그걸로 상처가 설명되었다는 것 말이야."

그는 다시 의자에 기대 누웠다. "자 이제 알겠지." 그가 말했다. "린디가 모든 걸 잘못 안 결과 어떤 일이 일어났는지를 말이야. 그녀는 살인을 저질렀어. 그러니까, 애런이 그녀에게 50년이 지나고 나서야 진실을 말했기 때문에 그건 부작위에 의한 살인이었지. 이제 그녀가 메리 데이질의 무덤에 꽃이라도 한두 송이 가져다줄지 궁금하군. 안 그래, 피츠브라운?"

몇 분 뒤에 부드럽게 코 고는 소리와 함께 말렛의 얼굴을 덮은 신문이 들썩거렸다. 피츠브라운이 격하게 말했다. "그녀가 그렇게 하지 않으면, 내가 하지. 그들은 메리 데이질이 자신들과 다르다는 이유로 그녀를 증오했어."

목사 부인이 부드럽게 말했다. "그녀가 좀 난해한 사람이었던 건 분명하잖아요."

"아이고, 그럼," 목사가 말했다. "'관용은 아무리 넘쳐도 부족하다.' ─ 이걸 기억하는 게 좋겠군요."

"상상력이죠." 피츠브라운이 그 말을 고쳤다.

"자애로운 마음이죠." 목사 부인이 말했다.

"좋습니다, 여러분." 목사가 시계를 쳐다봤다. "4시군요. 오늘 밤은 여기서 묵고 아침을 먹죠?"

5

다음 날 아침 7시 반이었다. 베이컨 굽는 맛있는 냄새가 위층까지 퍼지고 있었다. 전화벨이 울렸다. 피츠브라운은 자기가 어디 있는지 잊고 있다가 침대에 벌떡 일어나 앉았다. 머리는 헝클어지고 눈은 충혈돼 있었다. 기억을 되찾은 그는 한숨을 쉬며 다시 누웠다.

조금 뒤 그의 문을 두드리는 소리가 들렸다. 들어오라는 말을 하기도 전에 목사가 들어왔다.

"드 볼터 자매의 운전기사가 전화했습니다." 그가 말했다. "피츠브라운, 바로 와 주시겠소? 일이 하나 더 있는 것 같습니다. 말렛은 이미 불렀습니다. 그녀는 침대 위 자기 여동생 옆에 누워 있는 상태로 발견됐어요. … 아무래도….."

피츠브라운이 천천히 고개를 끄덕였다. "독약인가요?"

목사가 헉하고 숨을 들이켰다. "맞습니다. 어떻게 아셨죠?"

"침대 옆 테이블에 강심제 약병이 있었습니다." 그가 말했다. "세 사람을 죽일 만큼의 양이었어요. 물론, 그녀의 여동생 약이죠. 약병은 가득 차 있었습니다."

목사가 한 발짝 앞으로 다가왔다. "그걸 치우셨어야죠."

"제가 그래야 했나요?" 피츠브라운이 말했다.

옮긴이 최호정

  서울대학교 미학과와 한국외국어대학교 통번역대학원 한노과를 졸업하고 뉴욕주립대학교 빙엄턴에서 번역학 박사과정을 수료했다. 옮긴 책으로는 『반투 스티브 비코』, 『도스또예프스키와 함께 한 나날들』, 『무엇을 할 것인가』, 『킬러스 와이프』, 『리슐리외 호텔 살인』, 『크림슨 레이크 로드』, 『샤론 저택의 비밀』, 『거울 자매』, 『린든 샌즈 미스터리』, 『사냥이 끝나고』, 『문이 열리면』, 『나는 너의 죽음을 기원한다』등이 있다.

죽음을 걷는 여자
ⓒ 2025 키멜리움

초판 펴낸 날 2025년 02월 21일

지은이 메리 피트
옮긴이 최호정
디자인 이명아
편집 이경희
인쇄 프로메테우스 미디어
펴낸이 김찬휘
펴낸곳 키멜리움
주소 04025 서울특별시 마포구 방울내로11길 16 하나빌딩 4층
전화 02) 544-9294
팩스 070) 7614-2454
전자우편 cimeliumbooks@gmail.com
등록 2021년 4월 23일 (제2019-000016호)
ISBN 979-11-983812-7-9(03840)